photo: Sai photograph

光輝やく一点を

口げんかがはじまった、と気づいた時には、もう取り返しのつかないことになっていた。幼い子どもの泣き声に似た甲高い悲鳴と、低いかすれ声とが同時に聞え、片方の女の体が急に縮んでいくように見えた。その体が地面にうつぶせにへたりこみ、赤い色の水たまりが左側にみるみるうちに拡がるのを見届けても、深刻なことが起こったとはすぐには思えず、だらしない様子にさえ見える女の体を、ぼんやり見守っているだけだった。

死んでしまったわ。

胸を刺されたのよ。

たった一突きなのに、運が悪い……。

あの人も困ったことになった。なんだってナイフで刺したり……。

どうなるのかしら、人がひとり死んだとなれば……。

まわりに囁《ささや》き声が重なって聞えた。

家からすぐ近くの、池のある公園だった。そこに、女子高校の頃の同級生が十数人、久し振りに集っていた。刺された女も刺した女も、そのうちのメンバーだった。

刺された人は本当に息絶えてしまったのか、これほど些細なことで、素気なく人は死ぬものなのか、と信じきることができないまま、刺した方の女のことが気になり、眼を移した。背を丸め、眼も耳もなにも働かなくなってしまったように、死んだ女を前にひっそりと立ちつくしていた。顔色だけが薄い緑色に変わっている。殺人、という言葉を思い出した。もう、この人には逃げ道がない。これだけの人がまわりで見ていたのだから。私の血の気も引き、脚が震えはじめた。弾みで、とんでもないことになってしまった。

高校生の頃、当時の女優に似ていると言われ、自分でもその整った顔立ちを誇りにしていた女だった。家の豊かさも手伝い、多分に驕慢なところが見られ、派手な印象を人に与えていた。結婚し、子どもを持ってからも、さほどそうした印象は変わらないまま過ごしてきたのだろう。しかし、たった今、女はなにか全く別の、世のなかの誰ともつながりを持たない、これまでの名前さえ奪われた一人きりの存在になり変わってしまっていた。その変化に私も他の人たちも圧倒され、身動きもできずに、女をただまわりから眺め続けていた。なにもなかったということにしておいてあげたくても、人が一人死んでしまったのであれば、さすがにそれはできることではなく、と言って、突然の人の死を前に、とりあえずどんなことをすればよいのかも分からなかった。

長い時間が経ったような気がした。死んでしまった、と決めつけられた女に、そう言えば命を取り留めるため、なんらかの処置をすぐに施さなければならなかったのではないか、と思った。しかし今となっては、もう遅い。女の体はすでに色が変わりはじめ、死体になりきってしまっていた。

殺した方の女が急に背を伸ばし、表情を引き締めた。こちらをまずは向いて、なにか訴えかけてくるか、と私たちは緊張したが、女はまわりの者には眼もくれず、足もとの死体を一人で抱き上げようとした。両腕で死体の胴まわりを抱えることはできても、持ち上げることができない。女の顔が赤らんできたが、それでも思うようにはいかない。何度も確かめてから、女は死体の脚を持ち上げ、それを力まかせに引き摺《ず》りはじめた。死体はよほど重いのだろう、女が腰を曲げ、歯を食いしばって、力を振り絞っても、死体はほんのわずかずつしか移動しなかった。私たちはそれをやめさせることも、まして手伝うことも思いつかずに、女の様子を見守り続けていた。女もまた、まわりに人がいることを忘れ果てていた。

私たちとは少し離れた場所に辿り着くと、女は死体を傍に置き、両手を使って地面に穴を掘りはじめた。夢中になって掘り進めるが、道具を使っての作業ではないから、どうしても進みがひどく悪い。一体、女は死体をどうするつもりなのだろう、と私たちにはまだ見当をつけることができなかった。

穴、と言うよりも、土の表面を掻き混ぜるだけのようなことしかできないのだが、女はそれで充分と思い決めたのか、やがて土を掘るのはやめて、死体をその場所に引き摺って行き、せっせと死体の上に土を掛けはじめた。死体が一応見えなくなったところで、土を掌で固め、立ち上がった。これで厄介なことはすべて完了したとでも言うような、いかにもさっぱりした顔つきになり、掌についた土を勢いよくはたき落としてから、自分を見つめ続けている人たちのことは相変わらず無視したまま、死体のことさえ早くも忘れてしまったように、急ぎ足で女はその場を立ち去って行った。

拍子抜けした思いで、私たちはその後姿が見えなくなるまで見送っていた。あんなところに埋めたって、少しも隠したことにはならないのに。

誰も見ていないと思い込んでいるんだわ。

誰にも見られなかったと決めてしまえば、そういうことになる。

どうなるのかしら。

さあ。

囁き声がまた、はじまった。

もう、ここに戻ってくる気もないんでしょうね。

一応、これで片はつけた、というつもりなんでしょうから。

それにしても、もっと別な場所にすれば……。

場所のことまで考える余裕があるはずない。

まあ、あの人にしたら、やれるだけのことはやったってこと……。

まわりの人たちはひとしきり言い交わすと、あとはもう成行きまかせだという気になったらしく、ベンチの方へ行って坐りこむ人、池の方に行く人、と何気ない様子に三々五々戻って行った。私もいったんは肩の荷が下りたような、気楽な気持になりかけたが、女が残していった新しい土の山を見やると、土のなかで死体が辿るに違いない変化に思いが行き、気持が悪くなった。滅多に来ない場所ならば、それほど気にならずにすむかもしれない。しかし、あいにくなことに、この公園は私の住まいとごく近いので、毎日のようにここの木立を見、時には通り抜けなければならないこともある。そのたびに、死体の変化を思い浮かべてしまうことだろうし、まるで自分が埋めた死体ででもあるかのように、いつ人に気づかれるか、と怯え続けることにもなるだろう。長い間、気づかれずにいればいるで、土の盛り上がりが目立たなくなり、他の場所と区別がつきにくくなって、うっかり足を踏み入れてしまうことだってあり得る。その際の、土のなかで腐乱した死体が押しつぶされる感触。

思わず吐き気さえ覚えて、近くにいた人に問いかけないではいられなかった。

でも、あれを誰かが警察に届けなければいけないんじゃないの。これだけ場所もはっきり分かっているんだから……。

相手は私の言ったことがよく分からなかったように、きょとんとした顔を振り向けた。

だから、早く警察に知らせないと、ややこしいことになってしまうわ。わたしたちみんなで見ていたのに、まさか放っておくわけにもいかないもの。

どうして。

相手は私を軽く睨《にら》みつけて、小さな声で言った。

だって、あそこで人が死んでいるのに……。

いいのよ、あのままで。わたしたちは見ていたでしょう。だから、それでもういいの。あれを見つけるのは、わたしたちじゃない。ほかの誰かよ。だって、誰かが必ずいつかは見つけて、警察に知らせ、警察がいろいろ探ることになるんだもの。わたしたちが余計なことを言う必要はないのよ。死んだ人にもう時間はないんだし。ね、そういうものだわ。

相手の女は微笑を浮かべて見せ、私から離れて行った。

そういうものなのか、と私も自分の見た情景を思い出しながら、納得した気持になっていた。

二人の子どもを連れて、夜の森にムササビを見に行ったことがある。真夏の暑い日だった。ある人から、あの森なら夜、ムササビが餌を求めて木から木へと滑空するところを簡単に見ることができる、と言われた。私たちの住む東京から二時間ほどで行ける場所だった。すぐに行ってみることにした。四年前の夏、つまり下の子がこの世で過ごした最後の夏だった。

前から、野生のムササビが夜の森を飛び交う様子を自分の眼で直接、見届けたい、と思い続けていた。動物園でその姿を見たことはあるが、体を丸めて眠っている姿だけでは、ムササビを本当に見たとは言えない。町なかしか知らない私には、ムササビが滑空する光景は神秘的なものにすら感じられていた。しかし、もし下の子である息子がいなかったら、わざわざ実際に見に行く気になったかどうか。息子は物心がついた頃から、ドジョウ、金魚の類いをはじめとして、イモムシ、クモ、ミミズや、ゲンゴロウ、ミズカマキリなどの水生の昆虫、カエル、イモリ、トカゲ、ヘビ、と少し風変わりな生きもの好きを年々つのらせる一方だった。虫や動物に限らず、植物についてもサボテンやマリモ、食虫植物など、奇妙な生態のものには熱中していた。宇宙の話、人や動物の体の仕組み、原子の話、とつまりは不思議なもの、びっくりさせられるようなものには必ずと言って良いほど、のめりこんでいた。

そうした息子の傾向が分かっていると、母親の情として、テレビを観ていても、町を歩いていても、息子の喜びそうなものが自然、眼に留まり、息子に教えてやったり、適当な値段のものならつい買い求めてやったりもする。そして、息子は必ず私の期待を裏切らず、眼を光らせて跳びついてくれた。ムササビの滑空も、いかにも息子が喜びそうなものだった。ぜひ、息子に見せてやりたい、と私はその話を聞いた時にそう思い、胸を弾ませたのだった。

息子は八歳になっていた。その成長振りがたのもしく、あれもこれもとさまざまな体験を私は息子に与えようとしていた。キャンプに行き、十日間ほどの旅行にも出かけ、かなり忙しい夏休みだった。が、ムササビの話をしてやると、面倒がることもなく、息子は喜んで見に行く気になった。弟が行くならわたしだって、と息子より四歳年上の娘も、ムササビへの興味よりも弟への競争心に駆られて、同行することになった。

高速バスを使って、東京を三時頃に出れば、目的地には遅くとも六時頃に着く。そこで食事をしながら、森が闇に包まれるのを待つ。ムササビが巣から出てきて、盛んに滑空をはじめるのは七時半から一時間ほどのことだという。ムササビは深い森の奥に隠れ住んでいるわけではない、とも言われ、意外な気がした。現在の山林は木材の資源として利用されるようになっているので、樹齢百年と言った古木がすっかり姿を消してしまっている。ムササビはしかし、そうした古木のウロにしか住みつくことができない。人里にある神社の境内には、必ず何本か樹齢百年、二百年といった古木が残されている。ムササビはそれに気づいて、神社の森に住みつくようになり、夜になるともともとの領域である山林に出かけて行く。ムササビの滑空はパラシュートと同じ原理なので、その飛行距離が限られている。木の高いところから次の木の低いところに飛びつき、その木を登って、また高いところから次の木を目がけて飛ぶ。その繰り返しを続けて山まで辿り着くことができればムササビにとっては理想的なのだが、神社から山までの間には、畑もあれば、国道も走っているので、やむなく慣れない地上をモグラそっくりの足取りで渡らなければならない。そこを犬に襲われ、車にも轢《ひ》かれる。ムササビも今はそのように追いつめられてしまっている、という話だった。

地元でムササビを守るために、学校を中心にした活動がはじめられていて、できるだけ大勢の人にムササビを見物させ、ついでに現状を説明して資金稼ぎをしよう、という仕組みも、活動のひとつとして作りあげられていた。私と子どもたちを、日時を指定して、ムササビのいる神社の森まで案内してくれたのも、その活動を支えている地元の一人だった。

高速バスがいよいよ現地に近づいた頃、ちょうど車窓から見える山林が西陽を受けて、眩《まぶ》しく輝く部分と暗く影に沈む部分とに二分されはじめていた。その陰影に気持が奥深く引き込まれていくようで、自分が子どもたちを連れて帰途についているのではなく、目的地にまだ着いてさえいない、と思うと、うかうか怖ろしいことに子どもたちを巻き込んでしまったのではないか、ととりとめなく不安な気持になった。山と言っても、低くてなだらかな山しか見えず、貧しい畑が山裾に続くだけの、なんの見どころもない平板な田舎の風景のなかを、バスは走り続けていた。いつもの乗り物酔いを案じていた息子は幸い、酔い止めの薬で眠り続けていてくれた。

バスを下りてからタクシーに乗り、目的の神社に間近な学校に到着した。私たちと同じようにしてムササビを見に来た人たちが、すでに十数人集っていた。付近に、レストランも旅館もなにもないから、と言われ、私も申し込んでおいた弁当が、そこで各自に配られた。食後、学校に保管してある、付近に棲息しているモグラや野ネズミなどの標本を見、ムササビについては階段教室で地図とスライドを用いての説明を受けた。中学生同士で来ている子どもたちのグループ、両親が揃っての家族連れ、時間がありあまっている老人たち、大体、見物客はそうした顔触れだったが、教室での授業に似た説明をみな、案外神妙に聞き、何人かはノートまで取っていた。私の子どもたちも、夜の教室の雰囲気が珍しくもあったのか、体を硬くして熱心に話に耳を傾けていた。

説明が終わってから、ムササビ救援のためのTシャツや本、絵葉書、しおりなどが販売された。そうしたものは当然、買うものだ、と信じこんでいる娘と息子それぞれにねだられ、仕方なく娘にはTシャツ、息子にはムササビとはなんの関係もないカエルの本を買ってやった。

七時半をまわり、いよいよムササビの森に向けて出発した。途中までは懐中電灯を使用してもかまわないが、合図があってからは一切使用しないように、ということだった。ムササビは警戒心が強いので、人の気配に気付けば、木のウロから出ようとしなくなる。赤い光には反応しないので、その種類の照明は用意してある。くれぐれも大きな物音をたてないように、話し声にも気をつけるように。

懐中電灯を使って神社への村道を歩いていてさえ、闇の濃さに怯えてしまっていた。六年生の娘は頓着なく一人で先を歩いていくので、構わずにおいたが、二年生の息子にはその手を不必要なほど強く握りしめ、だめよ、勝手なところへ行っちゃ、こんなに真暗なんだから一度はぐれたら戻れなくなるのよ、うっかりしていると、川にも落ちてしまう、としつこく囁き声で言い聞かせ続けていた。

子どもたちとはぐれて、生きている間に二度と会えなくなってしまう。そんな怯えに私はいつも、取り憑かれていた。夫という存在を息子が生まれた頃から見失っていたので、私自身が働く必要があり、子どもたちを人に預けなければならない機会が多かったせいもあるのだろう。

子どもたちを引き取る約束の時間に、なんらかの事故に巻きこまれて私が間に合わなかったら。子どもたちを預ってくれた人に急に思いがけないことが起こって、子どもたちと共にどこかへ姿を消してしまったら。都心の繁華街や知り合いの家に出かけたり、あるいは旅行をすればするで、見知らぬ人たちの渦のなかで、見知らぬ土地で、互いに離れ離れになり、子どもたちが出口のない迷路を際限なく迷い続けることになってしまうのでは、という恐怖から自由になることができなかった。

いつかはそんなことが起こる。このまま、無事に済むはずはない。こうした呟《つぶや》き声が、子どもたちの母親になってから絶え間なく、体のどこかで響き続けていた。息子が二年生の終業式の前夜に、突然、原因不明の死に襲われてから四年目を迎えた。ついに怖れていたことが起こってしまった、と咄嗟《とっさ》に思い、しかしその思いは、死という、了解が不可能な出来事とはなんの関わりもない、ただ行方不明という事態を苦しむ心情に終始していた。そうして、四年目を迎えた今でも、昼の思いとは別に、夜、眠りに落ちてから、相変わらず二人の子どもといつか、どこかで、はぐれてしまうことを、怖れ続けている。

合図があり、一斉に懐中電灯が消された、代りに、赤色の照明が点いた。ここからはできるだけ物音をたてないように、と念のための注意が囁き声で伝わった。

お姉ちゃんはどこかな。そばにいないと、これじゃ全然分からなくなっちゃう。

一段と深まった闇にたじろいで、私は思わず息子を抱き寄せながら呟いた。

しいっ、だめだよ、しゃべっちゃ。お姉ちゃんなら、あそこにいるから大丈夫。

息子が押し殺した声で、私に言った。

ムササビの住む木のウロがよく見えるという、神社の裏手にあたる場所に、全員が静々と集った。望遠鏡が二台と、双眼鏡も用意されていた。

案内の人が赤色の照明を、境内の森に向けた。ムササビの巣は一カ所だけではないらしい。あちこちに二つの照明を向けていたが、すぐにまわりの人たちを手で招き寄せ、さあ、ムササビの眼が赤く光って見えます、注意して見れば分かるはずですよ、赤い光が二つ並んで見えますから、と囁いた。同じ言葉が、少し離れた場所にいる人たちにも次々に伝えられる。どこですか、あの真中の木らしい、二匹いますよ、二匹、ああ、見えた、あっちにも見える、あ、巣のなかに戻って行ってしまった、とようやく待ち兼ねていた時を迎えて、全員それぞれに興奮し、体をぶつけ合いながら闇のなかの赤い点を見定めようとした。私もあわてて、どこに見えるんですか、どれなんですか、とたまたまそばにいた人に聞き、指で指し示してもらった。やっと見つけだすと急いで今度は、息子に教えてやった。娘は、と見ると、やはり誰か傍にいる人に教えてもらっている。

すごいねえ、ピカッピカッて光っている。

息子が驚いた弾みで、普通の声を出して私に言った。が、すぐにしまった、という顔をして肩をすくめながら、改めて、ねえ、どうしてあんなにすごい眼なの、と念入りな囁き声で聞いてきた。

こっちからの光を反射しているからなんでしょう、こっちの光が強ければそれだけ、あっちの眼も光って見えるのよ。

どうして、光って見えるの。

さあねえ、夜の生きものだから、なんじゃないの。でも、不思議よねえ、本当に。あんなにどうして光るのかしら。

文字通り、針の穴のような、小さな赤い点だった。双眼鏡を使わなければ、二つ横に並んでいるのも分からない。闇のなかにいるために、どの程度ムササビと離れた位置に立っているのか分かりにくくなっていたが、たぶん、かなりの距離があったのだろう。普通なら眼に入るはずのない小さな点なのに、その光にいったん気づくと、今度は光の鋭さに驚かされる。照明を反射しているだけなのだ、と分かっていても、赤い小さな光の、眩しいほどの輝きに見とれずにはいられなかった。人には近づくことのできない、鋭すぎる赤い小さな輝き。

ムササビたちが巣から出はじめた、と言うので、また全員が押し合いへし合いしながら望遠鏡や双眼鏡を覗いて、巣を這《は》い出て木の幹を登っていくその姿を確かめ合った。私たちも一応、見届けることができた。ほぼ三十匹はその森に棲息している、ということだった。風雨がよほど強くならない限りは大体毎日、夜の闇が落着いた頃を見計らって、半数程度のムササビが山に同時に出かけていく。

ムササビが巣から出払ったところで、私たちも神社の反対側の位置に急いで移動した。ウロのある古木のてっぺんまで登ったムササビたちが、遂に滑空をはじめる、と言う。同じ森の反対側を流れる小川の淵が、滑空を観察するのにいちばん適した場所だということで、大体あの辺りから飛びますからね、あの辺りですよ、あっという間ですから、注意して見ていて下さいよ、と案内の人が熱心に見物客たちに囁きかけながら歩きまわっていた。もう一人の助手のような若い人が赤い照明を、滑空のスタート地点とみなされている古木の梢《こずえ》に向けていた。

あの辺りですって、あっという間だっていうから気をつけてよく見ているのよ、と案内の人が言ったことを口移しに息子に言い聞かせながら、緊張して滑空のはじまるのを待った。いつの間にか、娘が私のそばに戻っていた。さっきよりは森と遠い位置だった。古木の群れが黒々と空の高みまで壁を作っている。あの黒い影のなかのどこをどのように、小さな生きものの体が飛び交うのか、見当をつけることもできず、赤い照明で照らされている辺りだけを見つめていると、眠気に似た眩暈《めまい》にも襲われて、子どもっぽい心細さを次第に感じだしていた。

あ、飛んだ、飛んだ、と誰かの声が響き、それから声こそは押し殺しているものの、一同の興奮状態がはじまった。飛んだ、見えた、という声が続き、感嘆の声があがり、笑い声さえ起こる。それに重ねて、また、飛んだ、今度はあっちだ、と騒ぎだす。何匹も続けて飛んでいるようだった。しかし、私はまだ、その滑空の影を見届けることができずにいた。騒ぎが起こるたびに、あわてて指で示されている方向に眼を向けるのだが、見分けられなかったのか、間に合わなかったのか、とにかくなにも動くものを見つけられない。どういう動きに気をつけていればよいのか、せめてこちらにわずかなりとも具体的なよりどころがあれば、滑空の影を見つけやすくなるのだろうが、想像してみることさえできないまま、ただ漠然と森の黒々とした闇に眼を泳がせているだけだった。

わあ、大きい、大きい。

再び、声があがった。声と同時に、なにかが眼のなかをかすめたような気がした。これか、と思い、眼をこらすと、なにも見えなくなった。

今度のはずいぶん飛びましたね。

見ましたよ、はっきりと。

私のすぐ横に、弾んだ声がした。

見た、今の？

手を握りしめたままの息子に聞いてみた。

見た、見た。ピューンって飛んでた。お母さんは？

よく、分からなかった。

あんな、いっぱい飛んでたのに、それでも分からなかったの？　ぼくなんか、さっきからたくさん見たよ。

本当に？

息子は自信をこめて頷《うなず》いた。

どうして他の人には見分けることができるのだろう、と不思議でならなかった。本当に、みな飛ぶ影を見つけているのだろうか。それとも、私も見た、と言うべきなのか。そんな気もするし、しかし何ひとつ確かなものを見届けていないのは事実で、見た、とは到底言い切る気持になれない。どこを見つめていればよいのか分からない。なにを追えばよいのかも分からない。なにも見えない。それでいて、なにかが眼のなかをかすめていく。その動きを、しかし眼に留めることができない。

この時から四年後の今、私は同じように息子の姿を見つけかねている。息子は私のそばにいるかと思えば、いない。これこそ息子だと思っても、なにかが欠け落ちている。そばにいるのは当然のことなのに、気配ばかりで腕のなかに呼び寄せることができない。

息子を探し歩いているうちに、赤ん坊の頃に面倒を見てくれていた人を思い出し、その頃に私たちが住んでいたアパートを訪ねてみた。予想した通り、そこに息子が置き忘れられていた。まだ這い這いもできない赤ん坊に戻ってしまっている。その上、私が抱き上げようとすると、激しく泣きだした。私の顔を見忘れてしまっているのだ。

新しい家がようやく出来上がり、片付けに追われているうちに、子どもたちのことが気になり、子ども部屋を覗いた。娘と息子二人で使えるように大きな部屋にしてある。荷物を運び入れたままになっていて、せっかくの造り付けのベッドの上にも物が積み重なっている。遊んでないで、早く片付けなくちゃ、と叱りながら、私も片付けの手伝いをはじめた。しかし、すぐにまた、子ども部屋はあとにまわし、先に台所の片付けを終わらせないと、と思い、あとでまた来るけど、少しは自分でやるのよ、と言って、台所に戻った。返事も聞えなかったし、息子が部屋でなにをしていたのかも分からなかった。長い間、私のそばを離れていた間に、あの子は言葉もろくに話せない子どもになってしまった。そう思い、悲しくなった。しかし、せっかくこれで再び、共に暮らせるようになったのだから、文句は言えない、とも思った。

角地に建つ、あるビルディングのなかに入って、その場所にあった家に息子を以前、預けておいたことを思い出した。もう、何年も経つ。家がなくなってしまえば、探しだすこともできない。ビルで働く人たちが以前の住人の行方など知るはずもない。どんな風に、息子は育てられているのだろう。いつか会う時があるとしても、この母親にどの程度、親しみを持ってくれるだろう。私も一目で見分けられるのだろうか。大人になってからの顔が想像しにくい。別れた時の息子の年齢が、あまりにも低すぎた。

道を歩いていて、カエルを見つけた。小さなカエルだが、よく見ると、かなり珍しい種類のカエルらしい。ちょうどサザエのように体の後半分を三角の筒に包まれていて、その筒をはずすと、薄緑色の、ミミズよりも小さなヘビが体を丸めている。気味が悪いが、なにがなんでも捕まえて息子に見せなくては、と夢中でティッシュ・ペーパーのなかに捕まえた。息子がどんなに喜ぶか、とうれしくなったが、それをどこに持って行けば息子に渡せるのか、どうしても思い出せなかった。

あの子がどこにいるのか、いるのは分かっているのに分からない。どうしてそうなるのかも分からない。そばにいるのが当たり前のことなのに、振り向くと見えなくなってしまう。

ある年、温泉地にある、大小十棟以上も傾斜地に並んで建てられている温室に行ったことがある。温室は道順が書いてあって、どこをどう歩いているのか分からなくなるような複雑な経路でつながっていた。子どもたちは勝手に先に行ってしまい、姿を見失ってしまった。サボテンの部屋、オニバスや睡蓮の部屋、シダ類の部屋、ブーゲンビリアの部屋、と次々に夢見心地に誘われる美しいガラスの部屋を片方ではうっとりしながら、片方では不安に駆られながら、子どもたちの姿を求めてさまよい歩いた。

まるで、そのガラスの部屋部屋を迷い続けているように、甘やかな感触をどこかに引き摺りながら、息子の姿を見つけだそうと、私は夢のなかで心を焦らせ続けている。

本当のことを、わたしに教えてくれますか。

息子がいなくなってから二年も経って、私はある人に聞かないではいられなくなった。わたしはただ、事実を知っておきたいと思うだけなんです。別に、それで思い悩んでいるわけでもなければ、改めて今頃になって、気持が不安定になってきた、というのでもないのです。事実をうやむやなままにしておきたくない、それだけのことで、どういうことがあったとしても少しも気にならないという自信はあります。本当に、どっちでもいいことなんです。少しも、重要なことではないのですから。重要なことではないから、かえってはっきり分からないと気持がさっぱりしないというだけのことなのです。

あなたの人柄はよく分かっているので、できればあなたに聞かずに済ませておきたいとも思っていました。いくらわたしが心配してくれるな、ただの好奇心なのだ、と言っても、あなたは必ず心配し、いろいろと思いやって下さるのでしょうから。でも、このことに関してはあなたにしか聞けないので、心苦しさはあったのですが、思いきって聞いてしまうことにしたのです。あの子が倒れてから病院に運びこみ、どうも簡単なことでは病院から帰れそうにない、と感じ、娘を預ってもらわなければならない場合も考えて、あなたに連絡をつけました。あなたはすぐに来てくれましたが、その時にはもうあの子は一切の治療から見放されていました。それから一晩、あなたはわたしのそばに居続けていてくれました。朝を迎えてからは、前夜にうろうろしていた警察の人間がいなくなっていました。それから二度と、わたしは警察の人間に煩らわされてはいません。けれども、あなたはどうだったのでしょう。もし警察が証言を求めるとしたら、あの夜にずっとそばにいてくれたあなた以外には考えつかないだろう、と思うのです。それで、そうした立場に立たされてしまったあなたに直接聞いてみるしか、わたしのはっきりしない気持を晴らすことはできない、ということなのです。

しつこいようですが、わたしは本当に単純に実際にあったことを知りたい、と願っているだけなんです。どうもなにかが足りないという気がしてならなくて、それはなにか、と考えはじめ、思い当たった小さな疑問です。もしかしたら、今まであなたがわたしの気持を思いやって、伏せたままにしておいて下さったのか、とも思えてきました。すぐ近所に交番があるのですが、その前を通りかかるたびに、なぜ、こんなにわたしは自由に外を歩いていられるのだろう、毎日、なにを食べ、誰と会い、どこに行く、そうしたすべてがわたしの勝手で決めてしまうことが許されているのだろう、と妙な感じがしてしまう。あの子のことで罪の意識に悩まされている、などとうがったことはどうぞあなたの考えから追い払って下さい。そういうことではないのです。自分を責めることがどれだけ、つまらないことか、それは人に言われなくても十分、自分で分かっています。ただ、どう言えばいいのでしょうか、物足りなさ、とでも言えばいいのかもしれませんが、要するに、わたしが知らされずにいることがあるという、ひとつの感じがつきまとい続けているのです。

あの夜、あるいは他の日にでも、あなたは警察から証人として、わたしの日頃の様子やあの子との親子関係、生活状況などについて、聞かれたのではないでしょうか。かっとなって、子どもを殺すような人だと思いますか、とか、子どもをよく折檻していたのではありませんか、とか。あなたがわたしに悪いように答えるわけはないし、わたし自身、かなりいいかげんな母親には違いなかったけれど、それでもあの子が大好きで、本気で叱ることも滅多になかったという自分についてのことは、なにしろ自分自身のことなのですから、はっきり分かっています。あなたの迷いのない答を聞いて、警察はそれではじめて殺害の疑いを捨てたのではないでしょうか。わたしにはどうしてもそのように思えてなりません。わたしが自分の手であの子を殺したのではないことは、わたし自身の記憶を探ればいいことなのですから、はっきり納得のいくことです。でも、その場を見ていない他の人にとってはどうか。なにしろあまりにも突然の、あまりに説明のつかない不思議な死に方で、お風呂に入っていると思っていたら、にっこり笑いながら仰向けにお湯に浮かんでいただけの、どうにも本当とは思われない奇妙な成行きだったので、そのまま信じてくれる人がいるとも思えません。まして警察ならば、わたしの手による殺害を思い浮かべないわけはないではありませんか。なにしろ、あの子に異常が起こった、その瞬間を、誰も見てはいないのですから。娘でさえ、わたしがあの子を湯舟から抱き上げ、脱衣所に横たえた時にようやく、大変な事態に気づいたのですから。

わたしはとにかく、なにひとつ、警察からあの子の殺害を疑われているようなことは聞かれませんでした。むしろ同情さえしてくれたのですが、あんなに簡単に警察ともあろうものがわたしの言うことを信じきってもいいものでしょうか。そんなはずはない。あなたの裏付けを取って、あの子の体も仔細に調べ、それでわたしの全く知らないところで、わたしへの疑いが消されたのではないか。あるいはまだ疑いが完全には消えてはいなくて、それとなくわたしの日常が見張られているのか。そんな気にさえなることもあります。もちろん、そこまで本気で考え続けているわけではないのですが。

あの子がわたしに殺されたのではないことは、わたしにしか実際には分からない。この事実を思うと、警察の疑いも必然的なものに思えてしまうのです。あなたは取り調べを受け、それをわたしに隠し続けているのではありませんか。あの夜に、それとも別の日に。もう隠す必要はありません。わたしに本当のところを教えて下さい。どうかお願いします。――

この、私の問いかけに対する答は、まだ分からないままでいる。

どうしたらよいのだろう、と迷っているうちに、直接口で聞くことはとてもできないと思い、手紙を書きだした。何回も書き直して、破り捨ててしまった。どのように書いてみても、私の納得いく答が返ってくるようには、とても思えなかった。それで未だに、どんな答にしろ、聞くことはできずにいる。分からないままでいいのだ、とこの頃では思うようになっている。たぶん、私が懸念しているようなことはなにも起こらなかったのだし、私からなにも隠されてはいないのだろう。

大いなる夢よ、光よ

1

わたしはあるきつづけていた。

にぎやかな街だった。あるきくたびれていた。けれども、やすむわけにはいかなかった。

広場がいくつか、あった。みたことがある広場も、みたことのない広場もあった。

小学校のたてものがみえる広場があった。子どもたちがおおぜい、あそんでいた。こここそ、わたしのくるべき場所だった、と確信をもった。同時に、からだが二ばいにも三ばいにもふくらむようなよろこびにおそわれていた。

いまさら、あの子をみつけられるわけはない。あの子はもうどこにもいないのだから。あの子は死んだのだから。死んだということは、そういうことなのだから、とわたしはひとからいわれつづけてきた。

もしかしたら、まったくむだなことをしているのか、とじぶんでも弱気になることがあった。

けれども、ひとのいうことをうのみにすることがどんなにきけんなことか、ということも、わたしはすでにおもいしらされていた。あの子はどこかにいる。どこか、むずかしい場所にかくされてしまっているのだ。そのようにしか、わたしにはおもえなかった。そうとしかおもえないのだから、ひとがどういおうと、わたしはあの子をなんとしてでもみつけださなければならなかった。あの子はじぶんからにげだすどころか、こえすらもだせなくなっている。それならば、わたしがみつけてやるしかない。このようなおもいをひきずりながら、わたしはあるきつづけた。そしてとうとう、この場所にたどりついたのだ。

どのくらい、あるいてきたのか、わからない。ながい時間だったのだろうか。わたしはむしろ、こんなにはやくみつけることができるなんて、とひょうしぬけするおもいだった。なんて、かんたんなことだったろう。こんなかんたんなことを、なぜひとは、なにもしってはいないくせに、あたまから不可能なことだときめつけ、死んだ、死んだ、といやなことばでわたしをくるしませようとするのだろう。

わたしは子どもたちのむれにちかづいた。ひるやすみの時間なのだろうか。おもいおもいのあそびに熱中していて、どの子どもも上気したかおをしている。ボールあそびで、おおごえでどなりあっている子どもたち。てつなぎおにでかなきりごえをはりあげている子どもたち。ただ、やみくもに他の子どもたちのあいだをはしりまわっている子ども。なわとび。ゴムだん。うまとび。わたしが子どもだったころと、すこしもかわってはいない。おばけをたのしんでいる子どもたちもいる。おにになった子どもがうしろをむいて、十かぞえるあいだに、他の子どもたちがおににちかづき、おにがふりむいたときには完全に静止していなければならない、というあそび。わたしはそれをおばけとよんでいたが、あの子たちははじめの一歩とよんでいた。

このむれのなかに、あの子がいるのだろうか。それならおおごえでよんでやればすむことなのだが、ここにはいない、という気がした。校舎のなかのどこか、理科室とか、体育館の道具置き場とか、あるいは音楽室のすみとか、そんなところで身をまるめてねているのかもしれない。だれかがしっているにちがいない。子どもというものは、おもいがけなくさまざまなことをしっているのだ。

わたしのよこを全速力でかけぬけようとするおとこの子のうでをつかまえた。

ちょっとききたいことがあるんだけど……。

おとこの子がおこったかおをふりむけた。みおぼえのあるかおだった。頬があかくなっていて、くちびるがひびわれていた。あの子のともだちに、こんな子がいただろうか。あの子よりも、ずいぶんからだがおおきい。

なんだ、じゃまするな。

おとこの子はわたしにどなりつけた。

おまえか。みんながおまえのことしんぱいしていたぞ。どうしたんだよ。

そのおとこの子がだれだったのか、わたしもようやくおもいだすことができた。なにをいえばよいのか、わたしがとまどっているうちに、まわりに子どもたちがつぎつぎにあつまってきて、わたしにはなしかけてきた。こえもすがたも子どものままなのに、わたしとおなじ年齢のひとたちの感触を、わたしにつたえていた。

たいへんだったんですってね。

わたしたち、なんのちからにもなってあげられなくて。

おもっていたより、でも、げんきそうだ。

かおいろがわるいよ、むりしているんじゃないのか。

でも、あなたはえらいわ。わたしだったら、いきていられない。

まったく、つきのわるいおんななんだよな。

なまえがわるいんじゃないの。

つらくても、きもちのせいりをつけて、やりなおすしかないさ。だいじょうぶ、おれたちがついているよ。なにしろ、子どものころからのつきあいなんだ。

よくしっているかおの子どもたちの背後にたつ小学校の校舎を、わたしはみやった。わたしじしんがかよっていたふるい校舎だった。わたしの子どもがけっきょく、たった二年間しかかよえなかったあの校舎ではなかった。そっくりなものだから、うっかりまちがえてしまった。しかし、すぐにおもいなおした。すこしもにていない校舎なのだ。それなのに、なぜみまちがえてしまったのだろう。あの子のだいすきだった池のある中庭を、ここではみつけることができない。校舎の壁にひかっていたきんいろの校章も、校庭のまわりをかこんでいたツツジの生垣もみることができない。

それにしても、わたしはじぶんのかよいつづけていた小学校の校舎をなつかしくながめずにはいられなかった。くろずんだはいいろの壁。屋上の金網にとりつけられたまるい時計と拡声器。せまい校庭のすみでかわれているニワトリたち。その小屋のまえに、たかさが三段階ちがう鉄棒がならんでいた。そのいちばんひくい鉄棒ですら、わたしはさかあがりをすることができなかった。

六年間、わたしはこの校舎にかよったのだ。六さいから十二さいまでの、子ども時代のほとんどの日々を。

あまりにもおおくの、さまざまな記憶がわたしのからだにしみのこっている。あの子にとっても、あの子の校舎がそのようにして記憶にとどめられるはずだった。けれども、わたしはあの子の校舎をあの子のかわりになつかしむことができない。あの子のかよっていた校舎をおもいだそうとすると、いつのまにか、わたしじしんがかよっていた校舎と混同してしまっている。しかたがないことなのかもしれない。わたしはあの子のおやでしかないのだから。けれども、わたしがいくらじぶんのかよっていた小学校をなつかしくおもおうが、そのなつかしさのなかに、あの子をみつけることはできないのだ。あの子はここにはいない。

なみだがでた。

あの子のいない場所にじぶんがいる、と気づかされるのは、なにもはじめてのことではなかった。なんどもあじわわされてきた。けれども、それはすこしも身になじまない感覚だった。こならばもしかしたら、と期待をかんじるたびに、それまでにおなじおもいをもじどおりかぞえきれないほどくりかえし、他のことをかんがえるいとまがないほどそのおもいにおわれつづけてきた事実を、きれいにわすれてしまうのだった。あの子がみつかりさえすれば、なにもおぼえておくひつようはないのだから。

あの子のいない場所にじぶんがいる、とひとからいわれるのではなく、じぶんから気づいてしまうのは、わたしにとってわるいゆめとおなじことだった。その瞬間を、じぶんの時間のなかでたえることは不可能だったし、たえなければならない理由もない、とおもった。

ふるえながら、わたしはべつの場所にむけて、あわててあるきはじめる。

ぎんいろの高層ビルにかこまれた、しろい石だたみの広場にいってみたこともあった。広場のほぼ中央に、ひんそうなポプラの木がいっぽんと、まるい広告塔がたっていた。広告塔にちかづき、そこにはってあるいちまいのポスターをみて、わたしはあの子をふりむき、わたしたちが目的としていた映画館の場所と上映時間をたしかめたことがあったのだ。よかった。すぐそこだわ。まちがえてなかった。うれしくなって、あの子とおもわず、わらいあった。あの子がまだ、四さいか五さいのころの初夏の日だった。ユニコーンが主人公のまんが映画だった。

そこからも、わたしはにげださなければならなかった。

まわりを住宅にかこまれているちいさな公園。

おおきな交差点のかどにたつハンバーガーの店のまえにもいってみた。あの子の気にいりの場所だった。

動物園のなかの子ども広場。

デパートの屋上。

そうしてべつのときにはふと気づくと、あの子がなんでもないかおでわたしのそばにもどってきていることもあった。そのことに、わたしが意外なきもちをもたないほど、あたりまえのようすで。

映画館のとなりの席で、ねむりこけていたり。

蛍光灯であかるすぎるほどあかるいコンビニエンス・ストアーのなかで、べつのたなのところにたっていたり。

あさ、へやのなかにねころがっていて、学校にいく時間がすぎてものんびりしたままでいたり。

しかし、そのときはそのときでどんなにふかいよろこびにつつまれ、満足感をおぼえても、あの子がどのようにしてもどってくることができたのか、また、どうしたら、わたしのもとにもどってきたあの子をよりたしかなものにし、ひとにもみとめてもらえるようにすればよいのか、それがわたしにはわからない以上、失望も同時にあじわいつづけなければならない。なにもじぶんからできずに、ただ手もちぶさたにまちつづける。しかもわたしなりにあらゆる配慮をし、まるでごくびみょうな化学の実験でもしているように、もどってきたあの子をこんどこそ、こんどこそ、とぜんしんでねんじながら、わたしの生きている時間にほんとうの意味でうつしてやろうとこころみてきたのに、むだにおわってしまった。

かんがえてみれば、あの子のほうからもどってくるのをまつだけでは、もともとあまりにもあやふやな状態だったのだ。まして、あの子はまだ、ほんの子どもなのだから、あの子にこのようにだいじなことをまかせておくことじたいがまちがっていた。とうぜん、わたしのほうからさがしだし、つれもどさなければいけなかったのだ。こんなあたりまえのことになかなか気づかなかったのも、あの子が死んだ、というひとのことばに圧倒され、おびえもし、あたまがはたらかなくなっていたからだった。

あの子がともだちとふたりで街をあるきつづけ、かえる道がわからなくなった、ということがあった。交番にあの子はいき、それでわたしのもとに警官から電話がかかってきた。交番にあの子がいこうとおもいつかなかったら、とおもうと、恐怖をかんじずにいられなかった。とめどなくとおのいていくばかりのちいさなすがた。そして、わたしはへやにいて、そんなことになっているとは予感もしていなかった。気づいたときには、さがすすべもない。

そのときの恐怖が、わすれられずにいた。みうしないたくないのなら、わたしもへやのそとにでて、あるいてみなければならないのだった。

2

達夫叔父の到着は、夜、八時頃になるということだった。前の日に突然、モスクワから国際電話をかけてきて、なにげなく電話口に出た母を驚かせた。モスクワでの学会が終わったので、これから東京に向かう、いつもの通り、宿を頼む、と叔父は母親に一方的に告げた。

モスクワからの声にしては案外、近くに聞こえる声だったらしい。国際電話というものをはじめて体験した母親は、本当にモスクワからの電話だったのだろうか、と首をひねりながら、一方では、その実際の通話と一、二秒ずれて、二人の声がこだまになり、不安定に耳に響きつづけるので、四方鏡の部屋に閉じこめられ、どこを向けばよいのかわからないというめまいを感じずにいられなかった、とも感慨深げにつぶやいていた。

うっかりしていて、今回は前もって知らせておくのを忘れてしまった、秋に日本に行く機会がありそうだとは、以前、手紙に書いておいたはずだが、今度は東京に一週間滞在することができる、それから京都にまわって、帰りは大阪から飛行機に乗る、と叔父は自分の都合ばかりを早口に言いたて、最後になってようやく、そちらは変わらずに過ごしているのか、元気そうなので安心した、とつけたし、そこで電話をあわただしく切ってしまった。

——ひとのことは、所詮、どうでもいい、という人なんですよ。

母親は久し振りの〝事件〟に興奮し、声の調子まで変えていた。何回も鳴るブザーに呼ばれて、章子がしぶしぶ居間に行くと、まだ電話の受話器に手を置いたままの姿勢の母親が息を弾ませて章子に話しだした。

——こちらのことなんか、ほんとはなんとも思ってやしないんだから。こちらがいくら気をつかって世話をしてやったところで、ありがたいと思うどころか、かえって恩に着せているんですよ。弟なんて、まったく、その程度のものなんだ。うちはホテルじゃないんだから、明日から泊りに来ると言われたって、どうしようもない。

——部屋はあいているんだし、べつに、困ることはなにもありませんよ。

章子は、思わず口を差し挟んだ。母親は傍の章子を横眼で見て、溜息をついた。

——そりゃあ、なんとかなることはなりますけどね……、それにしても、きょうの明日だなんて。しかも、モスクワとは。

ようやく受話器から手を離し、母親は体の重心を杖に移し、ソファーに向かった。

叔父が来る。その知らせだけで、章子には早くも部屋の様子がいつもとちがって見えていた。広すぎも、静かすぎもしない、なつかしさに充たされた部屋。叔父にもなじみ深い、昔のままの部屋。胸の動悸が速くなり、体が熱くなった。章子はだらしなく、にやにや笑いだしていた。

しかめ面しか見せようとしない母親も、叔父からの電話で、長いまどろみから急に無理やり、叩き起こされたようなとまどいと、そしてまぶしさを感じているにちがいなかった。叔父が来てくれるということは、なんと言っても年老いた母親にとって、戻ってくるはずのなかった時間が思いがけず息を吹き返してくれたという予想外の喜びを意味しているはずなのだった。

三十年も前にアメリカに移住した叔父は、その時から、空のかなたに姿を消し、二度と会えない人になってしまった、と思い決められてしまったのだった。それから時代が変わり、アメリカからの往復がいくら容易になっても、母親の思い込みは変わらないままでいた。叔父がその年齢以外ではたいした変化も見せずに生きつづけている。それだけでも、母親には不思議な、驚くべきことだった。

ソファーに腰をおろした母親は小さな溜息を肩からつづけて洩《も》らしながら、食卓の方を見つめていた。食卓には、母親の飲みかけの湯呑みが置き去りにされている。

——ホテルだって、予約というものが必要なんですよ。うちなら、ホテル代すら出さずにすむんだから、向こうにとっては重宝このうえないってことだ。

——そんなこと。……それに今度は、こっちから頼んだことがあるわけだし。

——あれねえ……、達夫にとってはつまらないことだろうからね。忘れているのかもしれない。

——おぼえてくれているに決まっていますよ。だから、来てくれるんじゃないですか。

章子は断言し、母親を睨みつけようとした。しかし、気持が弾んでしまっていて、ゆるんだ顔を急には引き締めることができなかった。

達夫叔父に手紙を書き、ぜひ私たちの相談にのって欲しい、と頼んだのは、母親ではなく、章子だった。章子が手紙を出したので、叔父の返事も章子宛てになっていた。母親に言われ、代筆をしただけのことで、叔父の返事もすぐに母親に手渡さなければならなかったのだが、それでも叔父が自分宛てに返事を出してくれたことを、章子は心に留めておかずにはいられなかった。慰めすらも、感じ取っていた。

筆不精な叔父は、自分の姉である母親にさえ、便りを寄越すことが少なかった。毎年恒例のクリスマス・カードも、叔母の手で送られてきた。叔父にとって、まして母親の蔭にいる章子に便りを送ることは不必要なことだったし、気紛れに思いつくようなことでもなかったのだ。

毎年のクリスマス・カードは、母親から章子も見せてもらっていた。叔父の子どもたちが小さかった頃は、子どもたちの写真をカードにして送ってきた。三人の幼いいとこたちの笑顔に章子は見とれ、写真をそのままカードにしてしまうしゃれた思いつきにも感心しきっていた。その頃はまだ、そうした試みをほかで見たことがなかった。他の一枚一枚のクリスマス・カードにも、章子は単純に見とれていた。アメリカという具体的な国ではなく、どこか、はるかな美しい場所からひとすじの光が偶然に、自分の世界に射し込んできたのに心を奪われてしまうような、そんな憧れを持ちつづけていた。

居間には、母親の事務机が置いてあった。それは電話台も兼ねていて、脇に頑丈な木製の状差しがぶら下がっている。そこに、叔父からの手紙がひとまとめに集められているのを、章子は長い間、見慣れてきた。だいぶ前に使いものにならなくなっている手廻し式の鉛筆削り、章子の姉が小学生の時に作ったペン立て、正面の壁には章子が高校生の頃に描いた雪山のクレパス画が貼ってある。その机のまわりは、母親が誰にも邪魔されずに作り上げた、いつまでも変化が訪れそうにないひとつの眺めになっていた。

状差しの叔父の手紙は全部で二十通ほどで、古い順番に入れてあった。紺と赤で縁取りされた、薄青い色の封筒はきちんと揃えられることがなく、手前の何通かは折れ曲がったままになっていた。いちばん古い手紙がいったい、何年前のものなのか、その黄ばんだ色や傷み工合は、二十年以上の年月を想像させた。章子には、それもうらやましく感じられていた。他のコレクションとちがい、この母親のコレクションは到底、章子には真似できる類いのものではなかった。

どんな手紙のやりとりを、叔父と母親はしているのだろう、と好奇心をふくらませていた時期もあった。叔父の手紙をひそかに覗いてみたい。それは少しもむずかしいことではなかったのに、まだはたちにもなっていなかった当時の章子にできたことは、状差しのなかの一通をおそるおそる指でつまみ、引張りあげ、叔父の字の表書きを盗み見ただけのことだった。母親に気づかれることがおそろしかったし、手紙というものに必要以上に威厳を感じていた。

章子が母親のもとを離れ、やがて子どもを持ち、その子どもも五歳、六歳、と育つにつれて、おとなとして少しは扱ってやってもかまわないだろう、とみなすようになったのか、母親は章子に叔父からの手紙を時々、手渡すことをはじめた。読みにくいところを、自分の代りに読んでみてくれ、と言いながら。

もともとへたな字が一層へたになって、それを乱暴に書くし、どうやら漢字については記憶が怪しくなっているらしくて、気持の悪い漢字をうろ憶えに書くから、読み取るのに骨が折れてしかたがない。母親はこのようにけなすし、確かに読みやすい字ではなく、漢字のいくつかも、よく見ると奇妙な形に変わっていたが、章子にはそうした欠点も、叔父に感じる親しみをつのらせるものでしかなかった。

叔父からはじめて、章子が直接に手紙を受け取ったのは、半年以上も前のことだった。あんたに達夫叔父さんから手紙が来ていますよ、と母親がそっけなく、その封書を手渡してくれた。章子も驚きを見せずに、受け取った。そして、その手紙ばかりは母親に見せなかったし、母親も話題にさえ取り上げようとはしなかった。どんな中身なのか、充分に想像のつく、短かい手紙だった。章子は自分の部屋ですぐに眼を通し、文面の二行めに移る頃には早くも泣きだしていた。夕飯を終えてから、また叔父の手紙を拡げて、泣いた。寝る前にも、その手紙を一字一字ゆっくりと見つめ、そして声を洩らさないように気をつけながら泣いた。

あなたの母上から、今度の信じられない御不幸を知らされ、呆然としました。くわしいことはわかりませんが、あんなに元気そうだった坊やがなぜ、とショックを感じるばかりです。あなたたちのショックもいかばかりか、と思いますが、とにかく体に気をつけるように。運命という言葉は嫌いですが、そうしたものがあることを否定しきってしまえるものでもないようです。いくら短かい一生だったにしても、その存在の大きさははかりしれないものがあるでしょう。遠いところにいて、なんの助けにもなってあげられないのが残念ですが、そのうち必ず会う機会があると思います。……

こんな文面だった。母親がいつ、どんな言葉で叔父に知らせたのだろう、と思うだけで、泣きださずにいられなかった。机に向かって、ボール・ペンを握り、白紙の便箋を睨みつけている母親の姿が思い浮かび、そんなことまで母親にさせてしまった、と悔やまれた。そして、手紙を受け取り、驚いている叔父の顔も想像でき、その叔父の驚きに、改めて、まわりのひとたちの受けたはずの衝撃も連想させられ、おそろしさに涙が出た。誰よりも子どもの死など信じられないままでいるのは、章子自身なのだった。せっかく慕いつづけてきた叔父にそんな驚きを与えてしまったこともかなしかった。そして、筆不精な叔父がわざわざ、自分に手紙を書いてくれたこと。叔父として、うろたえながらも精いっぱい気を配ってくれていること。叔父からこのような手紙を受け取らなければならないようなことが、誰も夢にも考えていなかったのに、実際に起こってしまったこと。こうしたいろいろなことが同時に感じられ、ただ泣くことしかできなかった。

次の日、もう一度、叔父からの手紙を眺め、そして机の引出しの奥にしまいこんでしまった。いつまでも手もとに置いて、読み返すべきではない、と思い、事実、それから叔父の手紙を手にしたことがなかった。他にも、何通か同じように大事な手紙をもらっていた。小学校の校長や、仕事を通じての知りあい、女友だち。どれも叔父の手紙と一緒に、しまいこんであった。そうした慰めを与えてくれるものを読み返し、涙を流しつづけたがっている自分がいやだった。なにをしたらよいのか、なにをどう考えればよいのかわからないままだったが、感傷だけは寄せつけてはいけない、ということははっきり感じていた。

もうすぐ九歳になる広太が朝、蒲団《ふとん》のなかで冷たくなっているのを見つけた時から、一ヵ月ほど経っていた。章子は救急車で広太と共に病院に行き、一時間後には集中治療室から霊安室にまわされた。そこから、一人暮らしをしていた母親のもとに身を寄せ、そのまま広太と二人で暮らしていたアパートには戻らなかった。

叔父に母親は、そんなことまで知らせたのだろうか。叔父の書いてきた手紙の表書きは、母親の住所になっていた。

章子はできるだけくわしい事情を、叔父に書き送った。心をこめて、できるだけ丁寧に書いたつもりなのに、読み返してみると、学生のレポートのような、ぶっきらぼうな文面になってしまっていた。

それから二ヵ月経って、今度は母親に言われて、もう一度叔父に向けて手紙を書かなければならなくなった。母親は章子を抱えこむことになった自分の老後の生活が心配になって、すでに二軒も貸家を持っているのに、更に、家に少し手を入れて、小さな学生用のアパートを兼ねるようにしたい、と思いついたのだった。ついでに、足が不自由になっている自分のために、もう少し便利に使えるよう、家の部分部分を変えられたら、とも願っている。専門家の達夫がせっかくいるのだから、ぜひ知恵を貸してほしい。このような内容の手紙だった。アパートのプランには、章子は賛成できずにいたが、とりあえず、母親に言われるまま書いておいた。

その手紙に対する叔父の返事は、三週間以上もかかって届いた。

話はわかった。喜んで、相談にのりたいと思う。しかし、秋まで日本に行けそうにない。それまで待って欲しい。また、近づいたら連絡をする。

これだけの、電文のような内容だった。

この返事の届いたのが、六月だった。それから夏になり、いつの間にか肌寒さを覚えることが多くなり、夏という季節も過ぎ去っていた。気候の変化が直接に感じられなくても、振り返ってみると、季節が着実に移り変わっている。そのことに、章子は意外な感じを受け、多少の安心も得ていた。この世界の時間の流れと自分の気持とは、まったくなんのつながりもなかった、と不思議な発見でもしたかのように気づかされたのだ。真冬の朝、広太の息がとまり、死、という言葉を一方的に押しつけられてから、真冬の寒さが体のなかに居坐ってしまった。寒さに凍えているうちに、ある日、額に汗が浮かび、脇の下も汗で濡れているのに気づいた。熱でもあるのか、とびっくりした。まわりを見た。すでに初夏の光が、道を、建物を、走り過ぎる車を、街路樹の幹や葉をまぶしく照らし、行き交う人たちはブラウスやポロシャツ一枚の姿になっていた。半信半疑で、章子も着ていたセーターを脱いでみた。少しも、寒くはなかった。力強い光が、肌に心地よかった。

このような季節の迎え方でも、春は見せかけだけの春ではなかったし、夏も本物の夏だった。章子というひとりの人間がその小さな頭で納得しようがしまいが、季節の変化は順番通りに訪れ、日の長さも気温も大きな狂いを見せず、つまり地球も太陽も章子には無関心に、その活動をつづけていたのだ。

体を横たえることができなくなっていた。立ったり坐ったりしているかぎりは、死という言葉を自分の頭から取りはずしておくことは、さほどむずかしいことではなかった。しかし、生きている人間には眠ることが必要だった。眠るためには体を横にしなければならない。眠りなさい、眠りなさい、と母親も章子に言いつづけ、注意深く見張っていた。生きていたいとも思っていなかったし、死にたいとも思っていなかった。積極的になにかを思うということがなくなっていた。食べなさい、と言われれば、食べ、眠りなさい、と言われれば、なるほど、眠らなければいけないのか、と思った。それに、眠ることそのことは嫌いではなかった。眠っている間は、少なくとも、さまざまな、重要とされていることを無責任に、気の咎《とが》めも感じずに、忘れてしまうことができる。そのうえ、運がよければ、広太が夢のなかに現われてくれる。問題は、横になってから眠りに落ちるまでの間をどうするか、ということだった。

それで、章子はアルコールに助けを借りることにした。アルコールには幸い、弱い体質だった。毎晩、ビールやウイスキーを飲み、一人で飲むから限度がよくわからず、つい飲みすぎてしまい、気分がわるくなってもどしてしまうこともあった。それでも寝床に倒れこむとすぐさま眠れるのは、ありがたいことだった。寝床に倒れながら、こんなに酔ってしまうと、このまま心臓発作で死んでしまうのかもしれない、すると、これでこの世の見納めになるわけだ、とも毎晩、繰り返し思い、肩の荷をようやく下ろしたような気持になって、眼をつむった。

この程度に、いい加減な日々の送り方しかできずにいても、それでも一日一日の長さは章子に特別な貸しを押しつけることなく、夜が明ければ朝になり、昼を経て、また夜になり、というリズムを崩そうとはしなかった。そうして、ふと気がつくと、広太が姿を消してから章子にとっては時間が止まっているはずなのに、確実に一ヵ月経ち、三ヵ月経ち、半年の日数が過ぎていたのだ。

人はこうした場合、時間にのみ救われるものなのでしょう、ただし、長い時間が必要なのでしょうが、と章子に言った人がいた。救われるとはどういうことなのだ、と章子はその時、腹を立てただけだった。いつかは忘れる、と言いたいのだろうか、と。

しかし半年以上の日を、自分では思いがけず過ごしてみると、あの腹立ちは、広太という自分の子ども一人だけが、時間から見放されてしまった、と思いこんでいたからこそ感じずにいられなかったものだったのかもしれない、と思い直すようになっていた。時間から見放されているのは、生きつづけている自分も、他の人たちもすべて同様なのではなかったのだろうか、と。

三ヵ月ほど、仕事も投げ捨てていた。ある日、古い知りあいの松居という男に言われた。仕事もしないで、毎日、なにをしているんだよ。一人前の健康なおとなが、たとえ、どんなつらいことがあったとしても、親に甘えて、親の金で生きてもいいということにはならないんじゃないのか。自分の年を考えてみろよ。もう少しで、四十になるんだぞ。それで親のすねをかじろうなんて、みっともないだけだと思わないか。また仕事をまわしてやるから、ぼつぼつはじめろよ。

遠くに住む広太の父親も時々、電話をかけてきて、章子に言った。どうしている？　仕事はもうはじめているのか。なんだ、まだなのか。早く、はじめろよ。なんのかんの言っても、好きではじめて、つづけてきた仕事だろう。仕事をやっていれば、気も晴れるさ。

広太がいた時の生活を思い出すことでしかないような気がして、なかなか仕事をはじめてみる気がしなかった。それでも、確かに時間だけはありあまっていたので、いやいやながらではあったが、松居がまわしてくれる仕事を少しずつ手がけはじめた。小さなレコード店の、二色刷りのチラシが皮切りだった。どんなおざなりに仕上げても、誰も困らないし、文句も言わない、というあまりにも簡単な仕事だった。まるで子ども扱いだ、とは思ったが、今の自分にはこれだけのことしかできないのだ、とも納得していた。広太をそれで養い育ててきた唯一の仕事だった。

なぜ、戻ってこないの。戻ってくれれば、あんたは働かずにすんで、広太の世話を充分にできるのに。保育園なんかに入れられて、広太がかわいそうですよ。

母親にいくら言われても、結婚という手順を踏まずに自分ひとりで産んだ子は自分で働いた金で育てるというプライドを捨てることはできなかった。母親の世話になっていれば、広太ともっと多くの時間をともに過ごすことができたのだ。夜も人に預けることがなくてすんだだろう。アパートの貧しい生活ではなく、都心としては広い庭で、犬でも飼って、のんびり暮らすこともできたのだ、と際限のない後悔にも襲われたが、そのような現実のなかでのみ、生まれ育った子どもだったのなら、その子のためにも今更、これまでの生活を否定してはいけないのかもしれない、と考えはじめた。

このようにして、一日一日がゆっくりと、そしてすばやく過ぎて行った。

一日一日が過ぎ、そのおかげで、達夫叔父と会える日に少なくとも辿り着くことができた。叔父とようやく会えることを思うと、それだけで時間に感謝したい気持になった。死ぬ前に、ぜひとも会っておきたい人だった、間にあってよかった、と思ってから、叔父や母にもし、こんなことを言ったら、少しも死にそうにないくせに、と大いに笑われ、それから、自分たちより先に死のうなんて、許されないことなんだからね、とも叱られそうだ、と自分でも滑稽に感じずにいられなくなった。そして、あてもなく考えこんでしまった。いったい、本当にいつわたしは死ぬんだろう。

達夫叔父を家に迎える、と言っても、さほどの準備が必要なわけではなかった。

二、三年に一度の割合でしか叔父は姿を現わさないのだが、他に泊り客があることも考えられないので、いつの間にか、客間は叔父専用の部屋になってしまっている。章子の憶えているかぎりでは、章子が中学生の時に二十六になる従兄の秀が遊びに来て、風邪で熱が出たというのでしかたなく一晩泊っていったのを最後に、叔父以外の人は誰も家の客間に泊っていない。つまり、二十年以上も前のことになる。

章子が美術学校に通っていた頃、友だちが二、三人、泊りに来たことはあったが、客間には誰も入らなかった。その頃すでに、客間は叔父しか使えない、個人的な特別室に変わってしまっていた。畳に絨毯を敷き、その上に章子の姉が使っていたベッドと机を置き、ベッド・カバーは母親の手縫いのものを用意してある。押入れには、叔父のパジャマやガウン、下着の替えまでひとそろい、揃っている。

秀が泊った時は、それが突然のことだったせいもあって、中学生の章子は有頂天と言っても言いすぎではない心地になっていた。少し前に、姉と章子の間の兄、義男が心臓発作で急死していた。家のなかがそれですっかり変わってしまった。そんな折り、思いがけず秀が熱のために泊ることになり、章子は久しぶりの賑《にぎ》わいを感じずにいられなかった、ということだったのかもしれない。

高熱で寝てしまった秀に、その夜はさすがに近づかずにおいたが、翌朝、少し熱が引いたという秀に喜んでもらいたくて、自分の好物だった、チョコレート・クリームをたっぷり食パンに塗りつけたチョコ・サンドを作って、食べてくれ、食べてくれ、とうるさくせがんだ。日頃は愛想のよかった秀も、その時は、チョコ・サンドなど見るのもいやだ、という顔を隠そうとはしなかった。

そんな気持のわるいものを、だれが食べるっていうのよ、と当時、大学生になっていた姉が二人の様子に気づき、章子を叱りつけた。まったく子どもはこれだからいやだ、という無表情な眼を、秀も章子に向けていた。章子は台所に戻り、チョコ・サンドをゴミ箱に捨ててしまった。

そんなことがあった。それで、章子の記憶にはっきり残っている。

秀はそのあとしばらくして結婚し、それからは泊りに来るどころか、立ち寄って、顔を見せることすらしなくなってしまった。つづいて、大学を卒業した章子の姉が結婚し、地方都市に移って行った。

たぶん、その頃から達夫叔父が泊りに来るようになったのだろう。母親と章子の二人きりで住むことになって、ひとけのない広すぎる家で、さびしさに身を縮めることにも疲れ、静かさにまどろむようにして日々を過ごしていた。そのまどろみをある日、陽気に突き破り、思いだしてみれば誰よりもなつかしい姿を現わしたのが、アメリカから飛行機に乗ってきた達夫叔父だった。それから、いつでも叔父は同じような、唐突な印象を伴って、章子の眼の前に現われつづけた。二年、三年と経つうちには、章子にもそれなりの変化が訪れている。しかし、どんな変化でもある時期になると、凪の状態になり、人をまどろみに誘いこむ。そんな時期をまるで見越しているかのように、叔父は現われるのだった。

もちろん、叔父はただ自分の都合で、東京に来ているだけだったのだろうが、章子にはそうとしか思えない現われ方を、叔父はつづけてきた。そうして、今度も、叔父は唐突に、章子のまどろみを突き破り、新鮮な空気を章子の体に送りこもうとしている。

叔父の寝るベッドを整え、掛けぶとんやパジャマを日に当て、家を掃除し、食料をとりあえずの分だけ買いこんでおけば、ほかに叔父を迎えるためにしておかなければならないことはなさそうだった。とは言え、それだけで一日のほとんどの時間はつぶれてしまった。風呂場や便所も念入りにみがきあげた。母親もその間、家のなかを歩きまわり、台所の流しのまわりを片づけたり、居間の棚を整理したり、叔父の下着を点検しなおしたりしていた。

乾いた土のにおいが家のなかにまで日の光とともに漂い、ほんのりふくらんでいくような、秋晴れの日だった。空の青が澄んだ色に輝き、思わず見とれずにいられなかった。あの空を、飛行機で飛んだら、どんな光を見ることができるのだろう。この地上は、どんな様子に見えるのだろう。

家のなかで体を動かしながら、時々、外からの光に誘われて青い空を仰ぎ見ては、息を吸い込む。ところがそうすると、胸から喉にせりあげてくる感情のかたまりをせき止めるために、あわてて息を詰め、体を硬くしなければならなかった。それが間にあわず、一度だけ、声が洩れ、涙がこぼれ出てしまった。

道を歩きながら、電車をプラットフォームで待ちながら、店で買物をしながら、同じことを繰り返し、恥かしさを味わってきたので、だいぶ涙のせき止め方は上手になってきたが、いつでも不意打ちの感情の波なので、避けきれるものでもなかった。笑い袋という奇妙なおもちゃがあったが、章子は自分の体が安っぽい材料でできた泣き袋になってしまっているように感じることがあった。どこでも軽く押せば、なにかに怯えた子どものように全身で泣きだしてしまう。

簡単な夕飯を母親と早めに済ましてから、章子は花を飾ることを思いついた。叔父の部屋と、居間の食卓、そして章子の部屋に置いてある広太の骨壺に添えてやるために小さな新しい花も欲しかった。

自転車で、表通りにある花屋に向かった。夏に比べて日が短かくなったとは言っても、まだ空は明かるさを残していた。近くに私立の大学と女子高校があるので、表通りは若い人で賑わっている。花屋にも、制服姿の女の子が二人いて、プレゼント用の花束を作ってもらっていた。

冷気を保つためのガラス張りのウィンドウを覗きこんだ。赤いバラが、まず章子の眼を引いた。オレンジ色に近い、明かるい赤。その手前の、ピンクのバラの色も気に入った。ごく薄いピンクで、ケーキの飾りに似ている。ピンクの横には、黄色いバラもあった。

以前、やはり叔父を迎えるために、広太と庭で花を集めたことを、思い出した。広太はまだ三歳にもならなかったのだろうか。

叔父が母親の家に着く前に、章子も広太を連れて母親の家に行った。叔父の部屋を点検していると、広太が、おはな、かざろう、と言いだした。広太の誕生日やクリスマスなど、特別な時に、章子がアパートの部屋に花を買ってきて飾るのを、見覚えていたのだろう。そうしようね、と章子は言い、庭に広太とともに出た。ハナダイコンや水仙、ヒヤシンスが芝生を囲むように咲いていた。だから、四月のはじめ頃のことだったのだろう。

広太に好きな花を摘ませながら、章子はぼんやり庭を歩きまわっていた。

まとまりのない、しかし章子の眼には充分、野の魅力を持つ、小さな花束ができあがった。コップに入れ、叔父の部屋の机の上に置いた。机の上にはなにも置いていなかったので、コップの小さな花束はよく目立った。

きれいだね、おじちゃん、よろこぶね。

広太も満足気に花を眺めていた。

うん、きれいだ。おじちゃん、きっとよろこんでくれるよ。

叔父にももちろん、広太の花束を報告した。

広太がおじちゃんにって、庭から摘んできたんですよ。

ふうん、それはうれしいね。

叔父は言い、広太に笑いかけてくれた。しかし、たぶん、叔父はその夜のうちにも、花のことなど忘れてしまっていただろう。

黄色いバラを食卓に、叔父の部屋には青いトルコ桔梗を、広太のためにはピンクの小さなバラを買うことにした。

黒い長靴をはいた背の低い店員が、章子のうしろに立っていた。その花屋には四、五人の店員がいるのに、その背の低い店員が大抵、章子の注文を聞くまわりあわせになっていた。まだ二十になったかならないぐらいの、癇《かん》の強そうな顔をした青年だった。また、この人だ、と思いながら、こちらはできるだけ屈託なさそうに注文を口にする。青年はにこりともせずに、花を注文に応じて抜き取り、紙に包んで章子に手渡す。その時、必ずと言ってよいほど、二本よけいに入れておいたとか、六百五十円だけど六百円でいいとか、小さな声でぶっきらぼうにつぶやき、章子を睨みつける。おまけはどんな時でもうれしいので、章子は笑顔になり、青年に礼を言う。しかし、青年に合わせて、なんとなくまわりに聞こえないような声になっている。

はじめのうちは、なにも気にならずに、単純に花屋のサービスを喜んでいた。しかし、青年の顔を一度見覚えてしまうと、もしかしたら、と緊張を感じるようになっていた。近くに他の花屋があれば、もっぱらそちらに行くようにしてしまっていたかもしれない。が、そうもいかなかったので、できるだけ気にかけないことにしていた。ただのサービスなのだ。あるいは、気紛れに青年が思いを寄せてくれている、とでも思っておけばよいのだ。

二月のあの朝も、章子は同じ店に花を買いに来た。

前の日に、母親の家に白い花の祭壇が作られ、その前で、通夜と呼ばれる不思議な時間を過ごさなければならなかった。多くの人の影が揺らめきつづけ、どこを向いても光らしい光が見えなかった。祭壇には、広太の顔写真が目立つところに置いてあった。そこから眼をそらし、章子は祭壇のいちばん手前の白い花の一列を見つめていた。

そのまま、そこで夜を過ごした。広太が保育園に通っていた頃、母親同士のつきあいで仲良くなった良子と、その昼間、北海道から到着した広太の父親の楠田が、章子のそばから離れなかった。解剖を受けた広太の体は柩《ひつぎ》のなかにとじこめられ、その柩は祭壇のなかほどに、白い花の波で隠されてしまっていたので、顔を覗くこともむずかしくなっていた。それでも、広太の体は確実にそこにあるはずで、ならば、できるだけ近くにいてやりたかった。たった二日前の夜には、こわい夢を見たと言いながら広太が章子の寝床に潜りこんできて、朝まで同じ寝床に寝ていたのだった。

その前の晩も眠っていなかった。眠気というものも、食欲というものも、思い出さなくなっていた。しかし、良子と楠田にはさまれて、とにかく横になって眼をつむるように、と言われ、そのようにしているうちに、いつの間にか眠りに落ち、眠ると泣き声がはじまり、その自分の声で起きてしまい、両脇でぐっすり寝ているらしい二人を起こさないよう、じっとしているとまた、うつらうつらしはじめ、ということを繰り返しながら、朝を迎えた。

朝の光が射しこんで、部屋のなかが明かるくなっても、白い花の祭壇は消えようとせず、章子を落胆させた。午後からはじめられる、という告別式なるものも、では本当に行なわれることになるのか、と考えるだけでうんざりした。

楠田と良子が祭壇を見つめながら、陰気なのはよくない、広太らしくない、と言いあっていた。結論として、要するに、白い花だけなのがよくない、楽しい色の花をたしてやるべきだ、広太もその方がうれしいに決まっている、ということになった。章子も、そう言われればその通りだと思った。

さっそく、楠田が花屋に行ってくる、と言った。わたしも行く、と良子が言った。わたしにぜひ、その花を買わせて。

どんな花を二人が選ぶのか気になって、章子も一緒に行くことにした。

朝の道が、眼に痛いほど明かるかった。

その明かるさにとまどいをおぼえたことと、花屋でピンクのガーベラを選んだことだけを憶えている。他の花も選んだのかもしれないが、思い出すことができない。ガーベラだけが記憶に残っていて、それ以来章子にとって、ガーベラは嫌いな花ということになってしまった。

朝の早い時間だった。三人はどんな様子の客だったのだろう。決して、特別な様子には見えなかったと思うのだが、わからない。章子は泣きだしもしなかったし、ふらふらと倒れる、などという真似もしなかった。

店頭にどのぐらいの時間、立っていたのか、どんな言葉を交わしあったのか、どの店員がどのように注文に応じてくれたのか、なにも憶えていない。

気にすることはなにもない。そう思うしかなかった。

あの時から、章子が花屋に姿を現わすことが急に増えた。けれども、白い花を求めたことはない。陽気な花、楽しい花を選びつづけている。事情を承知した上で、同情してくれているわけではない。もし、そうだったらと思うだけで、身がすくんだ。

東京という都会だとは言え、その一隅では、商店の人たちを中心にして、うわさが思いがけない速さで伝わることを、章子はすでに思い知らされていた。大通りの反対側の八百屋に、お気の毒なことでしたねえと声をかけられ、蒼ざめたことがあった。道を歩いていて、見知らぬ女に深々と頭を下げられ、気味の悪い思いを味わわされたこともあった。

わからないことが多すぎた。自分がなにをおそれ、外に出ると身をこわばらせずにいられないのか、わからない。広太と自分になにが起こったのか、もよくわからなかった。

わからないことは、わからないままにしておいてもいいのだ。この頃になって、章子はそのように感じはじめていた。わかりたいと思うから、わかるというものではないのだろう。自分にも、もしわかることがあるのなら、なんらかの方法でそのようになるのかもしれない。どんなことでも、どんなものでも、きっかけになりうるとも、思った。だとしたら、あらゆることに注意深く気を配っておかなければならない。きっかけを見逃がしたくないと思うと、どんなことをも頭から否定する気にもなれなくなる。奇跡ということ、生まれ変わりということ、夢見、そして草一本の姿、風の変化、人や動物の姿をも。

叔父が家に着いたのは、予定より少し遅くなり、九時をまわった時刻だった。待ちかねていたインターフォンが鳴ると、母親は章子に顔を向け、わたしが出ますから、と言い、杖を頼りにゆっくり立ちあがった。それで先に玄関に駆け出ることはできなくなり、しかたなく章子は母親のうしろにもどかしい思いで従い、玄関に向かった。

母親に言われ、ガラス戸を開けると、まず叔父の声が聞こえた。

——遅くなっちゃったよ、やれやれだ。

それから、叔父が現われた。黄色いダウン・ジャケットを着ていた。

——さあ、早く入って。ずいぶん、暑くるしい格好をしているじゃないの。

母親がうれしそうに言った。

——暑いねえ、まったく。汗びっしょりだよ。

玄関の三和土《たたき》に立った叔父は母親と章子の顔を見比べながら、口を大きく開け、声を出さずに笑った。

——あたりまえよ、そんなのを着て歩いている人はまだ、東京じゃだれもいないですよ。それに、この色。息子のを借りてきたんでしょう、どうせ。

——そうだけどね、暖かいから、これは。モスクワは寒いんだよ、こことは大ちがいだ。

叔父はまた、おどけたように口を開け、息を吐き出した。釣られて、章子も笑いだした。早く、自分なりの挨拶をしなければ、と思ったが、タイミングがつかめなかった。

——ちょっと章子、ぼんやりしていないで、叔父さんの荷物を運んでさしあげなさい。

母親に言われ、あわてて三和土に置いてあった古びたスーツ・ケースを持ちあげた。水色の、章子にも見覚えのあるビニール製のスーツ・ケースは本や書類のせいなのか、かなりの重さだった。

――ああ、わるいね、章子ちゃん。

――いいえ、あの……、どうぞ、おあがりください。

恥かしさに口ごもりながら、叔父から逃げるように、スーツ・ケースを和室まで運んだ。どうして、外国の映画などでよく見るように、会えてうれしい、なんてうれしいんだろう、などと叫びながら、叔父の体に抱きつくことができないのだろう、とがっかりした。けれども、うれしさには変わりなく、体が浮きたっていた。

章子が居間に行くと、叔父は母親と並んでソファーに坐りこんでいた。章子に気がつくと、叔父は自分の体を横にずらして、

――ありがとう。章子ちゃんもここに来て坐りなさいよ。

と言ってくれた。

――ええ、でも、お茶を今、用意しますから。

章子は答えた。はじめて、叔父とまともに顔をあわせた。叔父はなつかしい顔に、なつかしい微笑を浮かべていた。章子は顔を赤らめてほほえみ返し、急いで台所に行った。

叔父のもてなしはお茶だけで済ませられるので、気が楽だった。酒も煙草も、叔父とは縁がなかった。音楽以外には、娯楽らしい娯楽を知らない。その音楽もバッハが中心で、若い頃はヴァイオリンでパルティータをかなり上手に弾いていたらしいが、今は三男が弾くのを聞いて

楽しんでいるということだった。まじめと言えばひどくまじめなところは、章子の母親もよく似ていた。しかし、章子の母親の方は音楽さえ好きではなかった。章子と章子の姉にピアノを習わせていたのは、自分が音楽に惹かれていたからではなく、叔父の影響だったのにちがいない。姉も章子も、ピアノはついに好きになれず、中学生になった頃に投げだしてしまっていた。

台所で、叔父の好むぬるめの薄いお茶を支度しながら、章子の体は落ち着かなかった。胸の動悸で、手も足も震えているように思えた。なぜ、こんなにうれしいのだろう、と我ながら、妙な気持もした。なぜ、こんなに達夫叔父が好きなのだろう。実際には、ろくに話をしたこともないのに。子どもの頃から、ほんの数えるほどしか会っていないというのに。

一晩中でも、できることなら叔父のそばに坐りつづけ、ゆっくりその声を聞きつづけていたかった。よく日に焼けた、頬骨が高く、眼鼻の大きい、その瘠《や》せた顔を見つめていたかった。が、章子が居間に戻り、お茶を差しだすと、叔父は、申しわけないが、すぐにでも風呂に入らせてほしい、と言いだした。

――あっちの寒さは予想以上で、気をつけていたつもりなんだけど、やっぱり風邪を引いてしまったみたいでね。わがまま言ってすまないんだけど、きょうは早く風呂に入って、休んだほうがいいらしい。こっちに来たら、シャツもズボン下も汗で濡れてしまって、それで実を言うと、途中で気持がわるくなったんだ。もう、年だからね、ぼくも。一晩、ゆっくり休めば、あしたはすっきりしていると思うよ。いろいろな話はあしたから、ということにしてくれるね。……こっちに、ぼくが教えていた男がいて、その男を姉さんに紹介しようと思っているんだ。もちろん、ぼくが基本的なことは考えるけど、あとをだれかに頼まなくちゃむりだからね。まだ、四十ぐらいの男だけど、なかなか優秀で、慎重なタイプでもあるし、姉さんもきっと気に入ると思うよ。さっそく、あした連絡してみるつもりだから。

章子は急いで、風呂を用意した。叔父は三十分近くも風呂でくつろぎ、パジャマ姿で出てくると、こういう時には日本の風呂がいいねえ、いいお湯だったよ、じゃ、おやすみ、と居間で叔父を待っていた章子と母親に声をかけ、そのまま、自分の部屋に入って行ってしまった。

——あの様子じゃ、あしたも一日、うちでのんびりしてもらったほうがいいのかもしれないわね。

母親が安心したような、物足りなそうな溜息をついて、つぶやいた。

足のわるい母親の寝支度をいつもの夜と変わらずなんの気持もこめずに形だけ手伝ってから、章子も疲れた思いで部屋に戻った。

二年前に持病のリューマチを悪化させ、歩行が不自由になってから、母親は身辺の手伝いをしてもらうために、家政婦を置いていた。しかし、なにかと気に入らなかったらしく、章子がともに暮らすようになってからは、あんたのこともあるし、これから節約しなくては、と言って、週に二度、パート・タイムで手伝いを頼むことにしてしまった。

わたしは今まで通りですもの。お金の心配までしてもらう必要はありませんよ。今までわたしがどうやって暮らしてきたと思っているの。お母さんも、だから、今まで通りにしてくださっていてかまわないんですよ。

何度も章子が言ったにもかかわらず、母親は章子という娘を今頃になって、引き取ることになった自分の生活の心配をやめようとはしなかった。おかげで、手伝いの来ない日は章子が母親の面倒を見なければならなくなり、外にも出にくくなった。その成行きに、不満を感じているわけではなかった。広太がいれば、毎日、無我夢中で過ごさなければならないほどの忙しさがつづいているはずだった。仕事に追われる時間のなかで、広太のための弁当作りや、勉強の相手、広太の飼っていたカエルやカメの世話、サボテン、マリモにも気を配り、トランプで遊び、体操をし、手品を練習し、絵も描き、映画を観に行き、動物園、博物館、遊園地にも出かけ、クリスマス・ツリーを飾り、こいのぼりを立て、月見のだんごもこしらえ、旅行にも行った。

立ち止まることもできない忙しさがつづいていた。それに比べれば、今の生活など、体力を持て余しているようなものなのだ。ただ、広太との生活がどんなに忙しく、どんなに疲れをもたらすものでも、章子自身楽しんでいたのに、今の母親との生活はどうにも楽しいとは思えない、というちがいはあって、そのちがいは大きかった。母親の世話をいやだ、とは思わなくても、広太の相手をしている時とちがって、自然に笑いだすなどということはなく、必要以上の手を貸そうとも思いつかなかった。母親も娘の手はできるだけ借りたくないという意地を張っているので、多くの要求を章子には向けようとしない。きっと、不便を感じていることはほかにいっぱいあるのだろうし、ずいぶん、ぞんざいな、と腹も立てているのだろう。それを母親は母親なりに、広太を失った章子を思いやり、我慢しているのかもしれない、と思うと、今の自分にできることと言ったら、七十を越え、体も不自由な母親に少しは満足できる日々を送ってもらえるように心がけることしかないのだから、どうにかしなければ、と自分に言い聞かせずにいられなくなる。しかし、それにはどうしたらよいのか、見当がつかなかった。ちゃんと考えなくては、と思うと、途方に暮れ、心細くなり、ただ泣きだしたい思いになるだけだった。

章子の部屋は、叔父の寝ている客間と隣りあっていた。それで、出入りするのに、客間の前の廊下を通らなければならなかった。障子だけの隔てなので、叔父がなかで寝ている間、風呂やトイレに行くたびその廊下を通るのに、足音を響かせないよう、神経質にならざるをえない。が、一方では障子の向こうに叔父の寝息を聞き取ると、叔父が本当に、わたしのこんなにそばで寝てくれている、と満足も覚え、部屋のなかにいても、叔父との近さを忘れることができなかった。

叔父と章子がこうして母親の家で泊りあわせるのは、たった二度めにすぎないのだった。章子が憶えていないほど、小さかった頃のことはわからないが、章子が高校生の時に、叔父が泊りに来たのが、憶えているかぎりでは最初の機会だった。けれども、その当時章子は二階の部屋にいて、叔父の滞在も短かく、せっかくの機会だったのに、叔父の存在を身近に感じることはなかった。次に叔父が来た時には、家族全員を引き連れていたので、都内に小さな家を借りて、そこに滞在していた。そして、次の時にはもう、章子は母親の家から出てしまっていて、達夫叔父が来るから、と母親に呼ばれて顔を合わせても、叔父の寝る頃になると、章子は母親の家から自分の借りている部屋に帰らなければならなかった。広太が生まれてからも、叔父と泊りあわせることはないままで、自分たちも泊って行きたい、と思いながら章子がぐずぐずしているると、さあ、あんたたちは早く帰りなさい、広太を寝不足にさせたらだめですよ、と母親に必ず追いたてられてしまった。

あなたも会えたら、いいのにねえ。

何年も前、章子は楠田に言ったことがあった。

会ってもらいたいんだけど、やっぱり、そんなわけにはいかないのかしら。

広太が生まれてから、まだ四、五ヵ月しか経っていない時期だった。結婚していないのに、章子が子どもを産んだ、ということは、母親にしてみれば、叔父にも誰にも隠しておきたいことだったはずなのに、実際はそうもいかず、どんな言葉を使ったのか、とにかく報告はしてくれたらしかった。達夫叔父がまた来るから、広太を連れて挨拶に顔を出すように、と母親に言われ、章子は広太をはじめて本当に、母親から認めてもらえたと感じ、喜びを抑えきれずにいた。そして、広太を叔父に会わせる日が近づくにつれて、広太の父親である楠田には会ってもらえないことが気にかかりはじめた。

普通なら、当然、あなたを紹介しなくてはいけないのに、どうして紹介できないのかなあ。叔父だって、なんとなく片手落ちの感じがするんじゃないかと思うんだけど。

しょうがないよ、それは。むりに会っても、向こうだって困ってしまうさ。

楠田は章子の不満に、苦笑していた。

あなたがほかの人と結婚しているかぎり、だめだってことなんでしょうけど。でも、これからどうなるかわからないんだし、わたしたちはわたしたちなりに、納得しているんだから、そのまま叔父にも受けとめてもらうわけにはいかないのかしら。一度だけでいいから、会っておいてほしいのよ。なんとか、チャンスを作れないかな。

章子は母親の目を盗んで、叔父に頼み、どこか場所を指定して、三十分でも楠田と会ってもらうことを、さっそく、考えはじめていた。むずかしいかもしれないが、できないことではない。

会うのは、かまわないけど、どうしてそんなにこだわるのか、よくわからないな。

楠田が言った。

だって、叔父とあなたは同じ大学を出ているんじゃない。それだけでも、大きいことだと思わない？　広太から見たら、お父さんと大叔父さんが同じ学校を出ているというつながりを持っていることになるんだもの。それに、達夫叔父しかいないのよ、身寄りで、きっと広太の支えになってくれそうな人って。だから、しっかり見届けておいてもらいたいのよ、あなたのことも含めて。

おれなんかに会ったら、広太まできらわれてしまいそうだ。

そんなことないわ。きっと話があうわよ。いい人なのよ、ほんとに。

よっぽど特別な人なんだね、その叔父さんっていう人は。

そうよ、特別なのよ。なんだかよくわからないけど、特別な人なのよ。そして広太も、あなたも、最近、わたしにとって同じように特別になったの。だから、互いに知らないままなんて、いやなのよ。

感情をつのらせて、楠田に言いつづけるうちに、章子は楠田と達夫叔父が親しげに会うことなど、少なくとも今のうちは、現実に起こるはずがないことなのだ、と気づかされてもいた。

広太を抱いた章子を見て、達夫叔父はごく当たり前の母子を迎えるように迎えてくれた。

やあ、章子ちゃん、元気そうだね。大きな赤ん坊だな。顔を見せてごらん。うん、章子ちゃんにも似ているけど、おじいちゃんに似ている感じがするね。

そうでしょうかね。

母親は驚いて、広太の顔を見つめなおしていた。

その日、天気がよかったので、庭で写真を撮った。

広太を抱いた章子と叔父が並び、母親がカメラを構えた。

なんだか、すごく若い奥さんをもらっちゃった感じで、はずかしいな。夫婦に見えないかね。

叔父がつぶやき、章子はふきだしてしまった。

まさか。……

それでも、章子はこの上なく、うれしい気持になっていた。

叔父が広太を抱いている写真も撮った。

おとなしい子だねえ、にこにこ笑ってばかりいる。サニーでいいねえ。

こんなことも、叔父は言っていた。

叔父としては、あの時も精いっぱい、章子をはげまそうと努めてくれていたのだったろうか。

今頃になって、章子はそう思い当たるようになった。あの当時は、自分と広太のことしか頭になく、叔父の言葉にただ喜びを感じとり、広太を誇らしく胸に抱きしめなおすだけだったのだが。

その夜、章子は隣りの部屋の叔父には知られたくないと思いながらも、あれこれ記憶を辿るうちにウイスキーを一人で飲みはじめ、酔いつぶれて、そのまま眠りこんでしまった。

3

雨があがったばかりなのだろうか、空気にしめりけがあり、きもちがよかった。

まず、いっぽんの木がみえた。おおきなヒマラヤすぎだ。いつものほこりっぽさがきえ、ひろびろとしたあおい空にぜんたいがつややかにひかってみえた。

わたしはヒマラヤすぎのまぶしいこずえをみあげながら、そこにちかづいていった。あの子の墓まいりだというのに、眼にうつるひかりのせいか、はればれとした気分になっていた。そんな気分は、ひさしぶりであじわうものだった。

ヒマラヤすぎのもとから、ほそい砂利の道がはじまる。まわりはコンクリートでかためてある。ひくいさくでしかくにくぎられたその場所は、いままでは、殺風景このうえない場所だった。しかし、この日はようすがかわっていた。納骨堂というより、西洋ふうのちいさな庭園といったようすにかわっていた。

なにが、どうかわったのだろう。わたしはあるきながら、まわりをゆっくりみわたした。なぜ、こんなにくつろげる場所にかわってしまったのだろう。しずかだった。けれども、いままでのような、おもわず身をちぢめたくなるしずけさではなかった。なつかしく、あまやかなしずけさ。

小鳥のこえがきこえた。つるバラがまきついているアーチに、わたしは気がついた。砂利の道のとちゅうに、さりげなくたてられている。こんなものは、まえにはたしか、なかったはずだ。オレンジいろのかかったきいろい、ちいさなバラのはながちらほらさいていた。この納骨堂を管理している会社のだれかがおもいついたことなのだろうか。

あと、ほんのすこしくふうをすれば、気がめいらずにすむどころか、だれでもがおもわずたちよりたくなるようなうつくしい場所にかわるのに、とわたしも不満というほどではないにしても、かんがえつづけていた。納骨堂だからといって、いんきくさいところでなければならないということはないはずだ。さいわい、日あたりはわるくなく、ひろさにもめぐまれている。なによりも、草のはな、木のはながほしい、とおもっていた。それもしろいはなではなく、あかやピンク、きいろのはながいい。たくさんはいらない。ほんのすこし。片すみにすこしだけはながさいているだけで、どれだけぜんたいがやわらいだながめになることだろう。

こうしたわたしのきもちが、どういうわけかつうじたのかもしれない。つるバラのアーチをみつめながら、ほら、やっぱり、たったこれひとつで印象がまったくちがってみえる、とじまんめいたきもちになっていた。

アーチをくぐり、砂利道をすすむと、こんどは納骨堂の正面をかざる植込みがみえた。せのたかい植込みで、そのかわり、はばはせまい。ちょうどほそながい箱をたてたようにていねいにかりこんであり、おなじかたちのほそながい植込みが、一定の間隔をおいて、たてにならんでいた。植込みはごくうすくできていて、日のひかりがすけてみえ、ちいさなすきまからはひかりのすじもさしこんでいた。

こんなものまでつくってしまうとは、ずいぶんおもいきったことをしたものだ、とわたしはおどろきもし、めあたらしいながめにうっとりもしていた。

ひとつひとつの植込みのあしもとには、ベンチもおいてある。そこに、すわっているひとのすがたもみえた。植込みがいくつかならんでいるので、ほかのひとにあわないようにして、納骨堂にちかづくことができる。

なんて、すばらしいところにうまれかわったのだろう、と感心しながら、わたしがあるいていると、うしろからこえがきこえてきた。

ふうん、これはいいところだねえ。

ふりむくと、たつおおじさんがいた。

ええ、わたしもここなら、とおもったんです、あの子もよろこんでくれそうで。

たつおおじさんはにっこりわらって、うなずいてくれた。

それにしても、こんなところまで、よくきてくださいましたね。おいそがしいのに。

いちどは、ここにきたいとおもっていたからね。どういうところなのか、じぶんでみとどけておかないことには、ぼくだってあんしんできないよ。

たつおおじさんの言葉があまりにもうれしくて、わたしはなにもいえなくなってしまった。

植込みがおわると、納骨堂のまえに、ベンチが三れつ、左右にわけてならべてあった。それも、まえにはなかったものだ。わたしとたつおおじさんはひだりとみぎにわかれて、最前列のベンチにこしをおろした。しばらく、なにもいわずに、眼をつむってすわっていた。木の葉のかすかなそよぎがきこえ、小鳥のこえ、じぶんのいきづかいがきこえた。

そうなんだなあ。

たつおおじさんのこえがきこえた。

え、なんのことですか。

わたしはたつおおじさんにささやきかけた。

うん、ここにきたら、はっきりとわかったんだよ。まわりの人間にとって、たしかに死んだというじじつがあって、それはそれで否定できることではなくても、個人としてみたばあいは、生きつづけているということもあるんだね。まったく、べつのことなんだ。むりにおなじにかんがえるひつようもないし、どちらがほんとうということもない。個人的に生きつづけていることを、ほかのひとにはなっとくしてもらえなくても、ちゃんと生きていることにはちがいがないんだ。

そうなんですよ、ほんとうにそのとおりなんです。あの子は、だから、死んではいないんです。生きているんです。そんな気がする、というのではなくて、じっさいに生きているんですよ。それを、ひとにはわかってもらえないからというだけのことで、まさか、死んだといってごまかすわけにはいかないですもの。

たつおおじさんにわかってもらえたことで、わたしはながいゆめからとつぜん、さめたように、げんきづけられ、どんな場所にじぶんがいるのかもわすれ、ほとんどさけぶようにして、いままでひとにいえずにいたおもいをはきだしていた。そして、そのじぶんのこえによろこびのきもちが火花のように、全身からふきだしていた。

そうだ、やっぱり、あの子は生きているんだ、死んではいない。わたしが生きているように、あの子も生きている。

ドアを軽く叩く音が聞こえ、一瞬、章子はすくみあがった。夜中の一時に近い時間だった。パジャマに着替え、ウイスキーを飲みながら、広太もおもしろがってよく見ていたアメリカ・インディアンの図案集を眺めていた。章子が身動きできずにいると、今度は、声が聞こえてきた。

——章子ちゃん、まだ起きているんじゃないの。

達夫叔父だった。ほっとして、それから改めて不安な気持になった。こんな時間にどうしたのだろうか。

——はい……。

とりあえず、叔父にも聞こえるような声で返事をしてから、立ちあがって、ドアを開けた。叔父はパジャマに紺色のガウンをひっかけた姿で、廊下に寒そうに立っていた。

——びっくりさせたかな。

——ええ、だって、こんな時間に。なにか具合のわるいことでも……。

章子がとまどいながら言うと、叔父はうなじに手を置き、微笑を浮かべた。

——いや、さっき便所に起きたら、ドアの隙間から光が見えたものでね。いつも、こんなにおそいの。

——まあ、だいたい。もういい加減で寝るところですけど。お酒を少し、飲んでいたんです、実は。

章子は恥かしさを笑顔でごまかして、答えた。どうせ、この赤く染まっている顔を見れば、わかることなのだ。それに、酒を飲んではいけないという年齢でもない。

――うん……、きのうもおそかったみたいだね。寝つけないのかな。

――そういうことでもないんですけど、なんとなく……。

酔わなければ寝られない、などという言い分は、うそではなくても、甘えにちがいない。酒に酔って寝ることに慣れてしまうと、酒を飲まずに寝ることを試してみるのも、こわくなっていた。

――せっかくだから、少しおしゃべりをしようか。どうかな。

――こんな時間に、ですか？

章子は驚いて、叔父の顔を見直した。眠たげだが、意外に真面目な表情だった。

――いいじゃないか。一人でそうして飲んでいるよりも、おしゃべりしながらのほうが楽しいだろう。章子ちゃんとゆっくり話したこともないし、これからだってわからないしね。ぼくももう、六十五なんて年になっているから、これで最後にならないともかぎらない。

――叔父さんは、絶対にだいじょうぶですよ、長生きするに決まっているわ。

笑いながら、章子は言った。

叔父も笑いだした。

――そうかなあ、いやに確信ありげに言うんだな。

叔父に言われるまま、章子はウイスキーの残っているコップを持って、叔父の部屋に移った。思いがけないことになって、もっと驚き、緊張してもいいはずなのに、酔いのせいなのか、それとも夜中という闇のなかの時間のせいなのか、浮き浮きした気持になるだけで、叔父とこのように過ごすこともはじめてではないという感じもしてならなかった。ベッド脇のテーブルに飾っておいた青い花が、章子の眼についた。

失礼してぼくはベッドに入っているから、章子ちゃんは適当に坐って、と叔父に言われたので、叔父がベッドに入るのを見届けてから、近い位置に坐りこんだ。ドアも障子も開け放しにしておいたので、暗い廊下を章子の部屋の光が照らしだしている。叔父は部屋の電灯をつけずに、サイド・テーブルの電気スタンドだけをつけていた。

——章子ちゃんが、今いる部屋は、ずっと空いたままになっていたね。

——前は、姉が使っていました。姉が高校生の頃、二階の、わたしと一緒の部屋じゃいやだって言いだして、あの部屋だけ建て増ししたんです。姉の新しい部屋が、その頃、うらやましくて、しかたがなかった。

叔父はベッドで体を横にし、片腕を立てて頭を支え、章子に顔を向けていた。

——そう言えば、そうだったな。あとで聞いて、ぼくが文句を言ったんだ。

——文句を？

——そう。ぼくに相談すりゃよかったのにってね。もっと安い費用でできただろうし、だいたい、ここを建てた時に、相談してくれていれば、建ててからほんの四年か五年後に、建て増しするなんて、つまらないことにはならずにすんだはずだ、と言ったんだけど、あんたなんかよリ、大工の棟梁の方がよっぽど、信用できますって、一蹴されたな。もっとも、ぼくもまだ若かったからね。ちょうど、アメリカに行くか行かないかで、いろいろともめていた頃でもあったし。

——なんとなく、おぼえています、母があの頃、達夫叔父さんって言うと、ひどく不機嫌になっていたのを。

——そうかね。

叔父は大きな口を開けて笑った。章子はぼんやりと幾つか記憶に残っている場面を注意深く探りながら、言葉をつづけた。

——その少し前に、叔父さんが結婚して、わたしも結婚式に行けるのかと思っていたら、子どもたちは留守番だったので、とてもがっかりしたんですよ。あとで写真を母が見せてくれて、それを何回も何回も眺めていました。小さな教会で、叔母さんがすてきな白いドレスを着て。……わたしが五歳か六歳の頃です。それから、叔父さんの家に遊びに行くのが、とても特別なことに思えて……、叔父さんが女の人と当たり前の顔をして一緒に暮らしているのが、なんとなく不思議で、秘密の隠れ家に行くような気分だったんです。結婚という言葉を知っていても、叔父さんはそれまでと変わらずに、わたしたちのそばに居つづけてくれるんだ、と思いこんでいたんでしょうね。……赤ちゃんが生まれた時も、なおさら妙な気分でした。思いがけないところから、わたしたちの競争相手が出てきた、それもわたしたちにはかないっこない、大変な競争相手だって。わたしたちはなんと言っても、叔父さんの子どもじゃなかったんですもの。

——そんなことを思っていたとはね。でも、章子ちゃんだけだったのかもしれないな、そういう気持を持っていたのは。規子ちゃんは自分のお父さんのことを少しはおぼえているんだろうから、いくらぼくになついていても、叔父さんは叔父さんだと思っていただろうし、義男ちゃんは章子ちゃんより体が大きくても、赤ちゃんとまだ変わらなかったから。……お父さんが死んだ時、章子ちゃんはまだ二歳になるかならないかの頃だった。

ウイスキーを少しずつすすりながら、章子は達夫叔父の言葉を聞いていた。

もちろん、父親が死んだ当時の記憶はなかった。祖父が死に、会社を引き継いですぐに、父親はなにか大きな失敗をして、電車に跳び込み自殺をしてしまった、という。母の口から直接聞いたことはないが、姉から聞き、父の法事で集った人たちの口からも知ることができた。人が自分で死ぬ時には、家族のことを忘れてしまうものなのだろうか、まだ小さな子どもが三人もいても、そういう人を引き留める力にはならないものなのか、と章子は十代の頃、考えることが多かった。二十代、三十代、と年齢を重ねるにつれて、しかし父へのこだわりは薄らいでいった。いくら考えてもわからないことは、他にもたくさんあることに気づかされたのだった。それに、父が死んでから、あまりにも長い時が経ってしまってもいた。

とにかく父は死に、会社から当然のことながら、母は切り離され、土地といくらかの財産と共に、放りだされた。おかげで、生活費の心配はしなくてすみ、それはとても大きなことだったはずなのだが、急な変化は心細いことは心細く、母の弟である達夫叔父はそこで、自分の役目を重く感じたのだったろう。年は若くても、母を支えることのできる身内の男は、他に一人もいなかった。

結婚するまでの四年間、叔父は章子たちの家になかば同居するような形で、母を守りつづけていた。それが具体的に、どのような日々だったのか、いちばん末の子どもの章子にとっては、伝説に似た時代に過ぎない。叔父と銭湯に行き、叔父の膝に坐らされて、抱き方がおかしかったのか、おぼれそうな気がして、こわかったこと。手を引かれて、父の墓参りに行ったこと。叔父の寝床に潜りこむのが大好きだったこと。この程度のことを、ぼんやり憶えているだけだ。

　そんな日々のなかで、母は叔父に言われて、真中の子どもの義男を大学病院に連れて行った。ダウン症という言葉をそこではじめて聞かされ、しばらくの間、母は義男を連れて病院に通いつづけた。そんなことも、もちろん、章子は憶えていない。

　はっきり思い出すことができるのは、叔父の結婚が迫ってからの時期で、それも、母の様子が変わったために、不安な印象が強く残されたというだけのことだった。母は留守がちになり、苛立ってもいた。その頃、十一、二歳になっていた姉の規子を相手に、母は叔父の婚約者について、悪口めいたことを言っていた。きれいな人だけど、眼がとても悪いのがねえ。気立てのいい人だけど、キリスト教だっていうからねえ。年齢がちがいすぎやしないかねえ。両親ともに死なれているのは、こちらも同じなんだからしょうがないとしても、育ててくれた親戚がどうもねえ。

　叔父は三十過ぎてから、十歳も年下の人と結婚し、やがて赤ん坊が生まれ、その赤ん坊が一歳の誕生日を迎えてから、アメリカに移って行ったのだった。母がそれまでの家を手放し、今の家を建てたのは、そのすぐあとのことだった。そしていつの間にか、母は別の場所で小さな洋品店もはじめていた。ダウン症の義男のために、無理にでも収入を増やしたかったのだろうが、三年後に、その義男は心臓麻痺で死んでしまった。やがて規子も章子も家を離れてしまってから、母は再びいつの間にか、洋品店を人に譲っていた。

　――今まで、何回か思ったことがあったんです、叔父さんがわたしたちのそばにずっといてくれたら、よかったのにって。義男ちゃんが死んだ時とか、わたしと母の二人きりになった時とか、母の一人暮らしが長くなって、どうにかしなければ、と気になりだした時とか。叔父さんさえ、そばにいてくれたら、わたしたちももう少し、ちがっていたんじゃないか。もちろん、ただのこじつけなんですけど。……広太のことがあった時も、わたしの古くからの友だちが、気がつくと、しきりにわたしに言っていたんです。あなたのお父さんさえ、生きていてくださったらねえ、あなたがこんな思いを味わうこともなくてすんでいたのにねえ。わたしの耳には、その言葉がとても突飛に聞こえて、意味がよくわからなかったので、どういうことって聞き返しました。友だちは泣きながら、言ってくれたんです。だって、あなたのお父さんがすべてのもとじゃないの、そうとしか、言いようがないじゃないの、あなたのお父さんが生きていれば、あなたの家はすくなくともさびしくはならなかったでしょうし、そうしたら、あなたも家をとび出たり、つまらない男を好きになったり、広太君を一人で育てなくてもすんでいたかもしれない、広太君をあなたのお父さんが大事に守ってくださっていたわ。……その友だちがどれだけ、わたしを思ってくれているか、充分にわかって、わたしもつい、涙ぐんでしまったんですけど、一言、言っておかずにもいられませんでした。わたしの父がもし、生きつづけていれば、たしかにいろいろなことがまったく、ちがったふうになっていたでしょうけど、そうしたら、広太もたぶん、生まれてはこなかった。広太が生まれないなんて、そんなの、わたしはいやだ。……

章子は言葉を切り、笑みを作りながら、叔父の方を見やった。ベッドの上の叔父は姿勢を変えずに、眼をつむっていた。眠ってしまったのかどうか、わからない。それでも、章子は一人で話しつづけた。自分が今、夢のなかにいると言われれば、そのまま納得してしまいそうな、心地よいめまいを感じていた。

——……ほんとうに、そう思ったんです。いろいろなことが、どうつながっているのか、よくわからないけど、父が死んだから、広太がわたしの子どもとして生まれることになったことは、まちがいのないことで、そうすると、父の死に、わたしは感謝しなければならないということになるんです。とても変な言い方だってことはわかっているんですけど、……人から見れば、広太がおとなになって、とてもえらい人になったというのならともかく、子どものうちに死んでしまって、なにもいいことがなかったじゃないか、ということにしかならないのもわかるんですけど。声変わりした声も、ひげがぼつぼつ生えだした顔も、見せてはくれなかったんだし。……でも、そういうこととはちがうんです。たとえ広太がどういうことになるのか、前もって知らされていても、もちろん、苦しんだり悲しんだりはするでしょうけど、それでもやはり、広太を産んでいたと思うんです。……叔父さんについても、わたしたちのそばにいてくれたら、という思いとはべつに、やはりアメリカに行ってくださってよかったんだ、としか言いようがない。広太がそれで、生まれてくることになったんだとしたら。義男ちゃんが死んだことも、そう。……今までのことを何ひとつ否定できなくなってしまう。広太が生まれてきたことはとてもいいことなんだ、という思いを通そうとすると。……いろいろなことが起こる順番は、一応、時間が過ぎる通りに積み重なっているわけだけど、一人一人の人間にとって、今の自分しかわからないんですもの。だから、今の自分のなかで納得するしかないんだろう、と思うんです。……

章子はもう一度、叔父の顔を見つめた。すると、叔父の眼が薄く開いた。

——章子ちゃん、ゆうべ、泣いていたね。声が聞こえたよ。子どもがうなされているみたいな声で、はじめ、章子ちゃんの声だとはわからなかった。

言いながら、叔父は頭を枕に戻し、体を仰向けの姿勢に変えた。

——……泣いている夢は見ていました。わけもなく、ただ泣き叫んでいるだけの夢。……いやだ、じゃあ、本当に声を出してしまっていたのかもしれない。でも、夢のなかで泣いていたんですよ、始終、そういう夢を見ているわけじゃないんです。

章子は思いがけないことを急に言われ、うろたえながら答えた。全身が押しつぶされたようになり、苦しくて、泣き声を絞りだしていた。そうして泣きながら、苦しみはつのるばかりで、なにも考える力がなくなっていた。朝、起きてから、実際に自分が泣いていたのか、夢のなかだけで泣いていたのか、よくわからず、とまどいを覚えたことも、叔父に言われて思い出すことができた。

——……それで、章子ちゃんは今、だれかいるの。

叔父がまた、くぐもった声で言った。

——だれかって?

——恋人のことだよ。

——恋人?

思わず、章子は笑い声をあげてしまった。

——恋人だなんて、変なことを急に言いださないでくださいよ。びっくりしちゃう。

——すこしも、変なことじゃないよ。すると、だれもいないんだね。

——友だちもいるし、広太の父親とも会っているし、だれもいないわけじゃありません。ちっとも、さびしく生きているわけじゃないわ。

——早く、さびしいと思えるようになるといいね。その方が自然なんだよ。

章子はどう答えればよいのかわからないまま、叔父に頷き返した。

——広太のことで頭がいっぱいなのは、今のところ、しかたがないことなのかもしれないけれど、広太を恋人にするわけにはいかないいんだからね。広太がいるから、さびしくなんかない、と思いつづけていると、気がついた時には、お母さんみたいに、手のつけようのないさびしさを引き受けなければならないことになる。

——でも……叔父さんは母のこと、そう思っていたの？

——だれだって、そう思うよ。だけど、だれにもどうしようもない。章子ちゃんは、そこまで手本にすることはないいんだ。

——……でも、むりにだれかを恋人にするわけにもいかないわ。……だいたい、それほど大切なものなのかな。……なんだか、よくわからない。わたしは母とはちがうから。……今まで、もう充分に生きたと思うし、あとは死ぬだけで、死ぬってどういう感じのものか、早く知りたいと思ってはいるけれども。……広太をまるっきり知らない人とは、今さら、親しくなれそうにないし、広太を知っている人とは、広太を脇に置いてつきあうということは考えられないし……、特に、自分が女だなんてこと、思い出すのもいやなんです。街で、妊娠している人や、赤ん坊を抱いている人を見ても、頭がふらふらして、涙が出てきてしまう。……あの、タマシイってこういう感じなのかなと、この頃、思うことがあるんです。道を歩いていますね。わたしは一応、生きてはいるわけですけど、だれとも声を交わさない、だれの体にも触れない、だれの眼にも止まらない、そうして一人で歩いている時、わたしはタマシイとてもよく似た感じになっているのかもしれない、と思えてならないんです。だれにも気づかれずに、だれとも触れあわずにいればいるほど、一人一人の顔や動きがくっきり、よく見えてくるんです。こういう人がこういうふうに生きているんだな、と理解できるぐらいに。だから、もしタマシイというものが実際にあって、わたしたちの間をふわふわ漂っているのなら、こんな感じなんだろうなあ、と思えてしまうんです。……広太はタマシイを信じていましたから。カエルにも、クモにもタマシイはあるんだって……。

——……章子ちゃん、寒いんじゃないの。

叔父が言った。

——いえ、べつに。

声が震えてしまっていたのか、と思い、章子はあわてて答えた。

——章子ちゃんも、ここに入っているといいよ。眠くなったら、そのまま寝てしまってもかまわないから。

——ここって、ベッドに?

間が抜けた声で、思わずつぶやき返していた。

——そうだよ、小さい頃、ぼくの寝床によく潜りこんできたじゃないか。ほら、いいから……。

叔父は体を横にずらし、片方の腕で掛けぶとんを持ちあげて、章子を促した。

ああ。そうか、とその時、章子は思いついた。こんなことまで起きるのは、今、夢を見ているからなのだ。さっきから、ずっと夢のなかにいたんだ。なんとなく変な感じはしていたけど、夢のなかのことだと思えば、なんの不思議もない。

章子は立ちあがり、ぐずぐずしていると恥かしくなってしまいそうなので、素早く、叔父の傍に体を辷《すべ》りこませた。ふとんのなかは暖かった。二人で寝るには、ベッドの幅が狭いので、体を好きなように伸ばすわけにはいかないが、それでも体を包みこむやわらかな暖かさに、充分、くつろぎを感じることができた。

少しの間、章子は息をひそめていた。叔父はなにも言わず、体も動かさなかった。夢のなかにいるのだから、叔父がどういうことをしようとかまわないのに、と思いながら、少しずつ頭を動かし、叔父の邪魔にならないよう、できるだけそっと、頰を叔父の肩に押し当ててみた。肉がほとんどついていない肩のはずなのに、それでもやわらかな肌の感触が伝わってきた。

そのまま、章子は眼をつむった。眼をつむって、じっとしていると、叔父の息と自分の息が耳によく響いてくる。息がまわりに拡がっていき、空気に溶けこんでいくのが、感じられる。章子は、ひとつ大きく息を吐きだした。叔父の体が少し動いた。

——うん……。

章子は囁くような声で言った。

——……自分では忘れてしまっていることが、きっとほかにもたくさん、あるんでしょうね。

……叔父さんがなぜ好きなのか、今までわからなかった。わかろうともしていなかった。……わたしが自分ではおぼえていない赤ん坊の頃、きっと叔父さんに甘えきっていたのね。父のことなんか、さっさと忘れて。……叔父さんに抱いてもらって、おんぶもしてもらって、こうして添い寝もしてもらって……、体を洗ってもらったり、お尻を拭くようなことまで、してもらっていたのかな。叔父さんから見れば、その頃のわたしと今のわたしはつながっているんですね。わたしには、つながっているような気がしないのに。……でも、その頃のわたしのままで、なにも変わっていないのに、それを知らずに、その頃に戻りたいと思っているだけなのかもしれないし……。叔父さんでも、父でも、同じことだったのね。ただ、叔父さんには、そうはいかなかった。……父親って、とてもいいものだと思うようになっているのは、たぶん、叔父さんのおかげなんだわ……、今ごろ、わかっても、もう、おそいのかなあ……。

なんて、いい夢を見ているのだろう、と章子は夢うつつに、幸せな気持にひたっていた。せっかくのいい夢なのだから、このまま本当に眠ってしまおう。眼がさめた時は、わたしのベッドに戻っている。それとも、このベッドで眼がさめるなどということがあるのだろうか。まさか、と思い、それで安心して、叔父の規則正しい息に耳を傾けながら、眠りに自分から誘いこまれていった。

4

石井という男は達夫叔父と並んで立つと、父親と息子のように似て見えた。少なくとも、章子が最初に、その二人を見た時、なによりも真先にそんな印象を持った。

月曜の夕方、二人は赤みを帯びた西陽を受けて庭に並んで佇んでいた。部屋のなかから、その影を見つけた時には、見慣れぬ男の影に思わず身構えずにはいられなかったが、すぐに一方の影が叔父のものだと気づき、肩の力を抜いた。すると、片方の影は、石井という名の男なのにちがいない。二人は顔を上向け、家の二階の方を眺めながら、なにか話を交わしていた。二人とも腕組みをし、足を少し拡げている。そうした姿のせいだったのか、それとも夕方の弱い光のなかで見たせいなのか、よく似た二人だ、とガラス戸越しに見ながら、章子は感じずにはいられなかった。

二人の長い影が、庭を二筋横切っていた。石井の体は叔父と背は変わらず、それでいてひとまわり大きく見えた。

ガラス戸を開け、章子は二人に声をかけた。叔父が石井を紹介しながら、部屋のなかに入ってきた。石井の顔を改めて見ると、叔父と少しも似てはいない。目鼻立ちが大振りで、骨張った叔父の顔に比べ、石井は穏やかな、女性的な顔立ちだった。体つきも、叔父のいかにも胃腸の悪そうな瘠せた体とちがい、かなり肉づきが良く、肩も丸かった。

　叔父が章子の家に滞在しはじめてから今まで、ほぼ四日もかけて、家の改築計画について話しあいをつづけてきた。姉の規子も一度、その話に加わった。姉の場合は、家の改築よりも、叔父の顔を久し振りに見届けたくて、静岡からわざわざ訪ねてきただけのことだったのだが。

　よけいな口出しはすまい、と章子は一応、心に決めてはいた。ここは母親の家で、母親が自分の家を自分の金でなにをしようと、まわりでとやかく言うことはできない。しかし、もし母親が章子の身の上を案じて、計画を練っているのだとしたら、それはまったく不必要なことなのだ、とはっきり言っておかないわけにもいかない。

　幸いなことに、叔父も家の一部をアパートに建てかえる考えには、はじめから不賛成だった。思いがけない費用がかかることになるし、同じ棟に学生が住むことになったら、なにかと面倒が多くて、手に負えなくなる。

　そんなことははじめからわかっているが、収入を増やすためにはそうするしかないのだから、できるだけ安く、そしてこちらに影響がなくてすむような工夫を考えてほしい、と頼んでいるのではないか、と母親は言い張った。

　どうせ借金をしなければならないんだから、たいした収入にはならないよ。姉さんが使いやすいように、この家に手を入れるのは大賛成だし、前々からそうしたほうがいいとも思っていたんだ。だけど、学生用のアパートを建て増しするなんて、どうも突飛な考えだね。もし、どうしても、と言うなら、思いきって全部建てかえてしまったほうがいい。一階をアパートにして、二階に姉さんたちは住む、とかね。でも、そんなことまではしたくないんだろう。

母親は顔を思いきり歪めて、叔父に頷き返した。

中途半端に、家をいじるのは、家にとってもいいことじゃない。今までの収入で、急に生活しにくくなったわけでもないだろうに。

わたしひとりだったら、どうとでも生きていけますよ。もう十年以上も値上げできないままになっている家賃でも、どうにか払ってはもらっていますからね。

母親は腹を立てていた。

章子は母親が持っている二軒の貸家を見たこともなければ、ましてどの程度の家賃をそこから得ているのか、まったく知らないままでいた。毎月の家賃は三ヵ月分ほどまとめて、母親の昔からの知りあいの周旋屋が家まで持ってくることになっていた。章子はその周旋屋が子どもの頃から、嫌いだった。顔を合わせずにすむよう、周旋屋が来ると、あわてて家の二階か洗面所に隠れてしまっていた。母親の〝仕事〟にも、反感を持っていた。その〝仕事〟のおかげで、生活を保証してもらっていたというのに、無責任と言えばこの上なく無責任な態度を改めようとしなかった。居間に置いてある母親の事務机。そこに向かって坐る母親の後姿。机の上の、日記と共に並べてある幾つもの書類挟み。そのどれも、章子の嫌いなものだった。それにしても、母親の持つ貸家がどんな家なのかも、いまだに知らずにいるとは、ずいぶんおかしなことにちがいない、と章子は母親と叔父のやりとりを聞いていて、はじめて思い当たった。しかし、母親が娘たちに自分の〝仕事〟を今に至るまで、決して近づかせようとしなかった、ということもあったのだ。母親は夫に死なれてから、叔父を除いては、だれの世話にもならずに生きてきた。娘たちさえ、母にとって頼りにはならなかったのだ。

改築の話しあいは、章子がおそれていたように、母親の生活が以前の生活とどこが変わってしまったのか、という点に移っていった。それは当然、章子がこの家に戻ってきたということに尽きるのだった。

アパートの計画にどうしても賛成しようとしない叔父に苛立っていた母親は、思わず吐き捨てるように言った。

章子に、不自由な思いをさせたくはありませんからね。なんにもありゃしないんですよ、この人には。わたしがどうにかなったら、この人はどうなるのか、それを考えると、夜も眠れなくなる。

しかし叔父は、母親に少しも同調しようとはしなかった。章子は章子だ、どうして章子の心配をするのか、よくわからない、アメリカじゃ子どもが十八歳になったら、あとは養育費を返してもらうぐらいのものだ、ぼくだって、そうしている、まして章子はもうすぐ四十の、りっぱなおとなだ、どんなふうに生きていくのかは、章子だけの問題だよ。

日本とアメリカとでは同じに考えることはできない、と母親は自分の考えを曲げなかった。わたしが章子を守ってやらなかったら、だれが章子を守ってくれるって言うんですか。これ以上、この子には苦労をさせたくないんですよ。

姉が家に来た時にも、同じやりとりが繰り返された。姉は母親の言い分に頷き、言葉を添えた。

いままで、わたしたちもこの人のことではつらい思いをしてきましたからね。若いうちのことはまだしも、子どもができてからは、ひとりで育てるのはむりだとわかっているのに、意地になってこの家に戻ろうとしなくて……。だれよりもつらい思いを味わったのはこの人自身なんでしょうから、もう、これからはゆっくり気楽に生きてほしいですよ。

章子は自分では、広太を失うなどというもっとも納得できないことを経験し、その時からずいぶん我慢強くなり、まわりの人たちを気にせずに過ごすことにも慣れたように思っていた。しかし、母や姉の前で思わず口を開いた時に、なにも変わってはいない、と気づかされた。その失望も手伝い、自分を止められなくなってしまった。母親は母親としての思いやりに充ち、姉は姉で、妹の章子より若く見える色白の顔にあわれみのこもった苦笑を浮かべていた。

どうして、わたしがここに戻ってきたのか、わからなくなってきました。戻ったのが、まちがいだったのかしら。わたしはただ、お母さんをこれ以上、ひとりにしておくのはよくないと思っただけだし、わたしもひとりでいるよりは、と思って。……今までのことは、なにひとつ後悔なんかしていません。なんにもつらくはなかったし、楽しかったわ。負けおしみで言っているんじゃない。本当に、楽しく過ごしていたのよ。じゃあ、どうして今、こんなことになっているんだ、と言われても、それとこれとはべつの話なんですよ。あの子にどうしてあんなことが起こったのか、だれにもわからないことです。わたしの責任と言えば、もちろんわたしに責任があるんでしょうけど……、でも、あんな生活を送っていたから、とは言わせない。……あの子が死んで、今までのことはすべて帳消し、なにもなかったことにしようなんて……、そんなこと……、今までのことが全部、むだなことだっただなんて……。

叔父がその場にいなかったら、章子は気持がおさまらないまま、母親の家をもう一度、離れようと心を決めてしまっていたかもしれない。逆に、叔父が同席していたからこそ、母親や姉に向かって、日頃の思いを言い放つような真似ができたのかもしれない。叔父にもむろん、章子の感情的な様子に呆れる思いはあっただろう。けれども、叔父の寝床のぬくもりがまだ肌に直接、残っていて、章子にとって、それはやはり心強い支えだった。朝、眼を醒《さ》ますと、叔父のベッドに一人で寝ていた。急いで自分の部屋に戻ってから、ようやく夜に起こったことを思い出した。あまりに妙なことなので、現実に起こったこととは受けとめにくかった。叔父と顔を合わせても、聞いてみることはできない。一日、二日と経つうちに、気恥かしさは忘れ、叔父の与えてくれたぬくもりが全身に拡がっていく心地を次第に安心して味わうようになっていた。夢、と思っておけばよいことだ、と思い定めるようにもなっていた。

結局、母親のはっきりした了解は得られないまま、今回は家の水まわりや母親の部屋に手を入れるだけにしておくことになった。

がんこだねえ、あんたも、と叔父が笑いだし、母親は不機嫌に黙りこみ、それで一方的に、アパートの案は捨て去られてしまったのだった。石井という、叔父の後輩にあたる設計事務所の男に早速、来てもらって、この家を見せるから、と叔父が話しかけても、母親は溜息をつくだけで返事もしなかった。叔父は章子におどけて唇の端を下げた顔を見せてから、言った。

たいした工事でもないんだから、まあ、章子ちゃんが立ちあえばそれでいいだろう。こんなことは、若い人にまかせておけばいいさ。

叔父が石井を連れて、庭から居間に入ってきた時、母親は自分の部屋のなかにいた。章子が声をかけると、ゆっくり居間に出てきて、なにも言わずにすぐに自分だけソファーに腰を下ろした。

章子があわてて石井にも坐るように勧めたのと同時に、叔父が言った。

――とにかく、石井君にざっと家のなかを見てもらった方がいいな。章子ちゃん、お茶なんかあとでかまわないから、案内してくれよ。

だれの案内がなくても、叔父はこの家を知りつくしているのに、と思いながら、章子はこわばった笑顔を石井に向けた。石井と章子はちょうど同じ年齢だ、と叔父から聞かされていた。わたしと同じ年齢で、なぜこの男はこんなに若いのだろう、と妙な気がした。それとも、わたし自身がまだ、こんなに若いということなのか。

――まず、ここが居間だ。この部屋はまだまだしっかりしているね。天井に安い材料を使っているから、ずいぶん、たわんでしまってはいるけれども、あわてて貼りかえることもないだろうね。

ソファーに坐っていた母親がはじめて叔父を叱りつけるような声を出した。

――ちょっと、待ってくださいよ。わたしはなにも、この家を全部手入れしようなんて、思っちゃいないんですよ。第一、そんなお金もない。水まわりと、勝手口と……。

――わかっているよ。だけど、ついでということもあるし、ひとつの家のほんの一部分でもいじるとなったら、その家がどういう家なのか、きちんと見ておかなくちゃ。医者だって、患者のわるいところを見るだけじゃ、すまされないだろう。

――すみません。ざっと見せていただくだけですから。

石井が愛想よく、母親に軽く頭を下げて見せた。

――じゃ、ここはいいね。さて、章子ちゃん、どっちからまわるかね。章子ちゃんの部屋から順番に見て行こうか。

――はい……、じゃ、どうぞこちらです。

母親を居間に残し、章子が先に立って、座敷の前の廊下を進んだ。二人の男をうしろに従えて、見慣れた家を歩くことに、章子は居心地のわるさを感じながら、一方では弾んだ気持にもなっていた。母親の家が、こんな些細なことで、早くも人の生活から見放された、がらんどうの家のように見えてくる。

章子の部屋は家のなかでは多少、新しい部分なので、問題にする点は特にない、ということだった。壁と天井にベニヤ板を貼った八畳の洋間で、夏は暑く、冬は寒い。窓枠の建て付けも悪いので、隙間風に悩まされる部屋でもあった。姉がこの部屋を使っていた頃は、もっと快適に使える部屋だったのだろうか。

兄の義男と、この部屋が増築されたばかりの頃、物珍しさに忍びこんで、ベニヤ板のにおいを楽しみ、ドアの真新しい丸いノブをいじくりまわし、床を転がり、窓から出入りまでして、姉に毎日叱られていた。

今度こそ、あの二人に邪魔されないところで勉強したかったんだから、お母さんからもきびしく言ってよね。絶対にわたしの部屋には近づかないようにって。

姉は母親にも鼻息荒く、言い渡していた。母親は面倒くさそうに、わかった、わかった、と姉に言い、あとで章子に、お姉さんがおこるから、あの部屋に入るのはやめておきなさい、義男ちゃんにも、あんたからよく言い聞かせてね、と言った。

しかし、この部屋ができてから二年も経たないうちに、義男は死んでしまったのだ。

——……この部屋を建てた時、くわしいことはもう忘れてしまっているんですけど、つながる部分のとりこわしや、基礎打ちとか、ひとつひとつがお祭りみたいに楽しくて、義男ちゃんとわくわくしながら、毎日、見ていたんです。なんだって、あんなにはしゃぐことができたのか、不思議な気がする。

章子は独り言のように言った。

——義男君みたいな人と一緒にいると、なんでも十倍はおもしろく感じられたんだろうな。得したね、章子ちゃんは。

叔父が笑いながら、言った。それから石井のために、義男という知恵遅れの男の子もかつてこの家の住人だったことを、手短かに説明しはじめた。その間、章子は今は自分のものになっている部屋をぼんやり見渡していた。ゆうべから丹念に片付けておいたので、いつもとは様子が変わって見える。そのため、叔父と石井がなかに入ってきても、恥かしさもさほど感じずにすんでいた。

ベッドの横のテーブルに置いてある広太の骨壺と写真に眼をやり、急に不自然な感じを受け、そのことに自分で驚かされた。ゆうべも、けさも、この部屋を見渡して、妙なところがあるとは少しも思わずにいた。ごく当たり前の、殺風景なほど飾り気がなく、女らしさをほとんど感じさせない部屋。しかし、人が見れば、まっさきにあの白い箱に気づかずにはいられないのだ。そして気味がわるくなるか、とんでもない悪趣味だと腹を立てるかして、背を向けてしまう。写真と花まで飾ってある。見まちがえるはずもない。

なぜ、スカーフをかぶせておくなりして、隠すことを思いつかなかったのだろう。うろたえて、部屋の外に出、隣りの叔父の部屋に移った。その章子の動きに促されて、叔父と石井もすぐに座敷に移ってきた。石井はなにも気づかなかったという顔をしているし、叔父も広太の名を口にしようとはしない。前もって、石井に章子と広太のことを話しておいたのだろうか。そうとしか、考えられなかった。四十歳になろうという女が老いた母親のもとに一人で身を寄せていて、部屋には息子の骨を置いている。あまりにも異様なことではないか。

章子はできるだけ無表情に、座敷の天井、壁、床の間、と順番に眺めていた。叔父が石井に話しかけている。今、こんな部屋を作ろうとしたら、たいへんだよ。これが特別、贅沢なことでもなかったんだからね。天井も手がこんでいるだろう。ベッドをここに置くなんて、本当はだいなしなんだけどね。

義男の柩を置いた部屋でもあった。どんな祭壇だったのか、憶えていない。章子の中学校から、級長の生徒と担任の教師が大きな花束を持って、通夜に来てくれた。においの濃い、白い百合とフリージアが、祭壇の脇に飾られた。フリージアという花を、その時はじめて知った。百合とフリージアのにおい、そして、だれかが祭壇に並べておいてくれたネーブルのにおい。それだけが記憶にはっきり残されている。そのにおいよりも濃く、この部屋にたちこめていたはずの線香のにおいが、記憶から省かれてしまっている。

広太の時には、居間に祭壇が作られた。義男と同じ場所ではなかったことに、安堵《あんど》を覚えていた。白い花に居間が埋められた。しかし、花のにおいがまったく感じられなかった。

章子は息苦しくなり、二人を置いて先に居間に戻った。ソファーに坐ったままの母親が、章子に眼を向けた。

──どう？

章子は溜息を洩らしただけで、なにも答えなかった。二つの葬式を思い出している、とは母親に言えることではなかった。母親は葬式についても、広太や義男、そして父親についても、事務上の必要がないかぎりは決して口にすることはなかった。言いたくても口を閉ざしているというのではなく、その事実を自分から消し去ってしまっている、と章子には思えてならなかった。

章子のあとを追って、居間に出てきた叔父と石井を、今度は母親の部屋に導いた。六畳の和室に、三畳の納戸がつづく。母親のベッドひとつで、部屋はほとんどふさがってしまっている。ガラス戸を開けることが少ないせいなのか、かびと泥の両方に似たにおいがこもっていた。

シーツや枕カバーをもっと、こまめに取り替えなければいけないし、一日に一度はガラス戸を開けて風を通し、掃除もしなければいけないのだろう。

章子は二人を部屋のなかに入れ、自分は戸口に立って待った。母親はいつの間にか戸口まで来て、なかの二人を見つめていた。二人の男は納戸や押入れを覗き、壁を叩き、柱に触れ、西側の窓を開けて外を見、細かなことを言いあっている。

この狭い部屋に、母親と義男と章子の三人で寝ていたことがあったとは、どうにも信じられない。章子は幼い頃、この部屋にいちばんなじんでいたのだった。三畳の納戸が特に気に入っていた。タンスの隙間に体を入れ、洋服ダンスのなかにも義男と入って、そこを一軒の小さな家にみたてて遊んでいた。洋服ダンスのなかに、一段高くなっているところがあり、そこが小さなベンチの代りになった。押入れはジャンプ台でもあり、蒲団を押入れの前に積みあげれば、山登りも楽しめた。押入れの上段の奥に、もう一段板が張り渡してあり、そこが山頂だった。ここでは、広太を同じように遊ばせたことはなかったが、アパートの部屋では、押入れの山登りを章子も一緒になって楽しんでいた。しかし、アパートの押入れは上段の奥行きが足りず、山頂に達した時のこわさは味わえなかった。

章子が八歳か九歳になった頃、二階の部屋に移った。姉が一人で使っていた二階の部屋に、それまで憧れとおそれの混じった気持を向けていた。そこに自分が寝ることになって、誇らしくも思えたし、母親のそばから離れずにすむ義男をうらやましくも感じていた。

記憶。

記憶は、天井を見ても、納戸につづく襖戸《ふすまど》を見ても、ガラス戸を見ても、さりげない感触でいくらでも湧き出てくる。少しのためらいも伴なわずに、驚きさえ章子の心にもたらさずに、さまざまな記憶が同時に姿を見せはじめる。

しかし、ふと今の自分を取り戻すと、そうした記憶のなにもかもがちぐはぐな、夢のなかでしかありえない情景のような気がしてくる。洋服ダンスのなかで笑っている自分と義男。でも、そんなにわたしたちの体は小さかったのだろうか。それほど小さな自分を、実際の自分として思い浮かべることができない。記憶が記憶のまま、ばらばらに別の世界に拡がっていく。本当に、この部屋でこのわたしが小さな体で遊んでいたというのだろうか。

昼寝の時、ここで寝かせられていた広太。眼がさめて、泣きだした広太の泣き声。そのうらみが残っていたのか、大きくなってから広太はこの部屋にできるだけ入りたがらなくなっていた。広太のために、母親が用意しておいてくれたおむつや肌着は、まだ納戸に残されている。

叔父と石井、そして今は母親も加わった四人で、台所、洗面所、風呂場、便所とまわりつづけた。章子は記憶の渦にめまいを感じだしていた。生き返ってくる記憶が多すぎる。思い出す必要がないから思い出すこともなくなっていた記憶まで、勢いよく押し寄せてくる。毎日、暮らしていても、こんなことは起こらなかった。

冬の朝、洗面所で大きなヤカンのお湯を少しずつ使って顔を洗っていたことなど、今まで一度も思い出しもしなかった。義男と風呂のなかで、人指し指を人間の頭部にみたてて、互いの手でおしゃべりをしたり、駆けっこをしたりして遊んでいたことも。広太の体を洗いながら、出まかせにオペラのアリア風に、カンツォーネ風に、シャンソン風に、歌を歌ってやり、広太がけたたましく笑い声をあげていたことも。姉が便所の前で倒れていて、仰天させられたが、下剤を飲んで、ひどい下痢に襲われ気を失っただけだったということも。義男が便意を我慢できずに洩らしてしまい、便所に汚れた下着を投げ捨てていた、というようなことも。

下の部屋をすべて見終わったところで、章子は母親に促がされ、叔父と石井にお茶を勧めた。

——いや、二階もついでだから見ておいてもらおう。

叔父が言った。母親はいやな顔をしたが、章子はなにも言わずにさっそく、玄関の脇にある階段を登りだした。二人はすぐあとからついてくる。

二階には十畳の和室がひとつ、あるだけだった。長い間、だれも登らず、雨戸も閉めたままになっていた。油のにおいを含む淀んだ空気に、急いで、章子は雨戸を開け、壁の小窓も開け放った。

——わざわざ開けてくれなくてもよかったのに。

だれが来たのか、と振り返る勉強中の姉の姿が、章子の眼を一瞬の光のようにかすめた。

——たまには、ここの空気も入れ替えなくちゃいけませんから。埃もすごいわ。

——でも、気持のいい部屋だな。明かるくて。風もよく通って。この部屋を使っていないなんて、もったいないですね。

石井が言い、章子に笑いかけた。章子も微笑を返して、言った。

——この部屋が、わたしもいちばんなつかしいんです。中学からはたち過ぎになるまで、ひとりでここを使っていましたから。今は、ガラクタ置き場になってしまっていますけど。

——いい部屋ですよ、夏も涼しいでしょうし。

東側の壁に章子が使っていた机と椅子、本棚などが、まとめて置いてあった。イーゼルやカルトン、キャンバスなどの絵の道具は、床の間に並んでいる。チャックがこわれたままのビニールのロッカーには、今でも、油絵を描く時の上張りや、ほとんど着る機会のなかった焦茶のオーヴァー・コートがぶら下がっている。机の上には、スケッチブック、古着の包み、Zライトが積みあげてある。

反対側の壁に、章子がアパートから運びこんできた広太の机、白いタンス、本棚、茶卓、テレビ、数個の段ボール箱などが寄せてあった。冷蔵庫や食器棚、食卓や椅子といったものは物置に入れたのだが、物として捨てて惜しいようなものはひとつもなかった。広太の机も、タンスも、中身に手をつけないまま、この二階に運びあげてしまった。どのように手をつければよいのかわからなかった。しかし、広太が生きつづけていてここを使うかのように、広太の机や本棚を配置することも、さすがにできかねた。どうすることもできずに、とりあえず雑然と置き去りにしたままになっている。広太の絵や作文、教科書、ノートなどは章子の部屋に移したが、広太の着ていた衣服を改めて見てみたい、という気は今のところ起きそうになかった。

広太と章子が使っていたふとんは、押入れのなかに入っている。ほかにも、長年の湿気が抜けなくなっている古いふとんが何枚も詰めこんであった。

章子が広太を連れてこの家に泊りに来る時も、ここにふとんを並べて寝ていた。

いつか、ここがぼくの部屋になったらいいな。

広太の声が蘇ってきた。広太もこの二階の部屋が気に入っていた。

そうしたら、ここでいろんなものを作るんだ。おいしいごちそうを出してくれる機械とか、お天気をぼくの好きなように変えられる機械とか。窓には、すべり台もつけたいけど、おばあちゃんがいいって言うかな。

窓に近づき、章子は外を覗いた。右の方に、物置の赤茶色の瓦屋根が見える。隣りの家がその先につづく。駅前に並ぶビルが少し先に、ひとつらなりのシルエットになって見えた。夕陽はそのビルの高さまで落ちようとしていた。

前はね、あんなビル、ひとつもなかったのよ。それで富士山も見えたし、川の花火も見えたの。

広太に教える自分の声も聞こえてくる。

家もこんなに建ってなくて、空地が多かった。空地に行くと、ジャングルを探険しているみたいで、こわかったけど、おもしろかったよ。トカゲなんか、うじゃうじゃいたし、モグラも、ヤモリもよく見たわ。

トカゲを手に入れたがっていた広太は、うらやましさに章子を泣き声で責めはじめた。

どうして、それをみんなつかまえといてくれなかったんだよ。ぼくを思い出さなかったの？ぼくがいることを忘れていたんだ。

だって、ずっと前のことよ。その時トカゲをつかまえたとしても、今まで生かしておくことはできなかったわ。

章子は笑いながら、答えた。その頃の章子はまだ、ほんの子どもで、広太の存在を夢にも想像できずにいた、ということを広太に聞かせるのは、不安な気がした。自分が生まれる前の、自分となんのつながりもない長い時間を、章子にしてもどのように考えればよいのかわからない。

同じ窓辺で、義男とも飽きずに外を眺めていた。

高校を卒業する頃には、一人で窓の外を見つめていた。家を離れたい、外の世界で息をしたい。そう、思うようになっていた。

そうした以前の自分に広太の記憶があるはずはなかった。そのはずだが、そうとも言いきれないような妙な気もしてくる。二十年前、三十年前のあのわたしは、微かな気配やにおいのなかに広太の存在をすでに感じていたのではなかったのだろうか。

——あれは、物置小屋ですか。

耳もとに、石井の声が聞こえた。章子は驚いて窓から身を引き、頷いた。

——ずいぶん、りっぱな造りの物置ですねえ。

叔父も近づいて来て、外を覗きこんだ。

――あれか。瓦屋根の物置なんて、今はあんまりないんだろうね。ぼくたちは蔵を見て育っているから、珍しくも思わないけど。

――ひとが充分、住めそうな建物ですよ。

――それはどうかわからないですけど、父が死んだ時に、祖父の家からここへ越してきて、新しく家を建てた時に、とりこわした前の古い家の廃材を使って、あれを作ってもらった、と聞いています。

――そうだったな。ここも会社の社宅だったんだ。あんな程度の、小さなボロ家が二軒、建っていた。章子ちゃんは、なにもおぼえていないんだろう？　規子ちゃんは小学校にあがる頃だったから、多少はおぼえているのかな。あの頃は、遺産相続のことでいろいろもめていたから、たいへんだったよ。……さてと、これでこの家を全部見たことになるけど、あの物置も参考に見ておくか。

――ええ、ぜひ見ておきたいですね。

石井はためらわずに答えた。

――よし、じゃあ、章子ちゃん、わるいけど、石井君を案内してもらえるかな。ぼくは下で、どうやら御機嫌ななめの姉さんと話をはじめているから。

叔父に反対する理由も見つからないので、気が進まないながら、階段をおり、勝手口で石井にサンダルを履いてもらって、一緒に物置に向かった。

物置の前にまだ取りこんでいないその日の洗濯ものが風にのんびりそよいでいた。叔父が自分で洗って干した下着やシャツもそこに並んでいる。

勝手口から持ってきた鍵をまわして、ガラスの引き戸を開けた。なかに入って、章子はまず屋根裏近くの板壁を見あげた。日はビルに隠されてしまったが、まだ夕陽の輝きを残している空の色を細い横縞の模様に見ることができた。

章子につづいて、なかに入ってきた石井がうれしそうに声をあげた。

——いいなあ。いいですねえ。こんなに、なかが広いとは思っていなかった。ふうん、屋根が高いし。

——隙間から、空も見えますよ。

石井の無邪気な喜びように、章子も思わず釣りこまれて笑いながら、横縞の光を手で指し示した。

——ああ、本当だ。なつかしいなあ、ああいう光も。……ぼくはどうも弱いんですよ、こういう場所に。仕事で手がけるはずのないような建物ですけどね、どの国に行っても、必ずこういう納屋があるんです。でも、東京の町なかで見つかるとは思っていなかったな。

——ただの掘立て小屋なのに。

章子は小さな声で笑いだした。

——いや、だから、いいんです。ぼくは東京の、庭もない町家育ちですから、ぼくの記憶と直接、関わりはないんですが、なにか、そうした記憶以前の記憶を刺激されるような、そんな感じがあるんですよ。

石井は板壁を見つめていた。その横顔を見やり、章子は頷いた。

――記憶にないはずのことを思い出すということ?

――ええ、本当に思い出せるのかどうかはわかりませんが。……前に、農家の写真を見ていて、思ったことがあるんです。古い農家ではもちろん、まったく実用のために、別棟にこういう小屋を建てていますね。家畜のため、道具をしまうため、漬けものや味噌を作るため、米や芋の保管のため。でも、一方ではそうした小屋は、恋人たちの場所になったり、子どもたちのいたずらや秘密を隠す場所にもなっているわけです。出産とか人が死ぬとか、そういうことになると、少し意味がちがってくるのかもしれないけど、どうも人間はひとつの住まいを守るだけでは充分な生き方ができない仕組みになっているのかな、と思えてくるんです。食べて、寝て、という日常的な住まいと、その日常を忘れるための住まいと。どちらも同じように大事な空間だったんじゃないか、と思ったんですが、……ただの思いつきですから、あまり本気で聞かないでくださいよ。

――……つまり、夢殿というわけね。

急に照れくさくなったのか、石井は章子を見て、笑いながら自分の頭に手を置いた。

――夢殿か。……いいですね。聖徳太子のような境地とはまるでちがうかもしれないけど、ここだってりっぱな夢殿なんですから、ものをしまうためだけじゃなくて、夢を見るためにもせいぜい利用したらいいですよ。ぼくだったら、すぐにでもここをきれいにして、隙間にはビニールでも貼って、夢殿として大喜びで活用しますね。そうだ、もしそうするつもりがあったら、ぼくが手伝いますよ。真冬は無理にしても、夏なんか、ここで寝たら気持がいいですよ、きっと。

——夢を好きなだけ見るために？

章子はとまどいながら、石井につぶやきかけた。

石井は微笑を顔に拡げ、深く一度だけ頷いた。子どものような、しかしおとなしか実際には覗かせることができない、惜し気のない微笑だった。

胸の動悸を感じながら、章子は小屋のなかをゆっくり見渡した。床の広さは八坪だったか。床の三分の一ほどの大きさの棚が二段、造りつけてある。はしごを使って、棚には登らなければならない。

義男と、ここでも始終、遊んでいた。なかの段にゴザを敷くと、本格的な、ひとつの独立した家の気分を味わえた。人形を持ちこみ、絵本を持ちこんだ。父親が使っていた品物が茶箱にそっくりな、三つの大きな箱にしまってあった。ある日、そのことに気がつき、着物や鳥打ち帽、チョッキなどを引張りだして、母親に叱られたこともあった。義男と、昼寝も楽しんだのではなかっただろうか。

どんなものがここにしまいこんであるのか、章子もくわしくは調べてみたことがない。古いものなら、なんでもしまいこんであるような気がする。広太がここにいつの間にか忍びこみ、かびだらけの靴を持ちだしてきたことがあった。母親に見せると、父親が若い頃に買ったイギリス製の靴だということだった。

じゃ、大事なものなんですね、と驚いた章子に母親は、いえ、いいんですよ、もう捨ててしまっても、と言った。とっくに父親も履きつぶしてしまっていて、それでも捨てられずに靴箱に入れてあったのを、うっかり引越しの時に持ってきてしまっただけなのだから、と。

夢殿、ともう一度、胸のなかで呟いてみた。夢を追い、夢を育て、記憶と記憶をつなぎあわせ、重ねあわせ、今のわたしをかつてのわたしに見出し、かつての時に踏みこみ、そのようにして夢に身をまかせることで、なにを見つけることができるというのだろう。けれども、すでに章子はまぶしい光のような期待から離れられなくなっていた。自分の記憶が、記憶のすべてではなかった。その日はじめて、家がひそかに守りつづけていたおびただしい記憶に気づかされたのだった。気分がわるくなるほどの記憶の渦。義男が思いがけないところから生き返り、広太があちこちで笑い声を響かせていた。自分に与えられた今までのすべての時を生き直したい、生き直せるものなら、と思いつづけてきた。しかし、生き直すとは、どういうことだったのか。

章子は息を大きく吸いこんだ。

5

わたしは、さらに街をあるきつづけていた。いろいろな道、いろいろなたてものがあった。病院もあった。何百人もの病んだひとたちが入院している大学病院。

わたしはそのふるめかしいたてものにも、なんどもいかなければならなかった。

あの子があかんぼのころに、二度も入院させられた病院。脳波の検査にも、くりかえし、かよった。おおきな発作をおこして、よなかにかけつけた病院。そして、あの子のからだがつめたくなっているのに気づき二度めにかけつけたとき、あの子のいのちはみすてられてしまった。あきらめてほしい、ざんねんです、とわたしはいわれた。あきらめる、ということがどういうことか、わたしにはわからなかった。わたしは、あの子のあたたかな手をにぎって、病院からいっしょにいえにもどらなければならないのだった。やれやれだったねえ、はやくかえって、イチゴをたべようね、とでもはなしかけながら。

それが、わたしのほんとうの時間なのだった。


病院のなかにある、くらく、ひろい控室。

ながい時間、そこでまたされているひとたちのかげ。ひとりでいるひともいれば、五、六人でかたまっているひとたちもいる。どのかげも、ほとんどうごかない。こえをだすこともない。それぞれ毛布に身をつつみ、まどろみながら、しらせがくるのをまちつづけている。

ひとによって、そのしらせに多少のちがいがあるのかもしれないが、けっきょくはおなじしらせをうけることになる。なまえをよばれ、どこかべつの場所につれていかれ、そして、両手でかおをおおいながら、あるいは、ただうなだれて、控室にもどってくる。そのまま、もどってこないひともいる。しかし、そうしたうごきは、しらせをまっていることさえわすれてしまうほどの間隔をおいて、ぽつりぽつりとみられるだけだった。

どれだけの時間、わたしはそこにいたのだろう、よくわからない。まだ、そこにきたばかりのような気もしたし、ほかのひとたち同様、二日も、三日も、しらせをまちながら、まどろんでいたような気もした。

さむかった。こんなところで、どうしてあのひとたちはねむれるのだろう、とおもった。けれども、ねむるほかに、なにもここではできないのだ。べつのへやにせまっている死をさきどりして、なげきかなしむこともできないし、たいくつをかんじるのもよくないことだった。わたしはおりたたんだ毛布をひざにのせて、ゆかにすわりこんでいた。ほかのひとはともかく、わたしはいつまでまたされるのか。それよりも、なぜ、わたしはここでまたされることになったのだったか。

すみません、ここですこしだけ、おまちください、といわれたことをおもいだした。ほかの控室がいま、つかえなくて、こんなところはおいやでしょうけど、ほんのわずかなあいだのことですから。かんたんな検査をするだけで、なんの心配もいりませんから。

わたしは、あわてててたちあがった。

そうだった。わたしはこのへやのひとたちとはちがうのだった。それなのに、いつのまにか、そのちがいをわすれてしまっていた。わたしはあの子の検査がおわるのをまっていただけなのだ。けれども、このへやのひとたちはそれぞれにみぢかなひととのさいごのわかれをまちつづけている。ぼんやりして、おなじ気分にわたしがひたってしまえば、あの子も、ただの検査でこの病院にきただけなのに、死のけはいいがいにはなにもない、あのとくべつなへやにいれられて、むりやり、臨終ということばをおしつけられてしまう。わたしがしらせをうけて、あの子にあいにいくときは、すでにもうておくれなのだ。ここでぼんやりとしらせをまちつづけるということは、あの子が死んでしまうのを、無責任にまちつづけるということなのだった。

わたしはへやからでた。あの子が検査をうけているところにいかなければならない。二階、それとも三階だったろうか。ろうかをいそぎ足にあるきながら、おもいだそうとした。ろうかもくらく、しずまりかえっていた。

エレベーターをみつけ、それにのった。五階までのボタンがならんでいる。三階にいろいろな検査室があったような気がしたので、三階のボタンをおした。

おおきなたてものだった。そのうえ、新館だの別館だのがあり、ふくざつに階段やろうかがつながっていて、ただでさえ、わかりにくい。けれども、病院というところはかならず、場所の表示がしてあるのだから、いずれじぶんのいきたいところへたどりつくことはできる。

わたしはあせりをかんじていた。が、やみくもな不安にかられているわけではなかった。だいじょうぶ、あの子をとりもどせないはずはない。この病院のなかにいることはたしかなのだし、わたしがあの子をこうしてさがしはじめたのだから、ておくれになっているはずもない。

あのまま、あそこでまちつづけていれば、わたしはあの子が台のうえにのせられているへやにつれていかれ、ちいさな機械の画面にうつる何本かの直線をしめされて、なにもいいかえせずにあの子のからだにだきついてなきだし、でもほんとうなんでしょうか、からだもまだあたたかいし、とまわりにいるひとたちにきき、またなきだし、だれかにかかえられてそとにつれだされる、ということがおこっていただろう。わたしはそのようすをせいかくにひとつひとつ、おもいうかべることができた。いつだったか、そんなことがあったのだ。しかし、おなじことが二度もおこったりはしない。そして、こんどこそ、あの子をぶじにこの病院からつれもどすことができる。

エレベーターが三階につき、ドアがあいた。一階とはちがい、ここはあかるく、ひとのけはいもかんじられた。ほっとして、そとにでた。ろうかのしきりがなく、おりたところがすぐ病室になっていた。鉄製のベッドがたてにならび、それぞれに、ひとがねていた。

すこしさきで、看護婦がふたり、いそがしそうにからだをうごかしていた。そこにちかづいて、ちいさなこえでわたしはきいた。

検査室にいきたいんですけど、どこにあるんでしょうか。

あいてはひどくびっくりしたかおをして、わたしをみつめた。

こんなところに、どうやってはいってきたんですか。ここには、びょうきの子どもたちがねているんです。それも、おもいびょうきの子どもたちばかり。そとから、かってにはいってくることはできないんですけどね。

わたしも子どもをさがしているんです。どこにいったのか、わからなくて。

わたしがいうと、ふたりの看護婦はたがいにかおをみつめあい、しんこくそうにうなずきあった。

それじゃ、ここにいらっしゃるのかもしれませんね。

でも、ここは長期入院のかたばかりでしょう、わたしの子どもはここには、ただ検査のために……。

看護婦はわたしの言いぶんをきこうとはしてくれなかった。

びょうにんが眼をさましてしまいますから、しずかにおねがいします。

あの子がここにいるわけはない、ときめつけることもできなくて、しぶしぶわたしはベッドのひとつひとつをのぞきこみはじめた。

みっつめのベッドでねている子どもと眼があった。子どもはわらい、わたしにその両手をさしだした。わたしもおもわず、ほほえみながら、子どもの手をにぎりかえしてやった。ちいさな、あつい手だった。

ふたりの看護婦がこちらをみて、にこやかにうなずいていた。

その子があなたの子どもなんですね、だったら、そのまま、しばらくそばにつきそっていてもよろしいですよ、とひとりがわたしにささやきかけてきた。

とんでもない、わたしの子どもじゃない、とはらがたち、子どもの手をふりはなそうとした。しかし、子どもの手はわたしの手にはりついてはなれない。子どものかおをみた。あの子とおなじとしごろの、おなじ髪がたのおとこの子だった。かおも、どことなくにているようだった。

あの子なのだろうか。ふと、うたがわずにはいられなかった。そうだったら、どんなにうれしいことだろう。

子どもはわたしに笑顔をむけつづけていた。なぜ、この子は以前から、わたしをしっていたかのように、なつかしそうにわたしにわらいかけるのだろう。むねがあつくなり、子どものかおにかおをちかづけた。子どもはわたしの手をじぶんのむねのうえにおいた。むねをなでてほしい、ということなのか、とおもい、わたしは子どものかおにみいりながら、ろっ骨がうきでている子どものむねをていねいになではじめた。

あの子ではない。ちがう子なのに、なぜ、さっさとはなれようとしないのか。こんなことをしているあいだに、あの子はとりかえしのつかないことになってしまう。けれども、これがあの子だったら、という期待をすてきることもできない。こうしているうちに、これがあの子だということに、すこしずつうつりかわっていくのだとしたら。

子どものむねの感触が、わたしの手にやわらかくなじみはじめていた。

天井のたかい、がらんとひろい待合室に、わたしはいた。外来の待合室だった。

よばれて、診察室のなかにはいった。診察室も、待合室とおなじおおきさの、おなじつくりのへやだった。おんながすでに、四、五人、たっていた。どのひともおなかがつきでていた。

医者らしい初老のおとこが、へやのはんたいがわにひとりでたち、わたしをみつめていた。

あなたは、もうすぐのようですね。

医者がいった。

それでは、じゅんばんをかえなければいけません。あなたがさいしょです。なんのことかわからず、わたしはうつむいた。じぶんのおなかがつきでているのに気がついた。ほかのおんなのだれよりも、わたしのおなかはまえにつきでていた。びっくりして、医者にきいた。

いますぐに、うまれるんでしょうか。

医者はうなずいた。

ですから、すぐにとなりのへやにうつってください。

でも、なにもしらなかったものですから。

わたしはじぶんのおなかに気をとられていた。いままで、なにも気づかずにいたことにおどろいていた。

どこにもいじょうはありません。たいへん、じゅんちょうです。さあ、あとのひとがまっていますから、はやくしてください。

ためらう必要はない、とおもった。たしかに、おもいがけないことではあったが、あかんぼがうまれることは、けっしてわるいことではない。いま、あかんぼがうまれてはこまる、というはる理由もなかった。

あかんぼがうまれるとき、どのていどの苦痛をたえなければならなかったか、をわたしは具体的におもいだしていた。わけがわからないうちにあじわう苦痛なので、はっきりとおもいだすことができない。しかし、むがむちゅうの状態になるのは、そうながい時間のことではなかった。じぶんからすすんで、もういちど、あじわいたいとはおもわないが、おわってしまえば、むしろ、あっけないほどのことにすぎない。

からだにとって、ふしぜんなことではないのだから、そんなにくるしいことではあるはずがない、といぜんに、だれかからきかされたこともおもいだした。

妊娠をまったくしらずにいままで、すごしていたのだから、妊娠中のわずらわしさからのがれることができた、というふうにもかんがえられる。だれよりもきらくに、あかんぼをうむことができる好運に、わたしはめぐまれたのだろうか。

そのようにおもいいたると、しあわせなきもちになった。あかんぼがうまれるということは、こんなにも単純なことだったのだ。

わたしはとなりのへやにうつった。

きているものを、ぜんぶ、ぬいでください。

そこでまっていた看護婦にいわれ、服をぬぎはじめた。

それから、あかちゃんにきせるものをだしてください。

わたしはうろたえながら、こたえた。

なにも、よういしてこなかったんですが。

看護婦はいっしゅん、いきをのみ、それからきびしいかおでわたしをにらみつけた。

あなたはあかちゃんをうむだけうんで、そだてようというつもりがないんですね。

わたしはひとこともこたえられず、うつむいた。

子どもは、うんでしまえば、あとはどうにでもなる、というものではないんですよ。子どもをそだてるのは、どんなにたいへんなことか。そのかくごもないのに、子どもをうもうなんて、ほかには、そんなひと、だれもいませんよ。

わたしは子どもをひとり、死なせてしまっているのだ、とそのとき、はじめておもいだした。子どもをうんだことはわすれていなかったのに、その子がどんなことになったのかはわすれていた。これも、覚悟というものがわたしにかけているからなのだろうか。覚悟というものがなかったから、あの子を生かしつづけることができなかったのか。

すみません、わたし、うめません、うむわけにはいかないんです。

なきながら、そのへやからにげだそうとした。

そうはいきません。もう、あかちゃんはうまれかかっているんですから。

わたしはひきもどされ、台のうえにねかせられた。からだから力がぬけていくのをかんじながら、なきごえをもらした。

ほら、もう、あかちゃんのあたまがのぞいていますよ。

どんなものがうまれようとしているのだろう、あかんぼがいまさら、うまれるはずはなかったのだ。わたしがのぞんでいたことは、こんなことではなかった。

病院から、あの子のからだをはこびだそうとしていた。まだ、まにあいそうだった。病院の裏ぐちには、あの子のともだちがなんにんか、じりじりしたおもいでまってくれている。

あの子のからだはおもかった。あの子があかんぼだったころのように両腕にだいていたのだが、すこしすると、足がふらつきはじめた。

地下までは、ぶじにたどりつくことができた。まえもって、裏ぐちまでの、迷路のようなろうかをしらべておいた。しかし、さきへ、さきへ、といそぎすぎたせいか、ひどくせまくるしいところへ、まよいこんでしまった。たってあるくこともできない。あの子のからだを力まかせにひきずりながら、あせみずくになってすすんだ。鉛管や、電線、鉄材が、むきだしになっていた。

あの子はしろいかおでねむりつづけていた。気がつくと、あの子のみぎあしがちぎれてなくなっていた。ひだりあしもねじれ、ところどころにあながあいてしまっている。

わたしはさらに、さきにすすんだ。裏ぐちにたどりつくことはできなかった。あの子のからだは、犬がおもちゃがわりにくいちぎった人形のようになってしまっていた。

こんなことになるのなら、病院にあずけたままにしておけばよかった、と後悔したが、もう、あとにもどることも不可能なのだった。

わたしはあるきつづけていた。

ひとがたくさんいる広場があった。その地区のなにかもよおしがあるようで、陽気な気分がみなぎっていた。

みおぼえのあるかおを、みつけた。どこであったのか、おもいだせなかったが、なつかしいかおだった。

もうひとり、わたしのしっているひとがいた。もうひとり。

みたことのある子どももいた。ひとり、ふたり、さんにん、よにん。

そのうちのひとりがわたしに気がついて、おばさあん、とよびかけながら、かけよってきた。

あら、トシくん。

わたしはその子どものなまえをくちにしていた。保育園にかよう年齢のおとこの子だった。あの子のあそびなかまだったが、それはもう、五年もまえのことなのだ。

ほかの子どもたちも、わたしのまわりにあつまってきた。どの子どもも、五年まえの、保育園の子どもたちだった。

おばさん、こんなところになにをしにきたの。

どの子どもも、わたしをふしぎそうにみつめていた。まわりのおとなたちにききとがめられないように、わたしは小声でこたえた。

あの子をさがしているんだけど、どこにいるか、しらない？

いままで、ずいぶん、さがしたの？

そう、あちこちね。でも、みつからなくて、こまっているの。あなたたちなら、なにかしっているんじゃないかとおもって。どんなことでもいいから、おしえてくれないかな。

期待するきもちをふくらませながら、わたしはおさない子どもたちのかおをみわたした。ひとりがためらいながら、くちをひらいた。

あそこもさがしてみた？

どこのこと？

子どもはみぎのほうをゆびさした。ほそながいビルが、ひとつ、たっていた。おもいがけないことに、それはわたしがかつて、そのなかの一室をかりていた、なじみぶかいビルだった。むねの鼓動がいちどきに、はげしくなった。どこよりもあそこをまず、さがしてみるべきだったのに。

あそこにいるって、ぼく、きいたことがあるよ。でも、ずっとまえのことだけど。

ぼくもきいたよ、ぼくも、と子どもたちがくちぐちにいいはじめた。

ありがとう、じゃあ、とにかくいってみるわ。

こんどこそ、あの子をみつけだすことができる。わたしはうれしさのあまり、なみだぐんで、ビルのなかにかけこんだ。一階の店のよこに、みどりいろのきゅうな階段がある。かぞえきれないほど、のぼりおりしたことがある階段。ステンレスのパイプのてすりも、よごれでくろずんだ両がわの壁も、天井のくらい蛍光灯も、においまでも、いぜんとかわりないような気がした。

階段は、二階、三階、とちいさな踊り場でくぎりをつけながら、まっすぐ最上階の四階までつながっている。うえからみおろしては、ここをころげおちたら、かくじつに死んでしまうのだろう、とおびえていた。何年まえのことだったろうか。ここをひきはらってから、いちどもここにきたことはなかった。

四階までかけのぼり、みなれたドアを、インターホンをならすてまもおしんで、いきおいよくあけた。

室内のあかるさが、わたしの眼をうった。おくの窓から、夕陽がまともにさしこんでいた。ああ、こういうへやだった、とわたしはたたずみ、いきをついた。たてにながい、八畳ぐらいのその部屋に、ひとがたくさん、あつまっていた。十さいから二十さいのあいだの、わかい男女が、おもいおもいのくつろいだすがたでポップ・コーンや、ポテト・チップスをたべていた。

ここにすむひとはなく、たまたま、ここをみつけたわかいひとたちがじぶんたちの一種のかくれがのように、すきかってに利用しているようだった。こんな場所にかわってしまって、あの子はぶじでいるのだろうか、と心配になった。

ここでならば、えんりょするひつようもない、とおもい、わたしはなにもいわずに、へやのなかにはいった。いそいでへやのなかをみまわした。あの子のすがたがみえなかった。

なに、しているの。

わかいひとのひとりが、わたしに声をかけた。ふきげんな、べつのかんだかい声もきこえた。ちょっと、ずうずうしいんじゃないの。じゃましないでほしいんだけどね。

子どもをさがしているのよ。ここにいるはずなんだけど。

わたしがいうと、また、ほかの声がかえってきた。

あんた、だれ？　子どもって、なんのことだよ。

わたしはここに、むかし、すんでいたの。そして、わたしの子どもがまだ、ここにいるはずなのよ。いままで、うっかりしていて、むかえにくることができなかったの。

だったら、この子のことだわ、きっと。

のんびりした声が、おくのほうからきこえてきた。

いたみをともなう、するどいひかりを、わたしは全身にかんじた。ふらふらしながら、へやのおくにすすんだ。わかいひとたちはわたしのために、しぶしぶからだをうごかして、左右にわかれてくれた。あの子が窓ぎわの、あたたかい場所にねかせられていた。生後何ヵ月かの、よくふとったあかんぼの、あの子だった。

わたしたちで、いままで、せわをしてやっていたのよ。ここで、この子、ひとりぼっちですてられていたんだから。

ほんとに、このひとの子どもなのかな。いまごろ、むかえにくるなんて、なんだか、いんちきくさいなあ。

また、わかいひとたちの声がきこえてきた。

とうとう、あの子をみつけたというよろこびで、わたしにはまわりの声にこたえるよゆうがなかった。あの子に一歩一歩ちかづいていった。あの子をだきあげよう、と手をさしのべた。あの子は眼をあけ、わたしに気がついた。とたんに、かおをまっかにして、なきさけびだした。おもわず、からだをひいてから、もういちど、あの子に両手をさしだした。あの子はおびえて、いっそう、はげしくなきさけんだ。

ひとりのおんながみかねて、あの子をだきあげ、かるくゆすってやった。あの子はわたしからかおをそむけて、なきやんだ。

わたしはたちすくんだまま、あの子をみつめていた。これもしかたがないことなのかもしれない。あかんぼは一ヵ月もそばをはなれていれば、ははおやがどんなかおをしていたかもわすれてしまうのだから。それなのに、ながいあいだ、わたしたちははなればなれですごさなければならなかったのだから。

やっぱり、あんたの子どもだなんて、うそだったんじゃないの。

そういわれて、わたしはせいいっぱい、おちついた声でいいかえした。

うそなものですか。あなたたちに、ただ、なれてしまっているだけだわ。すこしずつ、これからわたしをみおぼえてもらうしかないみたいね。

そうしたいのなら、かってにそうすればいい、というようすで、わかいひとたちはわたしとあの子とをみくらべながら、だまっていた。

あの子をみつけたいじょう、もう眼をはなしはしない。けれども、かんじんのあの子がわたしをわすれはててしまっているのは、そしてそのために、ちょくせつ、手でさわることもできないのは、やはり、わたしにはひどくつらいことだった。


道をあるいていて、わたしはあの子をひとにあずけたまま、そのことをわすれてしまっていたことをおもいだした。あの子がいなくなったのは、死んだためではなく、そのためだったのだ。なぜ、そんなにだいじなことをわすれてしまっていたのか、じぶんでも見当がつかない。

ときどき、あの子をひとにあずけていた。わたしがひとりきりでそだてていた子どもだったので、だれのせわにもならずに仕事をつづけるのは不可能なことだった。あの子のそばをはなれずに餓死するよりも、あの子をひとにあずけてでも、たべものをかうおかねを手にいれるほうが、賢明なことなのにちがいない、とわたしはじぶんにいいきかせていた。けれども、そうしてあわただしい生活をつづけているうちに、いつ、どんなときにあずけたのだったか、あの子をむかえにいくことをわすれてしまったのだった。

わたしはあの子をあずけっぱなしにしていた場所にいそいだ。むかし、わたしがすんでいた、ほそながいビルの四階だった。じぶんがすんでいたところなのだから、まちがえるはずはない。わたしがそこをるすにしているあいだ、あるおんなのひとにきてもらい、あの子のせわをたのんでおいたのだ。いったい、そのときから、どのくらいの時間がたってしまっているのだろう。一年、二年、いや、七年も八年もたってしまっている。じぶんのとりかえしのつかないうかつさがおそろしかった。

みどりいろのきゅうな階段をかけのぼって、四階のインターホンをならした。なんど、ならしても、反応がない。ドアのノブをまわしてみた。かぎはかかっていなかった。

ドアをあけた。ひとめでなかにだれもひとがいないことはわかった。せまいダイニング・キッチンに、ひとつのへやがつながっているだけなのだ。それでも、なかにはいり、へやをひとわたりしらべ、押入れのなかもみた。家具もなにものこされてはいなかった。ふるい新聞紙が押入れのなかにみつかっただけだった。

ダイニング・キッチンにもどり、ながしのまわりもたんねんにしらべた。たなのひとつひとつもあけてみた。あの子をどこにもみつけることはできなかった。ひとがいなくなってから、ながい時間がたっているようだった。かびくさいにおいが、へやにこもっていた。ながしにひからびたぞうきんをみつけた。まだ、なかみののこっている洗剤のきいろい容器も、ながしのよこにおきわすれられていた。

わたしがるすをたのんだひとは、まちきれずにあの子をつれて、どこかへたちさってしまったのだ。それも、何年もまえに。どうしたら、そのあとをおうことができるのだろう。

わたしはおなじ階のべつのへやにすむひとをみつけだして、きいてみた。

ここにいたおんなのひとなんですが、どこにうつっていったか、ごぞんじじゃないでしょうか。

そんなおんなのひとがいたことすらしらない、というこたえだった。

わたしのるすばんにきてもらっていただけのひとだったのだから、書類上の手つづきとも無関係なのだった。なまえをせめておぼえていれば、さがしだす手がかりにはなるのに、なまえもわすれてしまっている。かんがえればかんがえるほど、あの子がどこにつれられていったのか、さぐりだす手段がなにもないことをおもいしらされずにはいられなかった。

へやのなかにもどって、なくこともできず、わたしはながしのまえにぼうぜんとたたずんだ。なんということになってしまったのだろう。あれから、何年もたってしまっている。あの子がぶじに生きているとしても、あのおんなのひとをじぶんのははおやとしんじこんでいることだろう。運よく、あの子とどこかであったとしても、あの子にはわたしをみわけることができないだろうし、わたしにしても、おおきくなったあの子をひとめでみわけることができるかどうか、じしんがない。環境がちがってしまえば、子どものようすもすっかりかわってしまう。

あの子は死んだのではない、とせっかくわかっても、これではわたしにとって、おなじことになってしまう。でも、あの子がどこか、わたしのしらないところで、しらない子どもとして生きているのなら、それだけでもおやとして、よろこばなければならないのだろうか。


道をあるいていて、もういちどだけ、あそこへいってみよう、とおもいついた。おんなのひとのほうでも、わたしのゆくえをさがしていて、あのへやにたちよってみる、というようなことだって、ないとはかぎらない、とおもいついたのだった。

あの子を生きたまま、みうしなうなどという、そんななりゆきを、だまってうけいれることは、あまりにもくるしく、しんじたくはない。

みどりいろの階段を、わたしはふたたび、のぼった。あいかわらず、ひとけのない、くらい階段だった。この階段で、だれともであったことがない。いぜんは、もうすこし、活気があったようにおぼえているのだけれども。

四階の、みなれたドアのまえにたった。ノブをまわしてみたが、こんどはだれがかぎをしめたのか、ドアはあかなかった。あたらしい住人がはいった、ということなのかもしれない。時間がたてば、どんなことでもかわっていく。あきらめてかえるしかない、とおもいながらも、みれんがましく、ドアをみつめ、インターホンのしかくいプラスチック板をみつめた。そして、ちいさな、しろい紙が、その板のしたにはりつけてあるのに、気がついた。おんなのひとのなまえが、へたな字でかきつけてあった。そのなまえを、なんどもくちにだして、つぶやいてみた。たしかに、あの子をあずけたおんなのひとのなまえだった。わたしはむちゅうになって、そのなまえをおぼえこんだ。

なまえさえわかれば、もう、あの子をみつけたも同然だ、とうれしさに、われをわすれた。あの子のほうで、わたしをおもいだせず、にげだしてしまうかもしれない。いまさら、あらわれたところで、あなたをおやだとは、とうてい、みとめられませんね、といわれるのかもしれない。それでも、かまわない。とにかく、あの子をみつけだす。そして、ぶじに成長しているすがたをみとどけたい。いまは、それいじょうのことはかんがえられない。

なにもかも、ばくぜんとしたこころばそさに、もうなやまされることはなくなった。ひとつのめいかくないとぐちをえた安心感で、わたしはひさしぶりにくつろいだおもいになった。

ふたたび、その広場にたどりついた。子どもたちのすがたは、もうなかった。おとなも、だれひとり、いなかった。

あの子をあずけておいた、ほそながいビルをさがした。街かどのようすがかわっているようだったが、どこがかわったのか、すぐにはわからなかった。ちいさなあきちがあった。となりのビルをみた。たしかに、その場所だった。わたしがかつての日々をすごし、あの子をひとにあずけておいたビルは、すでにとりこわされてしまっていた。四階だてのふるいビルだった。いつ、とりこわされても、ふしぎではなかった。ビルの残骸らしいものも、なにものこされていない。土の表面だけがのこされてみると、あきれるほど、そこはせまい土地でしかなかった。

何年まえのことになるのだろう。

わたしは四階だてのふるいビルの最上階にある一室をかりて、ひとりでくらしていた。おとこがそこに、しばしば、すがたをみせるようになった。あたらしくくしりあったおとこではなかった。しかし、あたらしい感情がたがいの時間のなかで、うまれていた。だいぶとしのはなれた、べつのせかいを見聞きしてきたじぶんのあにをとりもどしたような、そんなよろこびにわたしはつつまれていた。

おとこはわたしのようにひとりで生きているわけではなかった。しかし、その意味をわたしは、しろうとはしなかった。

おとこはわたしとのあいだに子どもがうまれるとしたら、どんな子どもなのだろう、とたのしいゆめをみるように、想像しはじめた。わたしもその想像に、むねをふくらませた。

そうしてうまれたあかんぼが、あの子なのだった。

じっさいにはあの子がうまれるまえに、わたしはほかのへやへうつっていた。けれども、あの子の生命のさいしょの数ヵ月は、その四階だてのふるいビルの一室にゆだねられていたのだった。このせかいへの、あの子のための入りぐちだった。

あの子をどうしてもさがしあてたいのなら、ひとつの時間からあの子をとりもどしてあたらしいひかりをみいだしたいのなら、この場所からたんねんに、なにひとつみおとしがないように、たどりなおさなければならなかったのだ。わたしははじめて、そのように気づかされた。なんどもいままで、このふるいビルをたずねつづけてきたのも、そのためだった。

ひとつの時間をたどりなおすということでしか、時間のそとで生きられないわたしには、しりたいとおもう意味をしることがゆるされない。

そういうことらしい、とわたしにはかんじられた。

6

障子を開けて、章子は部屋のなかに入った。ベッドのふとんのふくらみ。枕もとにのぞいている黒い髪。水色の古びたスーツ・ケースとショルダー・バッグがベッドの足もとに並べてある。壁には、叔父の服がかかっていた。

まだ、達夫叔父はここにいる。章子は安心して、息を吸いこんだ。少しずつ、ベッドに近づいて行った。体がふらふらしていた。二度と会えなくなるにしろ、今、この時間には叔父はここにこうして、その体を置いてくれているのだ。

叔父の顔をおそるおそる、のぞきこんだ。眠っているはずの叔父の眼が大きく開かれていた。章子は思わず、声をあげ、あとずさった。

叔父は体を動かさず、なにも言わなかった。少しして、ふとんの端が持ちあがった。叔父の顔をもう一度、のぞきこむと、叔父は微笑を浮かべて、眼をつむっていた。

章子は立ちつくしたまま、泣きだした。

叔父の手が伸びてきて、章子の手をつかんだ。

――……そんなところで泣かれると、まるで、ぼくが死んだみたいだ。

叔父の手はびっくりするほど、暖かった。その手に引かれ、章子はすすりあげながら、叔父のふとんに潜りこんだ。

――……子どもの時とおんなじだね。来るんじゃないか、と思ってたよ。

章子は叔父の瘠せ細った肩に頰を押しあて、泣き声を洩らした。

――ここにずっといてくれたらいいのに……、どうしてもそうはいかないんでしょうか。……おじさんがいなくなっちゃうなんて。……我慢しなくちゃと思っていたけど、あしたからのことを考えたら、もう、どうしたらいいのか、わからなくなっちゃって。……おじさんは、いつも、さっさと行ってしまうんだもの。……

叔父は腕をまわし、章子の頭を撫でながら、つぶやき返した。

――ずっと前にも、章子ちゃんのお母さんが同じことを言って、泣いていたな。ぼくの気持が変わらなかったことを、今でも恨んでいるみたいだけど、べつべつの人間だからね、姉と弟と言っても。……親子だって、そうだし。……章子ちゃんを助けられる人は、だれもいない。……

章子は情けなくなって、また泣きだした。

――だれだって、そうなんだよ。だから、人が大切に思えてくるんだろうね。きのうまで知らなかった人を好きになれるんだよ。……あの人には、結局、それがわかってもらえなかったようだけど……。

――どうして、このまま生きていかなくちゃいけないのか、さっぱりわからない。

章子が泣きながら言うと、叔父は答えた。

――このまま、なんてことはないさ。……

――……よく、わからない。……

章子はなにも言えなくなり、すすり泣きをただつづけていた。叔父も黙りこんでしまった。頭には、叔父の手が置かれたままになっている。叔父の胸の上に、自分の手を当ててみた。ぼんやりと、心臓の鼓動が感じられた。

広太が朝、寝床で冷たくなっていたあの日、時間がまだ、どこかで流れつづけているということを忘れていた。はじめはただ、びっくりして、広太の体をもう一度、暖かくしてもらうために、救急車を呼び、病院にも行ったが、霊安室に移されてからは、このまま、広太と二人きりでいられるのならば、それはそれで、そんなにつらいことではない、と思っていた。動かなくなった体でも、広太の体にはちがいない。広太の傍に、じっと坐りつづけている。いつまで、ということなく、そのままでいられれば、悲しむ必要もないという気がしていた。自分も動かずに、広太を見つめつづけていれば、そのうち、自分の体も広太と同じ状態に変わっていく。人が来て、早く連絡するべき人に連絡するように言われた時、なぜ連絡をしなければいけないのか、無意味なこととしか思えず、腹が立った。だれにも知られたくない。二人だけの秘密にしておいてほしい。

母親が来て、姉が来て、広太の学校の先生が来るたびに、どうして邪魔をするのか、とくやしさに駆られた。

あのくやしさは、時間が自分を見逃がしてくれないと知らされたくやしさだったのだろうか。広太と同じように、自分も見逃がしてもらえるものと、思いこんでいた。通夜だの、告別式だの、という言葉が耳に入っても、ばかなことを言う、と相手の正気をむしろ疑わずにはいられなかった。けれども、日が変わらないうちは、時間をまだ忘れていることができた。普通なら、すぐ自宅に帰れるところを、翌日、検体にまわさなければならない、というので、一晩、霊安室で過ごさなければならなかった。それは、少しもいやなことではなかった。どこにも、広太の体を動かしたくなかったし、自分も動きたくなかった。そこに閉じこもっていれば、時間をも外に閉め出しておける、と思っていたのだ。

霊安室には、窓があった。厚手のカーテンがかけてあったが、夜から朝への光の変化まで遮ってはくれなかった。朝が近づくにつれて、小鳥が鳴きはじめた。車の音も響きはじめた。それを聞き、はじめて、この場所にも今までと変わらない時間が流れていることを、そして、そのように気づいた自分は広太とちがって生きつづけているということを、知らされた。広太の相変わらず動かない体を見つめながら、はじめてあともどりのできない恐怖を感じた。

そして、その恐怖を裏づけるように、あれから時間は少しも淀むことなく、着実に流れつづけている。広太の学校では、広太がいないというのに、遠足に出かけ、運動会を楽しみ、広太がいないことを素早く、忘れていく。章子自身も母親の家に住みつき、毎日をなにげない顔で過ごしはじめている。駅前に、新しいパン屋ができ、広太の知らない店だというのに、早くもそこに通い慣れてしまっている。近くの道で水道工事がはじめられ、いつの間にか終わっている。どこかで、電車の事故が起こり、何人もの人が死ぬ。自動車の事故。いろいろな事件。毎日の天気も変わりつづける。

時間が流れつづけていることが、こわいのではない。時間を常に意識しながら生きつづけられない自分が呪わしく思えてならない。広太の声が聞けなくなるとは知らずに、上の空で広太があれこれ話しかけてくる声を聞き流していたのだった。広太に明日にはなにも食べさせられなくなるのを知らずに、普段通りの食事を作っていた。広太とともに過ごすあわただしい毎日がつづくものと思いこみ、広太を叱り、広太の欲しがるものも買ってやらなかった。なによりも大事な一刻一刻を、無駄に見過ごしつづけていた自分のうかつさがおそろしかった。しかし、広太のことで充分すぎるほど後悔し、それで大事な時間を取り逃がさずにすむようになった、というのなら、まだ自分に慰めを感じることができる。実際には、相変わらず、取り逃がしつづけているのだ。今、この時間のすべてを自分の体に、正確に、はっきりと刻みつけておかなければならない、とわかっていても、それでもいざとなると、ぼんやりその大事な時間を見送ることになってしまう。それを繰り返しつづけてしまう。

明日の朝になったら、この家を叔父が再び離れていくことがわかっていて、残りの時間を最大限、記憶に留めておきたいと願っていても、そしてその記憶を古びたものにはすまいと気持を決めていても、二日、三日と経つうちには早くも遠いできごとのようにしか思い出せなくなっている。その、素早い遠ざかりようを今から、感じないわけにはいかない。感じていながら、どうすることもできない。そんな自分を悲しまずにはいられなかった。こうして涙を流しているうちにも、時間が経っていく。時間――つまり、地球と名づけられているものがまわりつづけている、ということなのだ。地球がまわりつづけ、その表面の点としての自分を思い浮かべる。点はめまいのなかで地球の表面にしがみつき、やがて、めまいに圧倒され、めまいのみを残して、消え失せてしまう。めまい以外のなにが、点でしかない生きものに残されるのだろう。

7

達夫叔父が東京を去ってから一週間後に、石井が大工の棟梁とともに来て、家の工事のくわしい段取りを決めて行った。棟梁と聞いて、老人を予想していたのが、石井と同年輩の、ということは章子とも年の変わらない男が姿を現わしたので、少し驚かされた。野崎というその男は、石井と小学校で同級だったとかで、最近、父親が急死し、棟梁を引き継いだばかりだ、という話だった。棟梁としてはこれから、というところだけど、もう二十年以上もおやじさんにしごかれてきたベテランだから、ここでも、丁寧な、いい仕事をしてくれると思いますよ。石井が言うと、野崎は笑いながら、軽く頭を下げて見せた。髪の毛が多すぎて、頭が重く見えた。

母親の意見も一応、参考にしながら、まずは、風呂場の改修から工事をはじめることになった。風呂場は思いきって洋式のものに替える予定になっていた。体の動きが不自由な人間にも使いやすく設計されているバス・タブを入れ、シャワーも取りつける。ただし、床下がすでに腐っている可能性もあり、その場合には、基礎から工事をはじめなければならない。洗面所も同様で、基礎さえ大丈夫なら、洗面台を坐りながらでも使える形式のものに取り替え、壁に手摺りを取りつけるだけの、一時間もあれば終えることのできる工事ですむはずなのだが、基礎の部分をのぞいてみないうちには、はっきりしたことが言えない。

それから、便所、台所、母親の部屋の順番に工事を進めて、来年の二月までには、工事を終わらせたい、と野崎が言った。

簡単な工事なのに、年内には終わらせられないものなのか、と母親がそれを聞いて、怒った声を出した。

――来月から工事に入りますけど、さっきも言いましたように、基礎や柱がどの程度の状態になっているかで、工期が大幅に変わってしまいます。だいぶ、古い家なので、あまり楽観はできそうにないですし……。

野崎が言うと、石井がその言葉につづけて言った。

――おどかすわけじゃないんですが、こういう家は、うっかり一部を乱暴に扱うと、全体をだめにしてしまう場合もあるんですよ。すこしずつ、様子を見ながら、そのつど、工事の方法も考えながら、進めるしかないので、かえって普通の工事より面倒で、日数もかかってしまうんです。いっそ、新築なら、プレハブを利用すれば、一ヵ月ほどで済んでしまいますし、そうしたケースの方が圧倒的に多いんですよ。そういう時代だということなんでしょうね。

――新築が一ヵ月で、改築が三ヵ月かかるなんて、どういう時代だろうと、やっぱり矛盾していますよ。どうしても、それだけかかるんだと言われれば、こちらは素人ですからね、黙って引きさがるしかありませんけど、正月までには、と思っていたのにねえ。

母親はまだ納得できない顔で、つぶやいた。

――正月だから、なにがあるっていうわけでもないわ。

広太の葬式からまだ一年経っていないことを母親に思い出させたくて、章子はうつむいたまま、独り言のようにして言った。もともと、章子が広太を連れて、大晦日から泊りに来るほか、この家の正月はなにひとつ他の日とちがうことはなく、広太が大きくなってからは毎年、この家に泊りに来ても、元日の朝から遊園地に遊びに行ったり、映画を観に行ったりするようになっていた。

章子の言葉を無視して、石井が母親に言った。

——こうした工事はごく普通の工事のはずだったのに、いつの間にか、かえってぜいたくなことになってしまったんです。プレハブなら、この野崎君のようなベテランの職人も必要じゃないんですから。以前は、棟梁さえいれば、ぼくたちのような設計事務所も、図面も必要ではなかったわけですけどね。

——ぜいたくできる身分じゃないのに、おかしなことになったものだわ。

母親は溜息をついた。

打ちあわせを終えた二人を、章子一人で玄関まで見送りに出た。

——ついでに、物置も野崎君に見てもらいましょう。

靴をはいてから、石井が章子に言った。章子はこの間の夢殿の話を思い出し、うれしくなって微笑を浮かべた。石井が二度と、物置を振り向かなくなっても、それはむしろ当たり前のことだ、と思っていた。その場の思いつきを口にするのは、嘘を言うのとはちがう。人が思いつきで言った言葉を本気で受けとめ、待ちくたびれて落胆させられることが多かった。それで、石井の提案も現実と結びつくこととは思わずにいた。石井が言ったように、物置を自分の夢殿に変えたければ、石井を頼りにせず、自分の手でやるしかない。そして、そんな作業が可能だとはとうてい考えられなかったので、結局、空想して楽しんでおくしかないのだ、と思い決めていた。

――……いい物置なんだよ。でも、隙間がひどいし、屋根も一部分、腐りかけていて、物置としての役目が果たせなくなっている。……

石井は章子の先を、野崎と並んで歩きながら、説明をはじめていた。

――……ちょっと手を入れれば、物置どころか、勉強部屋ぐらいには使えるようになると思うんだ。

――勉強部屋？　でも、たしかお子さんは……。

野崎が章子を振り向きながら、けげんそうにつぶやいた。

――ようするに、別室というか、だれにも邪魔されずに、本を読んだり、音楽を聞いたりできる場所があったら、おもしろいと思わないか。この間、この章子さんと、そういう話をしたんだよ。ほら、これだ。

物置の前に、石井と野崎が立ち止まった。急いで二人の前にまわり、章子は鍵を開けた。二人は埃で白くなっている粗末な軒を見あげていた。

――こんな廃材を組み立てただけの小屋がよく生き残っているなあ。

野崎がつぶやくと、石井は笑いながら頷いた。

――どうってことない小屋だから、かえってなつかしい感じがする。おれたちが生まれる前からずっと、形は変わっても、この柱や梁は人の生活を見てきているんだと思うと、いまさら簡単には取りこわせなくなるよ。

二人と一緒に、章子も物置のなかに入った。野崎は一人で頷きながら、なかを見渡した。ガラス戸と窓、そして壁の隙間のために、なかは意外に明かるい。石井は屋根裏を見あげながら、深く息を吸いこんだ。

——いいな、やっぱり、ここは。あの隙間も生かしておきたいね。

野崎が石井を見て、笑いだした。

——新しい家ばかり扱っているから、妙なところで感動するようになる。わからないでもないけどね、おれも。だけど、隙間を残しておくなんて、おれには気持がわるくてできないな。お前の希望通り、手は貸してやるけど、責任は持てないぞ。

——いいんだよ、工事とも言えないようなことしか頼むつもりはないんだから。

二人は壁に貼るプラスチック板や、屋根の修理など、細かい打ちあわせをはじめた。章子が口を挟む必要はなさそうだった。くもりガラスの窓に眼を移した。この窓も、ガラス戸も、章子たちがここに越してきたために取りこわされた古い家の建具を、そのまま利用したものだった。木の枠に一度塗られた白いペンキがすっかり剝げ落ちてしまっている。五十年前に作られたものだとして、その頃、この同じ場所で、どんな人たちがどんなことを思いながら生きていたのだろう。大昔のことだという気もするし、ほんのひとまたぎの時のようにも思える。現に、この窓がここに生きつづけているのだから。

五十年と言えば、その間に戦争もあったのだから、ここで人が死に、泣き声が窓に響いたことも一度ならず、あったことだろう。女や男の影が映り、小さな子どもが窓を開け、だれかを大声で呼んだことも、もちろん、あったにちがいない。その子どもも今、生きていれば、六十ほどの年齢になっているはずだが、たったひとつの、こんな、なにげない窓のことを、どのように憶えているというのか。

章子は窓枠の埃を指先で拭いながら、広太の声を思い出し、聞き入った。

ママー、ママー、ピポー、ピポー……

自分ではもう、母親をママとは呼ばなくなっていたのだが、子どもが母親を呼ぶ声と救急車の音とが同じ響きだと、ある時、広太は思いつき、それから、ふざけてわざと甲高い声で、ママー、ママー、ピポー、ピポー、と章子に向かってしばらくの間、叫びつづけていた。

わたしが死ねば、この声の記憶も消えてしまう。でも、そうとはかぎらない、と章子は思い直した。この窓の記憶は、わたし自身の記憶ではない。それでも、わたしになつかしさを感じさせようとしているのだ。なにもかも自分が忘れ果てたとしても、不安に思うことはないのかもしれない。記憶は記憶として、その人から離れたところでも思いがけない形で生きつづけている。自分の記憶は自分のものとはかぎらず、他人の記憶を辿り直しているだけなのかもしれないのだ。


次の日曜日、晴れていたと思うと、急ににわか雨が降りだす不安定な天気になった。

昼には青空が拡がっていたが傘を一応、用意して、章子は駅前に出、松居と会う時にはいつも使う喫茶店に入った。特別に気に入っている喫茶店というわけではなかったが、駅の真正面というわかりやすい場所にあるので、一度、そこで松居と会ってからは、他の喫茶店に替えるのが面倒になってしまっていた。

間口が狭いのに、奥が広く、かびくさいにおいさえ気にしなければ、テーブルの上に広告やパンフレットの大きな原稿を拡げることの多い章子には、利用しやすい店だった。店内を見渡し、松居がまだ来ていないのを確かめてから、いちばん奥の席に坐り、コーヒーを注文した。

以前は、忙しい松居がわざわざ、章子の原稿のために自分から出向いてくることなど、めったになかった。それでも、広太が生まれたばかりの頃と、広太が風邪を引いて保育園を休んでいた時と、二度ほど、この喫茶店まで来てくれたことがあった。風邪の広太を連れて来た時は、広太が途中でもどしてしまい、松居に迷惑をかけ、身の縮む思いを味わったのだったが。

美術学校で知りあった松居は章子の頼みに応じて仕事をまわしてくれ、広太が生まれてからはできるだけ割りのいい仕事を章子にとっておいてくれる親切な相手だったが、それは章子だから特別に、ということでもなかった。美術学校にいた頃から、普通の大学に通っていたのをやめて、デザインの勉強をはじめたという松居は、同級生より年上だったせいもあってか、いつもみなから頼りにされていたのだが、それはつまりは都合よく利用されていたということでもあった。しかし、そうして利用されて少しもいやな気はしないらしく、むしろ満足そうにまわりの年下の生徒たちを見つめていた。

そんな松居だったから、章子も仕事を探す時に真先に松居を思い出したのだったし、松居がそれで実際に仕事をわけてくれるようになっても、特別感謝しなければならないことだとは感じていなかった。松居なら、必ず、そうしてくれるはずなのだった。章子が結婚もしていないのに、赤ん坊を産むことになった、と告げたときにも、松居はさすがに驚いた顔を見せていたが、余計な言葉はなにも言わなかったし、聞こうともしなかった。それも、松居らしい反応だった。

人のことに無関心なのではなく、自分にできる範囲を心得ての遠慮なのだった。

広太と霊安室で過ごした翌日、松居からまわされていた仕事がまだ手つかずだったことを思い出し、電話をかけた。実は、広太が、と言いかけてから、言葉が見つからずに泣きだしてしまった。おちついて、どうしたの、と松居に言われ、今夜、通夜で、明日は告別式ということになっている、それでわがままを言って申しわけないのだが、この間の仕事はできれば、キャンセルさせてもらえないか、と言うことができた。

松居はすぐには答えなかった。

むりなら、なんとかしてやりますけど、と章子が言うと、いいよ、こっちでそれはなんとかするから、と松居は答えた。

その夜、松居は通夜の席に加わってくれた様子だったが、章子は気づかなかった。仕事の資料を早く返さなければ、と思いながら、翌日も松居に連絡するゆとりを見出せなかった。翌々日、昼過ぎに松居が突然、訪ねてきた。居間のソファーの位置に作られた広太の骨壺のための白い祭壇に手を合わせ、母親にも丁寧に挨拶をすると、仕事の資料を入れた茶封筒を章子から受け取って、また電話をするから、とだけ言い、帰ってしまった。

それから、松居は不規則に電話をかけてくるようになった。はじめは喫茶店で会い、とりとめのない話を聞いてもらっていた。やがて、夕飯にも時々、誘ってくれたが、仕事の話をも松居ははじめていた。仕事など、この自分にできると松居は考えているのだろうか、と不思議な思いで聞き流していた。生きているという状態だけでも不自然なのに、その上、仕事とは、あまりにも恥知らずなことではないか。しかし、次第に聞き流しつづけるわけにもいかなくなり、松居への義理を果たすためにだけ、少しずつ仕事を受け入れはじめ、今でも以前に比べれば、わずかな量にはすぎないが、とにかく、松居にあやされるようにして、一定の仕事をこなせるようにはなってきた。松居の差し出してくれた手は大きく、いくら感謝してもしたりない気持でいるのに、いざ顔をあわせると、殊勝なことは言いだしにくく、おとなしい松居をからかうようなことしか言えずにいた。

この日曜も、松居に物置の片付けを手伝ってもらう予定になっていた。ほかに、こんなことを頼める人もいないし、一人じゃ、何日もかかってしまいそうだし、と章子が電話で言うと、どうしてもって言うんなら、手伝ってやってもいいけど、なんだって今頃、物置の片付けなんか、しなくちゃいけないんだ、と松居は答えた。片付けに来てくれた時に、その説明はする、と章子は意味ありげに言っておいた。

松居との約束の時間は、一時だった。章子は少し早めに着き、松居は時間通りに姿を現わした。ジーンズとセーターの作業着姿に、いつものショルダー・バッグをぶら下げていた。活動的なジーンズをはくと、かえって松居の姿勢のわるさが目につき、顔色までわるく見えた。

——寝不足なの？　力仕事をしても、大丈夫？

真先に、章子は聞かずにはいられなかった。松居は笑いながら、頭を横に振り、章子の向かい側の席に腰をおろした。

章子は松居に、テーブルに置いてあったその店の小さなメニューを手渡した。

——ほかのお店に行ったほうがいいかな、ここじゃ、たいしたものはないのよ。せっかく、わたしがおごるのに、これじゃ物足りない。

メニューを見つめながら、松居は軽く溜息を洩らした。

——おれは、このスパゲッティでいいよ。いくらおごってくれると言っても、まだ眠くて、あまり食べる気がしない。

——本当に、それでいいの？　ここのスパゲッティは前に食べたことがあるけど、おいしくないわよ。

松居に念を押してから、章子は店員に二人分のスパゲッティを注文した。ゆうべはなにかあったのか、それとも日曜はいつも昼過ぎまで寝ているのか、そんなことを聞いてみた方がいいのか、と思いながら、松居の顔を見た。そして、今まで松居の日常をほとんど知らないままで過ごしていたことに気づかされた。知りたいと思ったこともなかったし、今、改めて知っておきたいという気持も湧かない。

章子は笑いながら、言った。

——松居さんのこと、結構、長い付きあいになるのに、わたしはよく知らないんだわね。なんだか、変な感じがする。どうして、いろいろなことを知らないままでいたのかな。

——興味がないからだろう。

松居はそっけなく答えた。

——そういうことじゃなくて……。今までわたし、なにをしてきたのかという感じなんだけど……。

——だから、今まで、広太君のことで手いっぱいで、ぼくも含めて、まわりのことにまで気持が働かなかったんじゃないの？　いかにも、そういう感じだったよ、ぼくの知っているかぎりでも。

松居は章子に微笑を向けていた。章子は恥かしくなり、松居から顔をそむけてつぶやいた。

――そうなのかなあ。いくら母子二人の生活でもまわりは見えているつもりだったんだけど。母のところに戻りたくなかったのも、みんなと離れたくなかったからだし。……むだなことだったのかしらね。

――それなりに一生懸命にやってきたんだから、ひとつもくやむことなんかない。

――くやんだって、しょうがないってことはよくわかっているんだけど……。

松居は自分の顔をこすっていた。テーブルに配られた水を一口飲んでから、章子は答えた。

――自分以外のなにもかもが急に変わってしまったからかな、だれと会っても、前と同じようには見えなくなっているの。わたしのなかにあった大きなかたまりが急に消えてしまって、そこがぽっかり白くなっていて、よく知っている人でも、今までこんなふうには見えなかったと思うことが多い。そのかたまりって、つまり広太なのね。……あの子のことしか考えられずにいるのも事実なんだけど、そんな気持とはべつに、頭の実際の働きとしては、夕飯を広太に早く食べさせなきゃ、とか、行儀が悪い、宿題はどうなんだ、パジャマの新しいのを買わなきゃ、とか、こんな、今まで際限なく次から次に考えつづけてきたことを、考えなくてもよくなってしまったの。考えつづけていたら、これは気が狂ったということですものね。わたしは気が狂わなかったから、代りに頭に穴があいちゃったんだわね。自分の母親ですら、こういう人物が自分の母親だったのかって、見慣れない感じがしてしまうのよ。松居さんも、前とのつながりがあるような、ないような、でもやっぱりあるような。とてもなつかしいんだけど、でも本当は全然知らない人だったたって……。

——少しずつ、そうして穴埋めしていくしかないんだろうね。

松居の言葉に、章子は声を出さずにただ、頷き返した。広太がいなくなって、これから自分がどのように変わっていくのか、そんなことは知りたくもなかった。松居は生きている。でも、わたしは別だ、と意味のない反撥《はんぱつ》を感じずにいられない。

——それで、物置の整理ってどういうことなんだ。家を改築するんだって？

——改築なんて、そんな大きな工事じゃないの。水まわりと母の部屋だけ、手を入れる予定だったんだけど、それもどうなるかわからない。母がこの頃になって、尻ごみしはじめているから。

話が切り替って、気が楽になったところに、注文しておいたスパゲッティが運ばれてきた。それを食べながら、章子は建築家の達夫叔父と母のやりとりから、石井の提案で物置を〝夢殿〟として使おうということまで、細かく説明しはじめた。スパゲッティはあっという間に食べ終えてしまい、二人ともコーヒーを飲みはじめても、まだ章子の話は終わらなかった。

——……母には言ってないの、物置のことは。ばかばかしいって言われるだけだもの。でも、その石井さんっていう人が、もうすっかりその気になってくれているから、ちゃんと実現する話なのよ。

——それはいいけど……。

松居は無愛想な顔で言った。

——ずっと、このままあの家にいるつもりなの？　あそこを出るつもりはないの？

――どうなるか、わからない。……もっと真剣に考えなくちゃいけないことがあるんでしょうけど、今はまだだめみたい、頭が痛くなってしまって……。

がっかりした気持になって、章子はつぶやいた。

――三年で大体、千日なんだ。千日ぐらいはどうしても必要なのかな、本当に元気を取り戻すには。まず、おしゃれからはじめないとな。化粧をして、着るものももっと明かるい色にしてみろよ。そんなことが、案外、大きいことなんだよ。化粧をちゃんとすれば、まだ少しは見られるようになるぞ。

章子を見つめながら、松居は微笑を浮かべた。

――化粧ねえ……。

章子はつぶやき、松居に笑い返した。

店内が賑やかになっていた。

――そろそろ、行こうか。

松居に促されて、章子も立ちあがった。

みなさん、こんなにお若くて、おきれいで。

母親の声が耳もとに再び、蘇っていた。

あんたと同い年だなんて、とても見えませんよ。あんたは五十か、六十にしか見えない。

焼き場から広太の骨を抱いて帰ってみると、留守番を頼んでおいた良子のほかに、通夜の時から立ち働いてくれていた顔見知りの同年輩の女性二人が残っていてくれた。姉が夕飯代りに弁当を取り寄せ、一同で食卓を囲んだ。

食べなさい、ぼうっとしていないで、さっさと食べるんですよ。あんたが食べなきゃ、みなさんだって食べにくいでしょうが。

母親に言われて、良子たちの顔を見た。三人とも困惑して、章子の方を見ながら、まだ弁当の蓋を開けようともしていなかった。母親の顔に眼を移すと、章子をまともに睨みつけている。章子は息を洩らして、弁当の蓋を開け、さっさとその中身を口に運びはじめた。しばらく経って、弁当の残りを見た。半分以上は減らすことができた。これでもう、文句を言われずにすむ。そこで、弁当の蓋を閉め、自分の前から遠ざけてしまった。気分がわるくなっていた。

その時、母親がだれも声を出そうとしない食事の席が気づまりに思えたのか、愛想のよい声で良子たちに話しかけたのだった。みなさんはお若くて、おきれいでいいですねえ、それにひきかえ、章子は、と。

良子たちはあわてて、口々に章子を弁護しはじめた。

そんなこと、ありません。

わたしたちはお化粧をしているだけで……。

章子さんはほとんど眠ってもいないし、くたくたにくたびれているんですから。

章子に同情し、熱心にかばおうとする健康な三人の顔を見て、なるほど、母親の言う通りなのだ、と章子は納得してしまっていた。自分の娘一人が薄汚なく、年寄りじみて見えることに、母親は単純に腹を立てたのだが、章子自身はその腹立ちに安心を覚えていた。自分とはちがう三人の女たちがうらやましいとは感じず、また恥かしいとも思わなかった。良子たちには許されつづけている若さに、忘れてしまっていた古い写真を見るようななつかしさだけを感じていた。

何日、鏡を見ずに過ごしていただろう。ある日、こわごわ鏡に映る自分の顔を見てみた。髪が白く変わり、皺だらけになった顔を予想していた。そうなっていないはずはない、と思いこんでいた。頭の皮が引きつれた感じがしつづけていたし、眼も鼻も炎症を起こしたように痛みつづけていた。しかし、鏡の顔は章子にとって、どこも目新しいところのない、今までと同じ顔でしかなかった。そんなはずはない、と裏切られた気持になって、髪をまず、仔細に調べてみた。白髪をどうしても見つけだすことができなかった。章子の母親もそう言えば、七十近くになっても白髪の目立たない髪だけが自慢の種だ、と言っていた。夫を失っても、息子を失っても、母親の髪も白髪にはならなかったのだ。

しばらく、広太の小学校や菩提寺に挨拶に行ったり、デパートに香典返しの品を注文しに行ったり、と外に出る用事がつづいた。化粧などする必要はない、とは思っていなかった。けれども、口紅の赤を思い浮かべただけで、おびえを感じ、口紅を取りあげることができなくなった。広太は血を流して、死んだわけではない。むしろ、血が突然に流れなくなったのだ。血の色をおそれる理由はないのに、どうしておびえてしまうのか、わからない。広太の体のなかを再び、血が流れてほしいと願っていたのに、その逆の徴候しか見ることができなかったからなのか。

救急車で病院に行き、通夜の時まで着つづけていた普段着を上から下までまず、捨ててしまった。それから、通夜と告別式に着た黒い服も捨てた。同じように、自分のまわりから、赤い色をも削り取らずにはいられなかった。タンスのなかに、赤い色を見つけると、その強すぎる色に息を詰め、あわてて、つまみだした。赤いセーター、赤いTシャツ、サンダル。赤だけではなく、ピンクも黄色も、なまなましく感じられ、再び身につけることは到底、考えられなかった。それで、惜しいとも思わずにすべて捨て去ってしまった。自分自身の体も、同様に捨て去れるものなら、捨て去りたかったのだ。しかし、これだけはそうもいかないので、風呂場で体を洗っている間、できるだけ自分の体を見ずにすむよう、タイルや水道の蛇口を見つめていなければならない。三ヵ月前から、月毎の出血が蘇っていた。

血が流れ出る。それは、章子が生きつづけている、というあまりにもあからさまな信号だった。その意味を考えたくなかった。

広太が指を切った時に、ほとばしり出たおびただしい血。広太は泣くことも忘れて、その血の量に気持を奪われてしまっていた。床を濡らした血。椅子にかかった血。章子の手をも汚した血。

その血の鮮やかな色が、章子の脳裡《のうり》から消え去らない。

——……さっき、穴埋めって言ったけど、穴埋めなんかじゃないね。

家に向かって歩きながら、それまで黙りこんでいた松居が急に、口を開いた。

——成長なんじゃないかなあ。成長という言葉も少し、おかしいかもしれないけれど。……

章子は真面目に考えこんでいる松居を見て、笑いだした。

——さっき、言ったことをまだ考えていたの？　なんのことを言っているのか、すぐにはわからなかった。

松居も苦笑した。

——おれもこだわる方だから。穴という言い方はよくないし、まちがっていると思ったんだ、今。

——……でも、成長という感じもしないけど……。

そのまま、二人とも黙りこんでいるうちに、家に着いた。門から直接、物置にまわった。母親は家のなかで、叔父に手紙を書いたり、章子の姉と電話で話しこんだり、あるいは工事のための費用を銀行から借りるための書類を睨んでいたり、とにかく家の工事のことで一人でなにかと気忙しく過ごしているはずだった。叔父の横槍のおかげで、工事のそもそもの意味が変わってしまい、母親としては、どうしても納得できないままでいるのだ。章子はその母親から逃げつづけていた。自分が口出しをすることではない、と思っていた。口出しのしようもない。

物置に入ると、松居はまず物珍しそうに、口を開けてなかを見渡した。

——ふうん、見かけよりずいぶん広いんだな。案外、明かるいし。……なるほどね、ここならアトリエ代りに使えそうだ。天井の高いのが、気持いいんだな、きっと。だけど……、こんなにいろいろなものが詰まっているのを、おれたちだけでどう片付けようっていうんだ。新しく物置小屋を建てるわけでもないんだろう。

章子はさっそく、自分が考えておいたことを松居に説明しはじめた。つまり、下の棚の一部分に、おちついて坐りこむスペースが作れればそれで充分なのだ、ということ。そのために、二段の棚に置いてあるものを少し移動させたい、大きくて重いものはひとつもないので、さほどの苦労ではないはずだ、ということ。そして、もし余力があれば、床の乱雑さも少しだけ整理しておきたい。工夫して積み直すだけでも、だいぶすっきりするだろうし、もしかしたら、アパートから章子が持ちこんだ家具のうち、食卓と椅子をここで使えるようになるかもしれない。

そうなれば、居心地はもっとよくなる。

そこまできょう中に作業を進められるかどうかわからないが、とにかく、できるだけやってみよう、と松居はショルダー・バッグのなかから白い軍手を出し、セーターの袖をたくしあげながら、受けあってくれた。

まず松居が上の棚に登り、章子は下の棚に登った。上の棚には、風呂敷に包んだ本、柳行李に入れた父親の衣服、身のまわりのもの、それにゴザ、食器を入れた箱、電気スタンドや穴があいている旅行カバンなどが置いてあった。下の棚から品物を移すために、松居がそれらを一ヵ所に動かしはじめると、章子の頭上から白く乾いた大量の埃がなだれ落ちてきた。章子が思わず声をあげるのと同時に、上の方でも松居が声を出した。

——なんだよ、これ。息もできない。

急いで、床におりてから、章子は笑い声をあげた。

——三十年分の埃だから。ちょっと、待ってて、今、手拭いを持ってくるわ、頭にもかぶらなくちゃ、真白になっちゃう。

——早く頼むよ。埃が十センチも積もっているぞ。

思いがけない埃の量に弾んだ気持になって、家のなかに勢いよく駆けこんだ。台所の食器棚の引出しから、手拭いを五、六本引張り出し、また駆け出ようとしたところを、母親に見つかってしまった。

——まだ帰ってきていないのかと思っていた。なにをしているの。

——また、わたしは出かけますから……。

居間にいる母親を振り向きもせずに、あわてて勝手口からとびだし、物置に駆け戻った。足のわるい母親があとを追ってくることは考えられなかった。たまたま、母親が外に出てきて、物置に章子が松居と共にいるのを見つけたとしても、それはそれで苦情を言わなければならないことではない。物置には、章子の持ち物も入れてあるのだ。

四本の手拭いで、それぞれ頭と口を蔽《おお》った。その姿がおかしくて、二人で笑いあった。松居が上の棚を整理している間、章子は床に置いてある家具を、奥の方から自分の力で動かせるものは動かして、隙間を埋める作業をすることにした。見憶えのある木製の冷蔵庫があった。鏡台、靴箱があった。冷蔵庫の上に、扉のガラスが抜けてしまっている小さな本箱を積みあげた。その本箱も、章子にはなつかしい品だった。扉のガラスを地味な緑色の布地が、西洋の家の窓を飾るカーテンのように深い襞《ひだ》を見せて、飾っていた。その小さなカーテンが、章子と兄の義男にとっては架空の家のドアにもなり、窓にもなっていた。今は、カーテンを扉に貼りつける役目を果たしていた針金だけが、ガラスの枠に残っている。

本箱が置いてあったスペースに、これも子どもの頃になじんでいた丸い茶卓をずらし、その上に鏡台を置いた。更に、茶卓が占めていた場所に、もとは造りつけのものだったらしい大きな整理棚を移そうと、両手で押しはじめた。この家に越す前に住んでいた家の家具なのだろう。よほど頑丈にできているらしく、章子の力では到底、動かすことができなかった。

——こっちはもう、いいから、下から、早く品物をあげてくれよ。こんなところに、もう十分以上はいられそうにない。

松居に言われて、大急ぎで下の棚に登った。物置のなか全体が深い霧に包まれたように、埃で白く煙ってしまっている。上にいる松居を見あげる気にもなれずに、機械的に椅子、洋服の入った包み、姉が置いていったスキーの板と靴、と次々に持ちあげ、松居に手渡した。松居は腹立たしげに時々、呻《うめ》き声を洩らしながら、章子の頭上を動きつづけていた。

——一応、これでいいわ。外に出て、一休みしましょう。

松居に声をかけてから、床におりた。下から見あげると、天井に白い雲が浮かんでいるように見えた。

下までおりてきて、口と鼻を蔽っていた手拭いを取ると、松居はまず深呼吸をし、顔を両手でこすってから、章子を横眼で見てつぶやいた。

——三十年分の埃か。ひどいもんだ。眼もまともに開けていられないから、いい加減な置き方しかしていないよ。

——落ちてさえこなければ、かまわないわよ。わたしもまさか、こんなに埃がすごいとは思っていなかった。

二人で外に出て、改めて深呼吸をした。松居は勝手口の脇にある水道を見つけて、そこで顔を洗い、うがいをはじめた。その間に、章子はあらかじめ用意しておいた番茶を、物置の前に運んだ。うがいを終えて戻ってきた松居は、章子を見ると笑いだした。

——できるだけ、息をしないようにしていたら、眼がまわっちゃったよ。まったく、びっくりしたな。

章子も笑い声をあげずにいられなかった。

——服も埃だらけ。それじゃ。電車に乗って帰れそうにないわね。

——タクシーで家まで帰るわけにもいかないからな。はたき落とせば、埃は落ちるさ。

——たいして、まだ働いてもいないのに、なんだか疲れちゃった。

——おれも。

章子と松居は物置の敷居に並んで坐り、熱い番茶を、溜息を洩らしながら啜《すす》りはじめた。

——だけど、見たところ、あまりたいしたものは入ってないみたいだな。

——だって、用がなくなったものを、捨てる代りに、母が次から次に、ここにしまいこんできたんだもの、がらくただらけよ。捨てて惜しいようなものは、なにもない。それでも、母は捨てられないのよ。家のなかだって、同じことだけど。……変な物置ね、考えてみたら。

眼の前に物干し場があり、その向こうに、葉が黄色くなったイチジクの木が見える。今年はその実のほとんどを無駄にしてしまった。午後の陽が家の勝手口と風呂場の窓を明かるく照らしだしている。風呂場の窓の下に、水色の小さなものが転がっていた。眼がわるいので、それがなにかはわからない。わざわざ、そばまで行って確かめる気にもなれない。洗濯ばさみか、洗剤の蓋か、そんなものなのだろう。でも、子どもの頃になくしたビニール製のブレスレットかもしれない。ありえないことだろうか。それとも、広太のおもちゃ。家のまわりを探せば、まだいくらでも見落としていたものが見つかるような気がする。茂みに転がり込んだミニ・カー。木の根もとに埋めたブロック。枝に絡んだなわとび。石の下に隠した秘密の手紙。

そう言えば、アパートの部屋に置き忘れてきたものはなかっただろうか。気にしはじめると、おちつかなくなる。

——ぜいたくってことだね、捨てたくないものを捨てずにすんでいるんだったら。だけど、いくらためこんでも、いちばん肝心なものはとっておくことができないんだから、それほど、うらやましいことだとも思えないな。

——……今まで、広太と住んだことのある部屋をよく夢に見るの。それで、押入れやいろいろな場所から、広太の書いたもの、作ったものをあれこれ見つけて、すごく得した気分になって喜んでいるの。……でも、ありえないことよね、そんなこと。どこもとっくに、知らない人たちが住みついているんだし、越した時に、ゴミひとつ残していかないよう、わたしも大家も、みんなが気をつけて見張っているんだもの。それでいいんだとも思っていたんだけど、ここにいると、曖昧な気持になるの。母は今までの生活の証拠を、こうして守りつづけているのよね。自分は今だけの自分じゃないいんだって。わたしはそれが、いやでしかたがなかった。この家がいけないいんだ、消えてしまえば、母ももっと気楽に生きることができるんだ、と思っていた。でも、家を出てから、この家だけが本当の家なんだとも感じつづけていたの。外でわたしがしていることなんて、みんなどうでもいいことなんだって。そして、結局、わたしにはなにも残っていない。広太が大きくなれば、この家を気にしなくてすむようになると思っていたんだけど……。

埃のにおいが、まだ鼻先に残っていた。体を動かさずにいると、眠気に襲われだした。眼に映るもののなにひとつ、子どもの頃と変わっていない。なにかが変わっているとしても、それを見つけだすことができない。

松居が立ちあがり、物置のなかに入って行った。

——でもさあ、たったこれっぽっちとも言えるぞ。これっぽっちのガラクタだよ。どうってこと、ないさ。

章子ものろのろと立ちあがって、松居に近づいた。天井に、まだ白い雲が漂い残っている。

――だれにだって、こだわらずにいられないものがあるし、こんなはずじゃなかったって、味気なく思うこともあるよ。おれだって、そうだもの。それぞれ、みんな、ちがうことをして生きているわけだけど、比べるのも無意味なことだからな。

章子は松居の横顔を見やった。上唇が厚く、はっきりした二重瞼のために子どもっぽく見えるいつもの見慣れた顔だった。

――……松居さんにも、子どもがいたわよね。

松居は軽く頷いた。

――まだ小さいんだっけ。広太が生まれた頃、たしか、松居さんは結婚したんだったものね。

――五歳になるけど、赤ん坊の頃にこっちの不注意で火傷をして、片眼をだめにした。

――……知らなかった、そんなこと。

とっさに、どんなことを言えばよいのかわからなくなった。松居の顔を見、それから後めたい思いになり、眼をそらしてしまった。

――でも、ほかは健康に育っているからね。火傷のあとをまだ何度か手術しなければならないし、それでもすっかりきれいにはならないらしいけど、でも、とにかく生きてくれてはいるんだから、親としては、ありがたいと思っているよ。どんなことになっても、死なれるよりはましだもの、子どもはおれたちを恨みつづけるかもしれないけれど……。

胸の動悸を感じながら、章子は言った。

――松居さんって、自分のことをなんにも言わないから……。わたし、気に障ることを何回も言ってしまっているんじゃないかしら。

――そんなことない。

――それならいいけど……。

章子はうつむいた。突然、松居の手が肩をつかんだ。驚いて、体を引こうとすると、松居のもう片方の手が、章子の腰を引き戻した。そして、章子を抱きすくめ、唇を鼻の上、頰に当て、最後に章子の唇に押し当てた。松居の動悸が感じられた。息苦しさに章子が口を開けると、松居の熱い舌が章子の舌に重なろうとした。章子は顔を急いで引き離し、囁きかけた。

――ごめんなさい……、わたし、なにもできない。

松居は口を少し開けたまま、章子の顔を間近から見つめ返した。大きな眼だった。平静な声を出したいのに、耳に響く自分の声はやはり苦しそうに震えていた。

――……びっくりしちゃった。子どもでもないのに、ばかみたいね。……あんまり思いがけなかったから。なんだか、こわくて、我慢できなかった。……ごめんなさい。……

松居の体から一歩離れて、その場にしゃがみこんでしまった。

――みっともなくて、いやねえ、足ががくがくしちゃって……。

――大丈夫か。

松居の当惑した声が聞こえた。章子は頷いて、組んだ両腕を胸に押しつけた。

――自分でも、びっくりしているのよ。こわがるようなことじゃないのに。……余裕が、結局、まるでないのね。わたしだって、生きつづける以上は、できるだけさびしい生き方はしたくないと思っているのに。……まだ、わたしが四十にもなっていないから、こういう困ったことになるのね。五十になっていたら、もう少し生きることが楽になるんじゃないのかなあ……。

松居が章子の眼の前にしゃがみ、肩にためらいながらさわった。

——でも、まだ三十八なんだから。

章子は顔をあげ、松居の顔を見つめた。松居は気恥かしくなったのか、ほほえみながらうつむいてしまった。章子も微笑を浮かべて、松居に聞いた。

——ちょっとだけ、松居さんの顔にさわってもいい？　さっきはなにもわからなかったから。

松居が頷いたので、章子は人差し指でまず、松居の眉をそっとなぞってみた。それから両方の瞼に触れ、頬に掌を当てた。

——……やわらかくて、あたたかい。

息を吸いこみ、それから勢いよく立ちあがった。

——松居さんの言う通りよ。ただの肉のかたまりでも、生きている方がいい。体にさわって、あたたかなままでいてくれたら、それだけでいいと思っていた。病院で最後には、そう願っていたわ。あたたかな体にさわっていられればそれだけでも親って満足できるものなんだなって、自分で驚いていたのよ。

松居も立ちあがって、言った。

——広太君のことを聞いた時に、ぼくも前にそういう思いを持ったことを思い出していた。でも、こっちはその願いがかなえられたわけだから。かなえられて当然だ、と思っていたし。……それで、どうすればいいかな、作業をつづけるなら、そろそろはじめないと。

章子は少し考えこんでから答えた。

――もう、働く気がしなくなっちゃった。松居さんも、本当はそうなんでしょう。

――まあね、本当はビールでも飲みたいところだな。駅前で少し飲もうか。

章子は大喜びで同意した。松居が一人で帰ると言いださなかったことがうれしく、ありがたかった。

物置の外に出て、それぞれ服についた埃をはたき落とした。白い雲のなかにいただけあって、松居のセーターは何度はたいても、埃の煙をたっぷりと吐き出しつづけた。

8

あるものをみとどけるためには、眼をつむらなければならない。眼をとじて、息をしずかにととのえる。眼のなかにのこっていたかたちやいろがきえていき、薄闇が海のようにひろがる。おとこのかおがすこしずつうかびあがってくる。眼をとじたしろいかお。はなにかこまれている。

わたしもひとにいわれ、おそるおそる、そのかおのちかくにはなをいちりん、おき、おとこのかおを見つめた。やはり、おおきなかおだとおもった。しかし、生きていたころ、いつもふろあがりのようにあからんでいたかおいろはきえてしまっていた。

なぜ、このおとこのかおが、まっさきにうかびあがってきたのだろう。とくべつなえんがあったわけでもないのに。

子どものころのあそびともだちのちちおやだった。五年生のときに、そのちちおやが急死した。しじゅう、あそびにいっていたいえに、わたしはひとりでかしこまって行った。こんなときに子どもが行っても、じゃまになるだけなのかもしれない、と心配しながら。けれども、いつもとはちがって、おとなのおとこたちが何人もくろぐろとたたずんでいる玄関をのぞくと、すぐにともだちのははおやがわたしに気がつき、おおきなこえでよびいれてくれた。子どもたちがはいってはいけないといわれていたひろい座敷に、おおきな柩がおいてあり、そのなかにちちおやがよこたわっていた。よく、きてくれたわねえ。おとうさんもよろこんでいるわ。あなたのことをかわいがっていたものねえ。

ともだちのははおやは興奮したこえでいい、なきだした。かたわらにともだちがきょとんとすわっていた。わたしたちはかおをみあわせ、すぐに眼をそらした。

わたしはそのちちおやに、とくにかわいがられていたわけではなかった。そもそも、めったにいえにいないちちおやだった。おおきな病院の先生だとかで、いえにはもうひとつ、子どもがはいってはいけない書斎もあった。一度だけ、正月にめずらしく、そのちちおやがわたしたちのためにカルタのふだをよんでくれたことがあった。ふざけて、みょうなことをいったり、じぶんの子どもとわたしにむけるかおがかわらずに、にこにこわらっているので、わたしにとってはこのうえなく、たのしいひとときだった。ほかには、せいぜい二、三度しか、みかけていないのではないだろうか。

もっといえにいてくれたら、とおもうんだけど。

ともだちがさびしがって、このようにいうと、わたしは優越感をもちながら、ともだちをしかりつけていた。

でも、あんたのおとうさんは生きているんだから、そんなことをいう資格はないわ。わたしのおとうさんなんて、わたしがあかちゃんのときに死んじゃったんだから。

その事実に敬意をはらわないひとはいなかった。

ともだちのちちおやが死んだときかされたときも、まっさきに、いまごろになって死ぬのか、としかおもわなかった。けれども、柩のなかのしろい、しずかなかおをみたときに、わたしはそれまでなにもしらずにいた、と気づかされたのだった。わたしのちちおやはたしかに死んではいる。それもじぶんからのぞんで。でも、わたしはそのときまで、死んだひとのかおをみたことがなかったのだ。生まれてはじめて、わたしは生きていたときからしっているひとが死んだすがたをみとどけたのだった。

わたしはじぶんのちちおやをみとどけるかわりに、ともだちのちちおやの死顔をみつめた。そういうことではなかったのだろうか。

わたしのちちおやが、そのとき、はじめてほんとうに死んだ。死ぬということは、生きている状態がおわってしまうということだった。その声をきくことも、笑顔をみることもできなくなるのだった。わたしはなみだをながしはしなかった。けれども、さびしさにおそわれていた。いままで、なにげなくまわりにいたひとととつぜん、二度とあえなくなるということは、やはりおそろしいことだった。

あの、眼をとじたしろいかおは、わたしのちちおやのかおでもあった。

つながりともいえないつながりしか、ないひとだった。それでも、わたしはそのひとが死んだしらせをきいて、しらんふりをしていることはできなかった。わたしはなぜじぶんがいかなければならないのか、わからないまま、ともだちのいえにかけつけていた。一度だけ、子どもたちのあそびにつきあってくれた、そしてほかのときにもたぶん、わらいかけてくれたり、声をかけてくれたりしていたのかもしれない、そのひとにわたしはいつのまにか、あまい感情をあじわっていたのだろう。ともだちのてまえ、そのひとになれなれしくちかづくこともできずにいたが、ちちおやといわれるものはこういうものなのか、とかってになっとくしていたのかもしれない。ただのおもいこみだったにしろ、わたしはかくじつに、ちちおやというものをそのひとから、あじわわさせてもらっていた。

このようにしか、いまのわたしにはおもえない。生きつづけているうちに、いろいろなことをわたしはわすれてしまっている。おぼえていることは、ほんのわずかなのだ。そしてそのなかに、あのしずかなしろいかお、はなにかこまれて眼をつむっているあのかおがある。

あの子をみうしなったままの、いまのわたしは、子どものころのように、ちちおやからあたえられるなぐさめにこがれつづけている。あるいは、それににたなぐさめ。

どこにそんななぐさめがあるのだろう、ととほうにくれてもいる。なぐさめも、すくいも、どこにもありはしない。そうおもいながら、あきらめきれずにいる。そんなはずはない、とじぶんのからだのなかまでさぐらずにはいられない。あの子がいなくなったのは、おまえがまねいたことなんかではない、おまえが生きていても生きていなくてもどちらでもかまわない、そんなにんげんだから、あの子をうしなうことになったわけではない、とだれかにひとこといってほしい。おまえはじっさいには、おんなですらないのだ、それなのにおんなのつもりになって、いやらしいえみをうかべておとこにちかづき、あろうことか、子どもまでうんで、安心しきっていたから、あの子はそのすがたをけさなければならなかったのだ、という声をききつづけているのが、つらい。

ほんとうにそうなのだろうか、とおびえながら、そばをとおりかかるおとこに眼をむける。そんなことはない、あなたはいま、こうしておんなとして生きているじゃありませんか、という声が、けれどもみみもとにひびくと、わたしはおそろしさににげだしてしまう。そんなはずはない、そんなはずはないのだ。もう、まちがいはくりかえしたくない。わたしは、たぶんおんなではないのだ。にんげんですら、ないのだ。そう、きめつけてしまったほうが、むしろ気がらくになる。

でも、なぜなのだろう。それでも、わたしはすくいをもとめつづけている。わたしには、あの子とともにいた時間のたのしさをわすれることができない。毎朝、あの子のかおをまたみることができるとわくわくしてねどこで眼をさましていたじぶんをすてさることができない。ほかのひとにはみえなくなってしまったあの時間を、だれかにみとどけてもらいたくてしかたがないのだ。

あなたにはみとどけてもらえますね。

わたしはしらずしらずのうちに、問いかけはじめる。はなにかこまれた、あのしずかなおとこのかおにも。

すると、そのかおがかすかにうなずきかえす。

……はにかみやのおんなの子だったねえ。

かぜをひいて、はながつまったような、なつかしい声もきこえてくる。

いつも、ぼくのまえから、にげだしたがっていた。そんなに、こわかったのかな。

わたしはこたえる。

ただ、気づまりだっただけなんだとおもいます。

子どもって、むずかしいものだね。ぼくは章子ちゃんともっと、あそびたかったんだけど。

でも、わたしはじゅうぶん、あまえさせてもらったような気がしています。ちょっとしかあっていないのに、どうしてなのか、よくわからないんですけど。ひとつだけ、もしかしたら、わたしの父がはやくに死んでいることをしっていて、それでおなじちちおやとして、わたしにたいして、なんらかのおもいをおもちだったのか、とこのごろになってかんがえるようにもなっているのですが。

ああ、そうだねえ。もちろん、そういうきもちはあったとおもうよ。きのどくに、というきもちもあったかもしれないけど、それより、ぼくもちちおやだったわけだから、責任のようなものを章子ちゃんにかんじていたのかもしれない。ちちおやがわりになれるとは、まさかおもっていなかったけど、たまたま、章子ちゃんがぼくの家に出入りするようになったことで、ぼくにも、あるていどの義務があるような、そんなおもいがあったのかもしれない。……ちちおやがいなくたって、もちろん、子どもは生きていける。でも、それじゃちちおやは子どもになにもあたえるものがないのか、というと、そんなことはない、としんじておきたいからね。……おとこの子にはおとこの子にあたえられるものがある。でも、おんなの子にはもっとだいじなものをあたえているような気がする。だから、章子ちゃんのことも、気にかけないではいられなかった。……ちちおやがいなければ、ちちおやからあたえられるはずのものをぜったいに、手にすることができない、などとはかんがえたくなかった。……ぼくにだって、すこしだけだとしても、あたえられる……そう、おもっていた。……だから、章子ちゃんが、ぼくのまえでむじゃきにわらっているのをみると……うれしかった。……もっと、もっと、わらって、くつろいでほしい。……章子ちゃんがかわいい……、たのしく生きてほしい、とねがうのは……なにも、ちちおやだけ……とはかぎらない……ぼくも死んじゃったけど、ぼくのほかにも……きっと、何人も……。

なつかしい声がきえていく。そして、かおもきえていく。

ほかにも、何人も、とは、だれのことだろう。

海のような薄闇のなかにとりのこされて、わたしはかんがえあぐねる。

わたしにはともだちのちちおやのおもいをうたがうことができない。ひとのおもいとはかんがえているいじょうに、よくあいてにつうじるものだし、だからこそ、わたしもほんのすこしかせっすることがなかったのに、おとなになっても、わすれられずにいるのだろうから。

いとこの秀。そして、あにの義男。

もちろん、このふたりもわたしをそれぞれの場所からみまもってくれていた。

義男はわたしが中学一年になった年に死に、秀はまだ生きている。けれども秀とももう、ながいあいだ、あっていない。おもいうかぶのは、やはりわたしが子どものころにみなれた、まだ青年のかおだ。

秀の笑顔が、わたしはすきだった。わたしと秀のかおがにている、たぶん、祖母にふたりともにたのだろう、といわれて、よけいに秀がすきになった。

まだ学生のころの秀を、わたしはおぼえていない。母の姉にあたる伯母がだいぶまえに死に、伯父が再婚して、秀ははやくからひとりでくらしはじめていたという。会社員になってから、いえによくあそびにくるようになった。とまっていくこともおおく、そんなあさは義男とふたりで秀をたたきおこすのが、おもしろくてしかたがなかった。それが専門だから、ということで、秀がテレビをくみたててくれた。ステレオをもってきてくれたのは、義男が死んでからのことだった。

義男が死ぬまえとあととでは、秀の印象がちがっている。義男がいたころは、わたしのははおやからもいわれていたのか、秀がダウン症の義男をあいてによくあそんでいた。わたしは義男のそばからはなれなかったから、けっきょく、秀はわたしたちふたりのあそびあいてをつとめていてくれたことになる。

うえの子はともかく、したのふたりの子どもたちはちちおやとはほとんどえんのない子どもたちなんだから、せめて、あんたが面倒をみてやらなくちゃ、とわたしのはははおやが秀をしかりつけるようにしていいきかせていたのだろう。あんただって、こうしてわたしのせわになっているんだから、このいえにたいする恩というものがあるでしょう。

義男が死んでから、秀はまえよりもいっそう、ひんぱんにいえにくるようになった。わたしは中学生になっていたが、あねは大学受験をひかえている高校生になっていた。秀はあねにたのまれて、あねの勉強をみはじめた。あねがぶじに大学生になると、こんどは自動車の運転をおしえはじめた。わたしもいっしょに、海水浴にいったことがあるが、秀はもはや、わたしのあそびあいてではなくなっていた。義男がいないのでは、秀をせめることもできない。秀とあねはふたりだけで、ドライブをたのしみはじめていた。あねをいくらねたんでも、秀はほんらい、わたしと義男のものだ、とわたしがかってにおもいこみつづけていても、まだ三十さいにもならない秀にとって、中学生の子どもより大学生のあねといたほうがたのしいにきまっていた。わたしにとって、秀はやさしいあにのように、わたしと義男をまもり理解してくれているひとだった。そのはずだったのだ。しかし、秀はごくふつうの、ひとりぐらしをつづけている、やせっぽちのわかいおとこでもあったのだ。

あねはめったにひとにうちとけるものではないとじぶんにいいきかせつづけているような、ぶあいそうな少女だったのが、秀とあうときだけは日ごろのみがまえをわすれて、くったくのない笑顔をみせていた。あねにしても、年上の秀をたよりにし、したうきもちをもちつづけていたのだろう。

あねと秀はけっきょく、夫婦というものになるのだろうか、とわたしはかくごをきめてしまっていた。しかし、そうはならなかった。

秀はわたしのははおやの紹介で見合いをし、やがて結婚をした。わたしのははおやはそのなりゆきをよろこびながらも、秀の花よめになったおんなをみくだしつづけていた。

おくれて、姉も見合いをはじめ、大学を卒業するのと同時に結婚し、いえをでていった。

義男が死んでからの日々は、わたしにとってにせものじみた日々でしかなかった。まことしやかに毎日がすぎていくが、どこかかんじんなところがくるってしまっていた。

秀についても、義男がいたときの秀しか、はっきりおもいだせない。

秀が籐椅子にすわっていた。真夏のことだ。秀は上半身、はだかになっていた。籐椅子のうしろから、パンツいちまいのすがたの義男がよじのぼり、秀のくびにしがみつく。わたしも義男とおなじすがたで、義男とおなじことをはじめる。左右両側からはだかの子どもたちにおそわれ、秀はしかえしに、義男とわたしのうでやあしをひっぱり、からだをくすぐる。義男とわたしはけたたましい声でわらいころげる。籐椅子をすべりおち、ゆかにころがっても、わたしたちはわらいつづける。

章子、おまえはほんとにうれしそうにわらうんだな。

わたしは秀のかおをみやる。秀もはなにしわをよせてわらっている。わたしはいっそう、おおきなくちをあけ、いきおいをこめて、わらいだす。秀のからだに、また、だきつきたい。でも、義男はもう、秀にむかおうとはしなくなっていた。それで、わたしも秀のはだかのむねにちかづくことはできなかった。

義男が死んだよる、おそい時間に秀はかけつけてきた。戸口にたたずみ、へやをみまわした。わたしをみつけるとはじめて秀は表情をうごかし、わたしにちかづき、くちではなにもいえずに、わたしをだきしめた。わたしはそれで、おおきななぐさめをじゅうぶんにかんじとっていた。秀がそのとき、どんな感情におそわれていたのかは、わからない。わたしをだいていることさえ、意識していなかったのかもしれない。それでも、わたしは秀によって、義男が死んだということを、どううけとめればよいのか、はじめておしえられていた。わたしはもう、むじゃきな子どもとして生きるわけにはいかなくなっていたのだ。

義男、そして秀。

それぞれまったくべつのかたちで、わたしのそばからはなれていった。

義男とは、学校にいる時間いがいは、いつもいっしょにすごしていた。だから、ゆめのなかでも、ならんであるき、ならんであそんでいた。そして、しだいに、義男のすがたはとおのいていった。

秀はわたしがこころぼそさをかんじ、なぐさめがほしくてしかたがない時期になると、かならずといってよいほど、ゆめのなかに、すがたをあらわした。わたしをしかり、わたしをわらわせ、ときにはわたしをだき、キスをしたりもした。それが秀なのか、もっとおさないころにしたしんでいた達夫おじなのか、はっきりわからないときもあった。ゆめのなかであたえられるよろこびがおおきければおおきいほど、眼がさめてからの失望もおおきく、いつまでこんなゆめをみているのか、とじぶんがなさけなくもなった。そして、わたしはまだ、そのゆめをみつづけている。したっていたちちおやをうしなったひとも、こうしたゆめをみつづけるものなのだろうか。そういうひとにまだ、はなしをきいたことがないので、わたしにはわからない。

義男。義男ちゃん。

義男ちゃんとつぶやくと、きみょうなことに、わたしがいえをでてから、ひとりですんでいたビルの一室がうかびあがってくる。あの子がわたしのからだのなかでいきづきはじめた、あの場所。

義男のことを、そのころ、よくおもいだしていた、というおぼえはない。そのころにしても、義男が死んでから、すでに十数年たっていた。そのあいだに、わたしは高校生になり、美術学校にすすみ、いえをでて、てきとうにレイアウトの仕事をつづけながら、ながつづきしないおとことのつきあいに、逃げばのないさびしさをかんじはじめてもいた。

西にむいた窓がいちばん、おおきかったので、西陽であかるすぎるほどあかるくなるへやだった。ふるくて陰気なビルだったのに、夕方、ドアをあけると、まほうのへやのようにおびただしいひかりがそこからあふれでて、いつも、いったん眼をとじてからでなくては、なかにはいることができなかった。

みどりいろのきゅうな階段を四階までのぼりつめたところに、そのへやはあった。はいってすぐのところが三畳ていどの、リノリウムばりのダイニング・キッチンで、おくに、和室がつながっていた。

和室には、テレビとやすもののレコード・プレーヤー、そしてビニールのロッカーに、鏡台がおいてある。仕事をするときは、ダイニング・キッチンのテーブルをつかっていた。ダイニング・キッチンには、ひかりのはいらない、よこながの窓があった。そこに、わたしは白地に、きいろの小鳥やはながこまかくちりばめてある布でつくったカーテンをかけた。和室のほうは、きいろにちゃのたてじまのカーテンだった。そして、まるいちいさな茶卓、おおきなクッションがふたつ。楠田がビールをのむのは、かならず、その茶卓でだった。

へやのなかでくつろぐ楠田のすがた。

それが言いわけのように、楠田はいつもかんビールのはいったしろいビニールぶくろをさげて、よる、すがたをあらわした。へやのなかにはいると、まず冷蔵庫にちかづき、もってきたかんビールのうち、いくつかをなかにしまいこんだ。さけのさかなもじぶんでよういしていた。それから茶卓のまえに片ひざですわりこみ、わたしのよういしたコップにちゅういぶかく、ビールをそそぎいれた。夏でも冬でも、ビールをのみつづけていた。といっても、そのへやに楠田は半年ぐらいしか、かよわなかったことになるのだが。

いぜんからのしりあいではあった。ただ、七さいも年うえでは、ときおり、声をかけられても、からかわれているとしかおもえなかった。

何年もたち、わたしが二十七になってから、ひさしぶりに楠田が電話をかけてきた。いや、わたしから楠田に電話をかけたのだったろうか。はっきり、おもいだすことができなくなっている。

とにかく、ひさしぶりにあったことで、楠田もわたしもおもいがけないたのしさを、ともにかんじてしまったのだ。まえから、たがいにすきだったのかもしれない、とさえ、おもうようになった。

真夏、あけはなしの窓のまえに、楠田がすわり、そのひざのうえにふざけてすわりこんでいたわたしのすがた。

わたしも楠田もはずかしくて、声をだせなくなっていた。恋人ということばを連想させられるようなことをしたり、いったりするのは、たがいににがてだった。そうした関係ではなく、もっとしたしく、もっとしぜんな、ふたりの生まれあわせなのだ、といつのまにか、おもいきめていた。すくなくとも、わたしはそう、かんじるようになっていた。

楠田のやせたひざのうえはすこしもすわりごこちがよくなかった。けれども、てれかくしにわらっている楠田のかおをまぢかにみつめながら、わたしは秀や義男の感触をおもいだしていたような気もする。それともあとから、わたしはそのようにこじつけているだけなのか。

やがて生まれようとしていたあの子をまだしらずにいたあのころ、わたしはどんなことを予想し、楠田にもきたいしていたのだろう。


やっぱり、子どもをおれたちのあいたで、つくるべきじゃなかったんだ。

あの子がいなくなってから、なんども楠田はつぶやいていた。

遺伝子のくみあわせが、さいあくにはたらいてしまったんだ。それで、こんなざんこくなことになってしまった。

そんなこといわないで。

わたしはあおざめて、つぶやきかえした。

遺伝子のことなんか、わからないし、心臓がとくべつ、わるかったわけでもないのに、あの子がなぜきゅうに発作をおこしたのかもわからないけど、あの子はどこもおかしいところなんかない子どもだわ。

おかしいところがあったから、死んじゃったんじゃないか。ふつうは、そんなかんたんには死なないんだぞ。

楠田はなみだをながすかわりに、ちちおやとしてのじぶんにはらをたてていた。

わたしがいけなかったのかもしれないじゃないの。あの子がおなかにいたころ、あんまりこころぼそくて、じぶんのからだをすこしもいたわろうとはしなかったんだもの。

わたしはふるえ声でいった。

だから、おれに責任があるっていっているんじゃないか。おれたちはまあ、どうでもいいよ。

だけど、あの子はむねんなだけで、どうすることもできない。

でも、あなただって、きっといい子が生まれるぞって……。

なにをきたいしていたんだろう。おまえとならってどうしておもってしまったのか、わからない。……


あのビルの、西むきのせまいへやからも、わたしたちの声がきこえてくる。


ほんとに、このままなにもしないでいると、あかちゃんがうまれるなんて、なんだか、とてもへんなかんじ。

真夏のよる、窓をあけはなし、窓のしたにみえる車のひかりをぼんやり、わたしたちはながめていた。よなかになると、さすがに車の量はへったが、それでも車のヘッド・ライトはいつでも十いじょうの数をかぞえることができた。

順調にいけば、のはなしだけどね。

だいじょうぶよ、それは。あかちゃんがほしいって、はっきりわたしがおもっているんだから。

まあ、できるだけ気をつけるにこしたことはないぞ。

楠田は苦笑していた。ビールでかなり酔っていたが、それはいつものことだった。

でも、わたしはもともと、子どもなんてすきじゃないのよ。それが、どうして子どもがいてもいいなっておもうようになっちゃったのか。わけがわからない。子どものときから、ままごとでおかあさん役をやりたがるようなおんなの子がだいきらいだったわ。それから、よそのあかちゃんをあやしてよろこんでいる人もいるじゃない。

おまえが子どもずきだとは、だれもおもっていないよ。

それで、あかんぼをうんだりしてもいいの。

かんけいないんじゃないの、そんなことは。

あかんぼをあやすより、だれかにじぶんをあやしてもらうほうがずっといいもの。だから、みんなにかわいがられて当然というかおをしているあかんぼやよそのちっぽけな犬をみると、すぐ意地のわるいきもちになって、せめてわたしぐらいはいじめてやらなくちゃとおもうの。じぶんの子どもでも、おなじなのかな。

さあ……。

どうだったの、あなたは。

おれがうんだわけじゃないから、わからない。

でも、じぶんの子どもなんだから。

いろいろたいへんで、なにもかんがえているひまなんて、なかったよ。子どもなんて、予想外のことだったから。

……そんなものなの。

楠田はうなずいた。わたしはビールをのみながら、すこしずつこじれたきもちになりかかっていた。

どのくらい、たいへんなのかも、よくわからないわ。

でも、なんとかなってしまうものだ、どんなことでも。

あなたはまた、たいへんなおもいをすることになるのね。いやじゃないの。

しょうがないよ、それは。おまえをしらなきゃ、それっきりだったんだけど。

わたしだって……。子どもがほしくてしょうがないっていうんじゃなくて、あなたとこれだけつきあってしまうと、いつもはなさきにぶらさがっているものからにげつづけているかんじで、そんなのはずるいっていう気がするから……。それに、好奇心ももちろん、あるし。

最高か、最低か、どっちかじゃないかな、このふたりの子どもだと。

わたしはくすくすわらいだす。

中間がないっていうのは、こわいわね。

ふたりそろって、ピントがはずれているのは、おなじだから。

こわいものみたさかもしれない、あなたとの子どものかおをみたいとおもうのは。


べつの時間からも、声がきこえてくる。


……わかれたくないっていうから、わかれないよ。一方的に、わかれることはできないから。

そう……。じゃ、いまのまま、なにもかわらないってこと。

そうもいかないだろうけど。……

子どもをころすのはいやだけど、やっぱり、うむことはできない。あんまり、無責任なことだし、わたしひとりでそだてるなんて、そんな自信もないもの。あきらめなくちゃいけないって、いくらなんでも、わかってきたのよ。

ほんとうに、そうおもうんなら、おれには反対できないけど……、でも、ざんねんだよ、たのしみにしていたのに。

そんなこと、いわないでよ、せっかく、さんざんかんがえて決心したのに……。

じぶんでは、すでにわかさをうしないかけた年齢になっている、とおもいこんでいたのだったが、じっさいには、まだ、なんとおさなく、そして、おおくのゆめにまどわされていたことだろう。

インドネシアの、影絵人形の絵がえがかれているおおきな更紗の布が、へやのふすまにはってあった。あざやかなあおい地に、きいろいいろの絵は、へやのだいじなかざりになっていた。

そのへやからべつのところへうつっても、おなじ布を壁にかざった。あの子がうまれ、三さい、四さいと成長しても、その布はいきのこっていた。いろはすっかりあせてしまっていたけれども。いつ、その布を壁からとりはずしたのか、わすれてしまっている。あの子がおおきくなり、あの子のこのみにあわせて、一頭のトラがえがかれている動物園のポスターを、食卓のよこの壁にはったとき、とりはずしてしまったのだったか。きもちわるいから、これ、いらないよ、とあの子にいわれて、はじめてあおい更紗をみなおし、そのふるびようにおどろかされたのかもしれない。そして、それをどこかにしまいこみ、そのままみうしなってしまった。

しりあいの外国旅行のみやげで、もらったものだった。地のあおいいろに、よこむきのきいろいひとのすがたをおもいだすと、あの子がうまれるまでの日々と、うまれてから二、三年のじぶんじしんのはりつめたいきづかいがよみがえってくる。さまざまなことをかんがえあぐねて、かおをあげると、あの更紗のぬのがわたしをまちうけていたのだ。

インドネシアにいくのもいいね。タヒチもいいけど、すごくとおいし。

イースター島は、もうあきらめたのか。

だって、それこそ気がとおくなりそうなほど、いくのがたいへんそうなんだもの。おかねもきっと、すごくかかるわよ。

こんなことを楠田と声をはずませて、いいあっていたときもあった。楠田はおおきな世界地図の本とおりたたみ式の大洋州の地図をかってきた。大洋州の島のどこかにいってみたい、といいだしたのは、二人のうちどちらだったのだろう。南にいきたい。日のひかりをいやというほど、あびて、うつくしいいろにかがやく海をながめながら、ビールをのんで、だらしなく、ねそべっていたい。これが、ふたりのあこがれだった。夏をまえにしていたから、それだけのことで、赤道周辺の海に心をひかれていたのかもしれない。

タヒチ、イースター、ガラパゴス、ナウル、となまえをあげていくうちに、旅行会社からパンフレットも何枚かもらってきて、飛行機の便や費用まで、しらべあげずにはいられなくなっていた。

トンガ、フィジー、ニューカレドニア、とすこしずつ、わたしたちにとって現実にいけるかもしれない範囲の島に、目標がかわっていった。そして、インドネシアのなまえもいつのまにか、くちにするようになっていたのだ。ガラパゴス島やイースター島にいくことをかんがえれば、インドネシアならいかにもてぢかに、そして現実的にゆめをふくらませることができた。

ほら、ボルネオ、スマトラなら、赤道直下だもの。

わたしは地図をたどりながらいう。

バリ島も観光地化されてはいるけど、それでもやっぱりいいところだって、そういえばきいたことがある。

バリ島もタヒチも、きっとにたようなものよ。学校でならった地名が、けっこうある。パレンバンに、バンドンって、なにかの産地で有名なのよね。

どうも、日本軍が関係していたところは抵抗があるな。でも、ボロブドゥールというところはいってみたい気もする。

なんなの、それ。

巨大な岩石がくりぬかれつくられたというふるい寺院のはなしを、楠田はしてくれた。あとから、雑誌にのっていた写真ももってきてくれた。

写真だけでも、わたしはじゅうぶんに感動し、ボロブドゥールというなまえひとつに、あこがれのきもちを集中させはじめた。巨大な寺院とあおい空。くらく、ふるい岩はだ。そしてふしぎな、こまかいかげを見せる装飾のきざみこみ。ほんとうにそのまえにたったら、どんなにおそろしく、そしてうっとりさせられることだろう。わたしはその寺院をゆめにまで、みるようになっていた。ゆめのなかでは、部屋の更紗の絵とおなじ人形が金属のおとをならして、寺院にみとれるわたしの視野をめまぐるしくかけめぐっていた。

そして、わたしたちはけっきょく、夏のはじめに、三泊四日で四国にでかけたのだった。四国も東京よりは南にあり、そして海にかこまれていた。

へやには、わたしがはたちのころにかいた油絵も仮縁にいれて、かざってあった。灯台と海と岩を抽象画のようにぬりわけた、六号のおおきさの油絵だった。その絵がとくに気にいっていたわけではない。けれども、楠田が気まぐれにほめてくれたので、それからちいさな本だなのうえにおくようになっていた。

ルドンのおんなのよこがおのパステル画の写真。これもながいあいだ、わたしのへやをかざりつづけていた。あの子が五さいになったころだったか、あの絵はおかあさんだよね、ちがうの、といわれ、おもわず、ふきだしてしまったことがあった。

ちがうわよ、もちろん。あれは、あれをかいたルドンというひとのおくさんよ。どこも、わたしとにてないじゃないの。

あの子はルドンの絵とわたしのかおをふしぎそうにみくらべて、がっかりした声をだした。

なんだ、そうか。ずうっと、ぼく、あれはおかあさんなんだとおもっていたのに。

あんなに、わたしは美人じゃないわよ。

へんなかおだよ、おかあさんのほうが美人だよ。しっているひとなの。

ぜんぜん、しらないひと。

しらないひとをどうして、かざっておくんだよ。

だいすきな絵だからよ。

しらないひとの絵なんて、いやだ。この絵、きらいになった。

ルドンの女性像をはおやの肖像画だとおもいちがいしていたあの子に、わたしはひそかに満足をおぼえ、そしてルドンの絵をほかの絵にかえることをかんがえはじめていた。

じぶんのすむへやをかえるたびに、まっさきにわたしはへやをかざっていた絵やカレンダー、布のたぐいをひとまとめにして、あたらしいへやにつくと、それをふたたびてきとうな場所にかざりつけた。そうすると、はじめてここがじぶんのすまいなのだ、ときもちをおちつかせることができた。あたらしいものをかざろう、あるいはせまいへやをすこしでもひろくみせるために、壁をかざるのはやめよう、というおもいはわいたことがなかった。何回も、へやをかえながら、わたしは変化におそれをかんじつづけていた。

おおきなふろしきに、絵や電気のかさ、クッション、いろのついたろうそくやガラスのびんをいれ、それから、らんぼうにカーテンをとりはずす。ちかくの店でわけてもらっただんボールばこをくみたてて、かずすくない食器を新聞紙にくるみ、ひとつずつつめこんでいく。べつのだんボールばこには、服をなげこみ、下着やバッグもなげこむ。本をたばね、スケッチ・ブックやキャンバスもひもでひとつにまとめる。

ひとりでへやのなかをせわしく、うごきつづけているわたしのすがた。

季節は、もう秋にかわっていた。夕方から、わたしは荷づくりをはじめた。よるおそくなっても、作業ははかどらなかった。あのよるも、わたしはひごろ、はきなれたジーンズをはいていたのだったろうか。もう、そのころにはスカートしかはけなくなっていたとおもうのだが、スカートの記憶がいっさい、のこっていない。

よるになってから、つかれがではじめたのだろう、おなかの異常をかんじだしていた。ふくらみかけているわたしのおなかが、きゅうにおもい石にかわり、からだぜんたいをその石のなかに強引にすいこもうとする。たちつづけていることができなくなり、手にもっていたものをゆかにすてて、とにかく、その場にへたりこむ。十分ほど、そのまま、うごかずにいると、からだがかるくなり、わたしは深呼吸をして、さらにらくな姿勢にすわりなおし、からだをやすめる。もう、じゅうぶん、とみきわめてから、わたしはたちあがって、ふたたび、荷づくりの作業をはじめる。三十分もすると、またおなかがおもい石にかわり、たっていられなくなる。

そんなことをくりかえしていたので、ますます作業はすすまなくなっていた。あさには、トラックがくる。作業をとちゅうでなげすてるわけにはいかなかった。なんどもおなかをかかえてへたりこむうちに、わたしはなきだしていた。わたしのまわりを、ちゅうとはんぱになげだされた荷物がとりかこんでいる。その山をどうしたらあさまでに、へやからはこびだせる状態にかたずけることができるのか。そして、じぶんのからだがどうなるのか、不安だった。どちらにせよ、うむわけにはいかないのだから、いま、おなかがおかしくなったって、それはそれで、かまわないじゃないか、とおもっていた。けれども、じっさいにおなかが、わたしのそれまでしらなかった変化をみせはじめると、やはりおそろしくなっていた。いざとなると、なんにもできない。そのおもいに、わたしはくやしなみだをながさずにいられなかった。ひとりできりぬけなければならないときなのに。それほど、たいへんなことではないはずなのに。

そのよる、楠田がわたしのへやにすがたをあらわしたのは、どうしてだったのだろう。楠田とはあさ、わかれたばかりだったので、そのよるはわたしのもとにくるはずがなかったのだ。もちろん、わたしも楠田に連絡など、してはいなかった。楠田はつぎの日のよる、わたしがあずけてあるかぎをつかって、部屋のドアをあけ、なかががらんどうになっているのに気がついて、びっくりしなければならないのだった。

ひと晩はやく、楠田はドアをあけてしまった。そして、なかのようすに気がついて、くちをぽかんとあけ、すぐにはなにもいいだせなかった。

わたしも荷物にかこまれて、すわったままでいた。

どんなかおを、そのとき、わたしは楠田にみせていたのだろう、といまごろになって、気になってくる。じぶんでは、こころぼそさをおしかくしたつもりでいたが、それはたぶん、むりなことだったにちがいないのだ。

なきつかれたちいさな子どものような、あおざめたみすぼらしいかおが、楠田の眼にはうつっていたのだろうか。

ひっこしか。

わたしはうなずいた。

おれにかくしていたのか。

わたしは、また、うなずいた。

ひとりで、どうしてそんなにむりをするんだ。ばかげているよ、まったく。

わたしはこたえなかった。

楠田ははらだちでこわばったかおをへやにむけて、ためいきをついた。

とにかく、あとはおれがやってやるから、おまえはもう、うごくな。

だいじょうぶよ、わたしは。ちゃんと、やすみやすみ、からだをうごかしていたもの。

わたしは楠田をにらみつけて、こたえた。

おれがやるから、おまえはもういい。

わたしは楠田をにらみつけたまま、それでもたちあがることはできなくなっていた。からだをうごかすことに、もう、つかれはてていた。てぎわよく、作業をはじめた楠田のようすを眼でおううちに、また、なみだがこみあげてきた。なぜ、これほどじぶんは無力なのか、どうしてもなっとくできなかった。

……もう、ひっこしをする意味がなくなっちゃった。

楠田もわたしをにらみつけて、つぶやきかえした。

おれがいやなら、そういえばいいんだ。こんな夜にげみたいなことをして、ばかばかしいったらない。

いやになんか、なっていない。ただ、あなたといると、ちゃんとしたことがかんがえられなくなっちゃうのよ。すこし、ひとりになって、それでどうすればいいのか、かんがえてみたかっただけよ。ひとりになって、それでも子どもをほしいとおもえるようなら、うむことにするし、反対に、ああ、とんでもないことだった、と気がつくかもしれないし。あなたがそばにいたら、だめなのよ。……

ひとりになれるわけ、ないだろう。

楠田はなみだぐんでいるわたしに苦笑をむけていた。

どうして。いまだって、わたしはひとりよ。でも、あなたがいるあいだは、そうおもえなくなるから、こまるんじゃない。

それで、かまわないじゃないか。

わたしはこたえずに、へやをみわたした。四年間、すみなれたへやだった。家賃はすこし、たかかったが、まわりのへやを気にせずにすみ、おおきさもてごろで、不満をかんじたことのないへやだった。すぎてしまえば、たいしたことがあったともおもえなくなっているが、それなりにいろいろなことはあった。せめて、いまはこのへやをよくみとどけておこう、とおもっていた。


あの子をうむ覚悟を、このとき、はじめてわたしはつけたのだった。


あたらしいへやは、ふるい木造のアパートの二階にあった。じみなみどりいろのタイルをはったがんじょうな塀でたてものはまもられていて、それがわたしのきもちをひいた。

おおきなとおりから、しずかなよこ道にはいり、しばらく道なりにあるくと、はでなあおにぬられたガレージの扉があらわれる。そのわきのせまい路地にまがり、十メートルほどあるくと、みどりいろのタイルの塀がみえてくる。塀の内がわには、げんきのない植木がのぞいている。非常かいだんとおなじような鉄のかいだんをのぼる。これもやはり鉄製の二階のろうかにたどりつくと、手をのばせばとどいてしまいそうなところに、となりのたてものがせまっていることに気づかされる。あとでわかったことだが、そこは会社の女子寮のようなたてもので、こちらからみえる窓は便所と風呂場の窓だった。よるおそくに、わかい女の子たちが風呂場ではしゃぐおとがつつぬけにきこえた。

二階に三部屋ならぶうちの、いちばんてまえのへやが、わたしのかりた場所だった。かどべやですこしは日のひかりにめぐまれるのか、ときたいしていたのだったが、たてものがまわりに密集しすぎていて、午前中の二時間ほど、ひとつの窓を日光がかすめとおっていくだけだった。

ドアをあける。すぐにちいさな靴ぬぎ場があり、みぎがわに、ニスのぬった木の桟がつくりつけてある。桟のむこうがわは台所になっている。つまり、ドアをあけて、すぐのへやがリノリウムばりのダイニング・キッチンになっていた。台所のおくに便所があり、反対がわのかどに、浴室がある。ちいさな浴室だが、それがあったから、このアパートにこしてもよいとおもったのだ。あかんぼをうむにしろ、うまないにしろ、ひとにはだかをみられずにすむ浴室はどうしてもほしかった。あかんぼをうむにしろ、うまないにしろ、出費がふえることは覚悟しておかなければならず、家賃のたかいところはかりられなかった。家賃がやすければ、ビルはもうむりで、木造のアパートとなると、浴室のついたところはめったにみつかるものではなかった。それでも、わたしは土のにおいのする、むかしながらの二階建てのアパートをさがしもとめていた。おなかがおおきなからだでは、それいじょうのたかさをのぼりおりするのは、いかにもつらいようにおもえたし、あかんぼがうまれてからはなおさらのこと、しずかな、木造のいえがひつようだとおもいきめていた。

決心をつけられないままで、あたらしいいえをさがしあるいてはいても、わたしはいつのまにか、あかんぼをうみ、そだてるという目的を優先させてしまっていた。

そして、けっきょく、ここでわたしは陣痛をむかえ、あの子を一さいちかくになるまで、そだてたのだった。

冬はさむく、夏になれば風がすこしもはいらず、眼をあけていられなくなるほどあつくなるへやだった。

ダイニング・キッチンのおくに六畳のへやがあり、北むきの窓がついていた。そこから、アパートのもちぬしのいえをみることができた。ひろびろとした庭があり、そのいえの老人が庭の草花のせわをたのしんでいた。

その窓が唯一の、ながめをたのしめる窓だったのだが、冬のあいだは、そこはほとんどあけず、夏になっても風がふきぬけるわけではなく、むしろ蚊がやたらにまよいこんでくるので、おおきくあけはなすことは、やはりできなかった。

ダイニング・キッチンのわきに、もうひとつ四畳半のへやがあった。ふたつの窓はそれぞれ、そとのろうかと路地にむいていた。そのへやがいちばんあかるかったので、ステレオや机をおいて、ふすまにはジャワ更紗の布をはり、くつろいだり、仕事をする場所にした。けれども、一年たったころには、おくのくらいへやはねるにもいきぐるしすぎて、ものをおくためだけのへやになってしまっていた。ステレオも、そのへやにかたづけてしまった。

ダイニング・キッチンに、わたしの油絵とルドンの絵をかざった。戸口にめかくしのために、カーテンをとりつけた。台所のながしにたつと、そとのろうかをとおりすぎるひとたちといちいちかおをあわせることになってしまうので、台所のほそながい窓にも、上半分だけのカーテンをつけた。そのために、ダイニング・キッチンはますますくらくなってしまった。

壁ぎわに、テーブルといすをおいた。楠田はたいてい、そこでビールをのんだ。あの子がうまれてからは、しばらくのあいだ、テーブルのうえにタオルをひろげて、ベビー・バスでからだをあらったあの子をそこにおいて、ていねいにふいてやった。

安普請のたてものだったから、となりのへやの声も、したのへやの声も、そして路地をへだてたむかいがわのいえの声や音までも、きかないわけにはいかなかった。壁やドアがあっても、それはわたしの生活をまもるへだてにはならなかった。わたしのへやの声や音も、同様に、きこえていないはずはないのだ、とおもうと、いつでも気をぬくわけにはいかなかった。じっさい、ついうっかり、よるおそくに、楠田とはなしていて、わらい声をあげたり、ビールびんをたおしたりすると、さっそくしたのへやにすむ女が、ガウンをはおったすがたで二階にかけのぼってきて、わたしのへやのドアをたたきはじめるのだった。

何時だとおもってるの。うるさくて、ねむれやしない。ドンチャンさわぎなら、そとでやっておくれ。

それでいて、もっとおそい時間に、そうぞうしい音をたてておとこがオートバイにのって、したのへやにたどりつくと、かならずといってよいほど、女の悲鳴やおとこのどなりごえ、そしてものがなにかにぶつかる音がとびかう、はでなけんかがはじまった。

となりのへやには、小学生のおとこの子が二人いた。したのおとこの子はたいてい、そとの通路かかいだんのあたりにぼんやりしゃがみこんでいた。うえのおとこの子は五、六人のなかまとアパートのまわりをかけまわっていた。

そんなへやしか、わたしはあの子のためによういしてやることができなかった。それほどとおくない場所にひとりですんでいる母にたのめば、すくなくともしずかさと日のひかりと夏のすずしい、庭からの風を、あの子にふんだんにあたえてやることはできたはずなのに、いちども、わたしは母のいえにいきたい、とはおもいつかなかった。

あの子がおおきくなり、そのへやをわすれかけたころになっても、わたしはそのへやのゆめをみつづけていた。

たしか、あのあたりだった、とおもい、迷路のような道をすすむと、くろずんだたてものがみえてくる。ひとの気配がかんじられず、そこだけがひえびえとしている。にげだしたいのだが、にげだせない。なかにはいってしまえば、もうそとの世界にもどることはできない。それでも、わたしは記憶をたよりに、こわれかけたかいだんをのぼり、へやのドアをあける。なにもないまっくらなへや。そのなかにすわりこみ、わたしはただ、暗澹《あんたん》としたきもちになっている。

ちいさなへやのなかで、そとにでたいとおもっても、なにも身につけるものをみつけられず、くらがりのなかでひとりでないていることもある。

こんなゆめをみつづけなければならないほど、わたしはあのアパートのへやにおびえをかんじていたらしい。けれども、そのころはじぶんのすまいに、とりたてて不満はかんじていなかった。いいへやだ、とおもったこともなかったが、不満をかんじるゆとりがそもそもなかったのだ。

あの子をこの世にむかえるとなると、やっておかなければならないことはたくさんあった。出産をする病院をきめ、定期検診にかよいはじめた。おもいがけず、はやい出産になってもあわてずにすむよう、あの子のために最低限ひつような服やほにゅうびんもかいそろえた。楠田は楠田で現実的に、わたしの生活費をかんがえているようすではあったが、それをたよりにするわけにはいかなかったので、仕事はむしろふやさなければならなかった。そのために、先輩の松居をたずねたり、ほかのともだちをたずねるいっぽうで、あの子をあずかってもらう保育園もきめておくひつようがあった。一年さきまで満員、というところがおおく、てきとうな保育園をみつけるのも、かんたんなことではなかった。

そして、わたしのははおやもいた。ははおやにひとこともつげずにあの子をうめるものなら、うんでしまいたかったが、何年もかくしつづけることはとうてい、不可能なことで、それになんといっても、あの子の成長をみまもってくれる楠田いがいのひとを、わたしはもとめていた。楠田の両親はもちろん、あの子の存在をしらされないまま死んでいくことになっていた。わたしがむりやりしらせないかぎりは。

わたしの報告をきき、ははおやはふるえあがった。わたしをせめるよりは、みしらぬいきものにわたしがとつぜん、かわってしまったような恐怖をかんじたようだった。わたしにまずはおびえ、それから、もとのわたしをとりもどそうとつとめはじめた。中絶しなさい、中絶しなくちゃだめですよ。それとも、あんたは中絶はわるいことだなんて、ばかなかんがえをもっているんですか。

とくべつなかんがえなんて、なにもない、とわたしにはこたえることしかできなかった。ははおやのことばは、けれどもききながしてしまえば、それですむものだった。楠田のことばはそうはいかなかった。わたしは楠田のことばにこだわり、ののしり、なみだをながし、そして、楠田にしがみついていた。

ひとりで仕事をしているときは、あの子のなまえをかんがえるのにむちゅうになり、やがて、でもじっさいはどんな子どもがうまれてくるというのだろう、と不安にかられはじめ、そうして仕事に没頭できなくなっているじぶんに気づかされると、なさけなくなり、ふみつぶされたくだもののようになって、なみだをこぼした。

義男ちゃん。

わたしの、ダウン症児とせけんではいわれていた兄。

臨月のちかづいたそのころ、わたしは義男をみつめつづけていたのかもしれない。いや、受胎をそもそもいしきしはじめたときから、義男とかおをみあわせつづけていたような気もする。義男と死にわかれたのは、わたしがまだ十三さいのときだった。わたしは義男をなつかしむことしかしらずにいた。けれども、十五年もたってから、義男がわたしをためそうとしている、とかんじないわけにはいかなくなっていた。

四月の、風と雨がきまぐれにはげしくふきあれるころ、あの子は生まれた。予定日とみなされていた日から、十日もたっていた。三月にはいってから、さすがに仕事をやめていた。産院にかようほか、なにもすることがなくなってしまった。そのため、わたしの不安はかえってつのり、そのさいげんのない不安にじぶんでつかれはてて、なにかというと、よるもひるも、ひとりでなみだぐんでいた。

そのころ、映画をよくみにいったことをおぼえている。へやのなかにいても、じっとしていることができない。すわっていても、たっていても、じきにいきがくるしくなってくる。よこになっても、かべや天井のくらいいろから眼をはなせなくなって、ねむることができない。楠田がへやにきて、わたしのそばにいる時間のながさはかわっていなかった。週に三夜。もちろん、それだけでも楠田にとっては、かなりの犠牲をともなう回数だったのだろう。けれども、楠田のいない他のながい時間を、どのへやのうごきもつつぬけにつたわってしまうちいさなアパートのへやでひとりですごすことは、わたしにはひどくいごこちのわるいことなのだった。

どのへやのひとたちも、それぞれのいごこちのわるさをひきずっているようにみえた。都心にのこされた、ふるい木造の二階建てのアパートをかりてすむひとたちは、学生やわかいひとをのぞいては、よほどのかわりものでもないかぎり、それぞれの、いろいろな事情があって、しかたなくそこにすみついている。わたしにも、わたしなりの事情があったわけだ。そして、いごこちのわるい住人たちは、アパートのそとでたまたま、かおをあわせたとしても、しらんかおをしているのに、たがいの生活はみはりあっている。わたしには、そのようにおもえてならなかった。

ひとりでくらしているはずなのに、ここにうつってきてから、どんどん、おなかがおおきくなっている。おとこがときどき、たずねてきてはいるが、それだけのことで、結婚しているようにはとてもみえない。あかんぼがうまれたら、はたしてどうなるか。

わたしはへやにいるのがいやで、わざわざ電車にのって、にぎやかな街にでた。けれども、出産まぎわの、おなかのつきでたからだではすぐにつかれてしまい、ながくあるけなくなっていた。喫茶店にたとえ、はいっても、一時間もひとりですわりつづけることはむずかしかった。

熱中してよめる本でもあれば、まだしも時間をつぶしやすかったのだろうが、本にきもちを集中させられなかった。そして映画館を、わたしはある日、おもいついたのだった。ふるい映画なら、入場料もやすい。もともと、わたしは映画がすきだったから、こういうときにこそ、まとめて映画をみておけばいいのだ、とかんがえ、うれしくなった。

子どもがでてくる白黒のフランス映画。

イタリアの風物をみせてくれるアメリカ映画。

戦争をあつかっている、やはりアメリカの映画。

どんな映画だったのか、どれもはっきりおもいだすことができない。映画館のいすにすわりつづけていると、おもくなりすぎたおなかをささえているわきばらがいたくなり、あしもだるくなり、そのうち、あたまもいたくなりはじめる。あかるい、おおきな画面にかおをむけながら、映画がおわるまで、はたして、いすにすわりつづけていられるのかどうか、おぼつかないきもちで、それでも、がまんしていたことを、よくおぼえている。

せっかくのおもいつきだったのに、やがて映画館にいくのもあきらめなければならなくなった。わたしのからだでは、けっきょく、それははじめから、むりなことだったのだ。

へやで、はげしい雨のおとをききながら、しきっぱなしのふとんにだらしなく、ねころがっているわたしのすがた。もはや、あおむけにも、ねることができなくなっていた。

楠田がかぎをあけて、なかにはいってくる。

わたしはおもいおなかをもてあましながら、いそいでたちあがろうとする。なんでもないときのようには、すばやくからだをうごかすことができない。

けいけんのない出産そのものをおそれるよりも、そのころにはいちにちでもはやく、じぶんのからだに、もとどおりの自由をとりもどしたくなっていた。

いつものように、テレビをみながら、楠田はビールをのみはじめる。わたしもすこし、つきあい、すぐにまた、よこになってしまう。うつらうつらしているうちに、時間がたち、楠田もテレビとへやの電灯をけして、わたしのよこに、からだをなげだす。

あかちゃんが、すこしちいさいんですって。

わたしはささやきかける。

なんだ、おまえ、おきていたのか。

成長がわるいらしいのよ。

こんなに、おなかがおおきいのにか。

きょう、病院でテレビの画面みたいなもので、あかちゃんのあたまをみせてくれたわ。ずいぶん、ちいさいんですって。予定日をすぎているのに、へんだって。

げんきに、うごいているじゃないか。

ちょうどそのときも、わたしのおなかのあかんぼがうごきはじめた。あしをいきおいよく、けりあげているようにかんじる。両手のこぶしをふりまわしているようにも、かんじる。いきおいがよすぎて、わたしのおなかのかたちまでかわってしまう。

そりゃあね。でも、障害があるのかもしれない、やっぱり。

やっぱりって?

そうだとしても、すこしもふしぎじゃないもの。そういうことになりそうな気がして、しょうがない。

生まれてくれれば、どうせわかることなんだから、いまからなやむことはないさ。

楠田はねむそうにつぶやく。雨のおとがはげしくなっている。雨もりはさいわい、なかったが、たてつけのわるい窓わくから雨水がしみこみ、ちゃいろの砂壁がその水をすいこみはじめていた。

あなたは、そんなことはぜったいにないとおもいこんでいるのね。わたしは反対に、ふつうの健康なあかちゃんが生まれるとは、とてもしんじられないでいる。

そういうこどもがほしいってことなんだろう、あんたのははおやとおなじように。

ほしくないわ。そういうこどもがほしいひとなんて、どこにもいるはずがない。

……そうでもないだろう。

だって、あにみたいなこどもが生まれたら、どんなにたいへんか、あなたはしらないから。おやや、まわりのにんげんの、なにもかもをかえてしまう。必要いじょうの苦労は、わたしだって、したくないわ。でも、あにみたいなこどもが生まれないとは、だれにもいえないでしょう。そのとき、わたしがその子をちゃんとうけとめられるかどうか、それがこわいのよ。じぶんがいままで、わすれようとしていたことが、わたしのこどもが生まれたときにおもてにでてきてしまいそうな気がするの。それをおもうと、こわくて、いまから、なさけないきもちになってしまう。

だいじょうぶだよ。おまえはおおよろこびでかわいがるよ、もし、そういう子が生まれたら、にいさんの生まれかわりってわけだ。にいさんしか、どうせすきなおとこがいないんなら、それで万事、おまえのおもいどおりになるんだ。だけど、そうおもいどおりにはいかないだろうけどね。

へんなこと、いわないでよ。だれのはなしをしているのか、とおもってしまう。

……はじめから、あんたはそうだったよ。にいさんがしんじゃったから、しかたなくほかのおとことつきあっているんだって、いってたじゃないか。そんなものか、とおれはおもっていたけどね。

そんな、くだらないことをいったおぼえはないわ。あなたのおもいちがいよ、そんなの。……でも、いっそ、ほんとうにそうだったらいいな、とはおもうけど。それはそれで、すじのとおったおはなしになるものね。……あにが生きていたときから、そういうおはなしにあこがれていたような気もする。ちえおくれのあにのすべてを理解でき、尊敬して、ふたりきりで満足しきって生きていく、だなんて、ものがたりの主人公になったみたいですてきじゃない。でも、そんなことを想像していたのは、ぜったい、じぶんがそうなれそうにないのがわかっていたからだわ。あにが死んでから、はじめてわたし、じぶんがそれまで、どんなにいろいろなことをがまんしていたか、おもいしらされたんだもの。きゅうに、じぶんのまわりがあかるくなって、ひろびろとしたのをかんじて、うれしかったんだもの。ひどいわね、まったく。でも、ほんとにそうだったのよ。……あにをきらいだ、とおもったことはない。だから、あにがすきだった、と人にはいっている。あにのようなひとと子どものころ、いっしょにすごせて、しあわせだった、といったこともある。うそではないんだけど、すこしちがうのよ、ほんとは。そうおもわなくちゃいけない、とおもっていたから、そういっていただけかもしれないっていう気がするの。

なにかをむりやり、わすれたままにしてきたのよ。あかちゃんが生まれたら、それをおもいださせられそうな気がして、しょうがないのよ。兄が死んだことをいいことに、じぶんかってなゆめをいままでみつづけてきただけじゃないかって。なぜ、こういうことになったのか、なぜ、あなたがすきになったのか、かんがえだすと、わけがわからなくなっちゃうんだけど。……でも、たぶん、あかちゃんは生まれるのよね、わたしがいま、どんなにつまらないことをかんがえていたって、それとはかんけいなく。……どうして、こんな、こわいことをしてもいいとおもっちゃったんだろう。……

四月、はげしい雨がふりつづき、ある日、ようやく青空をみることができた。その日に、あの子は生まれた。よるの十一時だった。わたしのいなくなったへやに電話をかけ、それでわたしの陣痛がはじまったのをさっして、楠田はその日のひるごろに産院にあらわれた。

この世界に生まれてきたあの子をはじめにみとどけたのは、わたしではなく、楠田だった。あの子は標準よりも体重のおもい、五体のそろったげんきなあかんぼだった。かおは、わたしのほうににているようにみえる、と楠田はわらいながらわたしにおしえてくれた。わたしの眼にも、そのようにみえた。

生まれてきたあかんぼは、ほかのだれでもないあの子だったのだ。

9

義男と道を歩いていた。古い石塀沿いの道で、顔をあげると、葉を茂らせた木の枝が頭上を蔽っていた。まわりが薄暗くなっている。こわくなって、走りだした。義男の手を握っているので、早くは走れない。義男は足がわるいわけではなかったが、走るのは苦手だった。スポーツらしいスポーツはなにもできなかった。ボールの投げ方もわからなかったし、バドミントンのラケットの振り方もわからなかった。

どこに自分たちがいるのか、わからなくなっていた。どちらにせよ、家からそれほど遠く離れたところではないはずだった。義男と二人だけで、電車に乗らなければ行けないような遠い場所に、それまで行ったことはなかったのだから。

足をとめて、改めてまわりを見渡した。石塀は相変わらずつづいている。道の反対側も、色と高さはちがうが、やはり古い石塀だった。そして庭木の緑が猛々しい勢いでのぞいている。その道に、見憶えが全くないわけではなかった。ここをとにかく抜けてしまえば、広々した場所に出られるのではなかったろうか。

義男のなま温かい手を握り直し、顔を覗きこんだ。よだれで濡れているはずの顎が乾いていた。口もしっかり閉じている。義男らしくない顔に不安になって、においを嗅いでみた。嗅ぎなれた義男のにおいがした。義男に体を添わせ、ゆっくり歩いた。義男から少しでも離れてはいけない。義男は肩に手をまわし、声を出さずにほほえんだ。義男はもう、子どもではなかった。手足が細すぎて、転んでは長い時間、泣きつづけていた、あの義男ではなくなっていた。いつの間に、こんなに青年らしくなってしまったのだろう。義男に甘えてもたれかかっても、義男はよろめきもせず、かえって、その腕で子どもをあやすように、抱きよせてくれる。

——急ぐことはないのよね、遅れて行ったって、どうせ同じことだもの。

義男は溜息のような息を洩らして、答えた。

道を歩いている人は、ほかには誰もいなかった。両側の屋敷も静まりかえっていた。狭い道なのに、頑丈な石塀がつづくので、先が見えず、長い時間、その辺りをぐるぐる迷い歩いているような気持に誘われる。しかし、空はまだ明るく、足も疲れてはいない。

義男が頭を撫でてくれていた。その義男の手を取り、唇に押し当てた。そして指の一本一本を順番になめていった。子どもの頃に、二人でよくそうしていた。塩の味と、みかんの味と、そして草を連想させる苦い味もする。子どもの頃と変わらなかった。義男も同じように、なめはじめる。そして、うっとりした思いのなかで、互いに抱きあい、唇をあわせた。これも、子どもの頃から珍しいことではなかった。しかし、義男とキスをしても、以前のように、鼻の下に乾いてこびりついている鼻汁の味がしなかった。さすがに、それだけはゆっくり味わうのに抵抗があり、キスは早目に切りあげていたのだったが。

鼻汁どころか、義男はおとなの恋人同士のようなキスを心得ていた。舌をからませながら、手でゆっくり体を探り、自分の腰を押しつけてくる。どこでこんなことを義男は憶えてきたのだろう、とまどいながら、義男から体を離せなくなっていた。義男と体を撫であい、キスを交わしながら、道を急いだ。

両側の石塀が急に途切れ、林が眼の前に拡がった。土のにおいと樹木のにおい。そして、ひんやりした、木々の間を吹き抜ける風。地面は湿気を含んで、なだらかな斜面になっていた。木はどれも大きく、梢を見ることができなかった。枝で頭上が蔽われていて、日の光はところどころ細い線を作り、地上に落ちているだけだった。

すぐには、その暗い林の様子を見分けられなかった。おそるおそる、林のなかに進んだ。人影が見えた。十人、二十人、いや、三十人以上もの人影。この人たちとキャンプをここで楽しむことになっていた、とようやく思い出した。しかし、キャンプに参加するつもりはなくなっていた。

左の方に眼を向けた。まっすぐ、奥につづく川の水が見える。地面の傾斜がそこでは急になっていて、先は渓谷と呼んでもおかしくはない眺めになっていた。川を挟む木々は、一層、丈高く、空を蔽い隠してしまっている。しかし、川から少し離れたところには、明かるい緑色の、なだらかな草地も見えた。

――遅かったな。

よく響く男の声が聞こえた。

――みんなで心配しはじめていたところだったんだぞ。

義男の耳に囁きかけた。

――あっちで、ちょっと待ってて。わたしもすぐに行くから。

川の方を指で示すと、義男はすなおに頷いた。その顔を見ると、またキスをしたくなった。けれども、我慢して、義男の体を押しやった。

——……早く出発しないと、夜になってしまう。もし、一人でも迷子が出たら、お前たちの責任だからな。

大きな声で呼びかけつづける男に向かって、走りだした。男のまわりに、子どもたちがぼんやり佇んでいる。集合時間から、どれだけの時間が経っているのか、わからなかった。子どもたちの様子では、だいぶ長い間、待ちつづけてくれていたようだった。

リーダー役の男に近づくにつれて、まわりが暗くなりはじめた。林に今まで、明かるさを与えていたスポットライトのような日の光が消えるにつれ、風が冷たくなり、木の葉が青い闇を作りはじめた。山では、夜は素早く訪れる、と以前聞かされた言葉を思い出さずにいられなかった。

——よし、みんな、荷物を持って。すぐに出発だ。この調子だと、きょう中に目的地まで行くのはむりかもしれない。

男が言うと、子どもたちは静かに、それぞれのリュック・サックを背負い、整列をはじめた。

——どんどん暗くなるから、足もとに気をつけるように。特に、川に落ちたら、助からないからな。じゃ、そのまま一列になって、すすめ。

男が先頭になって、子どもたちの列が動きはじめた。義男が一人で待っているはずの、川の方に向かっていく。

こうなっては、義男を呼び戻し、この子どもたちに加わらなければならない。夜を、こんな場所で二人きりで迎えるのは、やはり怖ろしいことだった。

男のそばを歩きながら、義男の姿を探した。茂みの蔭にでも坐りこんでいるのか、どうしても見つからない。

——……先に進んでいてください、すぐに追いつきますから。

——忘れものか、はぐれるとあぶないぞ。

——大丈夫、すぐですから……。

見当をつけて、走りだした。草地に跳びこみ、茂みのひとつひとつを調べる。そこにはいない。別の草地も同じようにして調べる。どこにもいない。木々の間を、無我夢中になって走りまわった。義男を見つけることはできなかった。林のなかは、早くも夜の濃い闇に変わってしまっていた。

子どもたちの列に追いつき、男に泣き声のような声で呼びかけた。

——待って。お願いだから、ちょっと待って。

子どもたちの列が動かなくなった。

——どうしたんだ。

——義男ちゃんがどこかに行っちゃったんです。さっきの場所の近くで待っているはずだったのに。

——義男をお前、一人にしておいたのか。

男は大声でどなった。顔が陰になっていて、見えなかった。

——義男ちゃんを探さなくちゃ。早くしないと。ねえ、早く。

自分を抑えられなくなり、男に負けない声でわめきたてた。

——だめだよ、わるいけど、もうむりだ。

——どうして。このままじゃ、義男ちゃんは川に落ちて、死んじゃう。

男の腕に泣きながら、しがみついた。

——むりなものはむりだ。もう、おれたちも先に進めなくなった。こんな場所で、はぐれたら、おしまいなんだ。ましてや、ああいう子どもじゃね。……見てごらん、どこまでもこの森はつづいているんだ。道もないし、人が入ったことのないところはいくらでもある。

男が右手で示す方向に、眼を向けた。暗闇がただ拡がっているようにしか、はじめは見えなかったが、眼を凝らすうちに、闇のなかに濃淡が生まれ、黒い木の影がめまいを起こしそうな深まりを見せてつづいているのを見分けることができた。

男は子どもたちに、ここで荷物をおろし、寝袋を出すよう、指示を出していた。

男に抱きつき、声を出さずに涙を流した。義男とは、もう二度と会えない。義男のことは、もうあきらめるしかないのだ。際限なくつづく森のなかを、義男はたった一人で、食べものもなく、迷いつづけなければならない。つい、さっきまで、義男の体をこの腕のなかに確かに感じていたというのに。

——しょうがないさ。いずれは、こういうことになるしかなかったのかもしれないんだから。お前のせいじゃないよ。お前がいくらがんばったって、限界はあるんだから。お前一人で、ああいう子を守りきれるものじゃない。……

男は子どもたちに聞かれないように小さな声で言った。聞きおぼえのある声だった。義男と同じくらいになつかしい声だったろう。そう言えば、体の感触にもおぼえがあった。骨がふとく、決して肥っているのではないけれども、胸や腹はやわらかで、弾力がある。着ている服も見知らぬものではなかった。重いツイードの上着。顔をすぐに見届けるのはこわかった。男の手を見た。白い、女性的な手。爪の形。毛の生え具合。自分の手のように、眼になじんでしまっている男の手。

——……今は、お前にも子どもがいるんだだし、その責任を果たすだけで、じゅうぶんなんだよ。人には、できることと、できないことがあるんだなっ。義男は、だけどあんなにいい子だったのになあ。残念だよなあ。おれやお前みたいな、どうもいい人間ばっかり、残ってしまって。……

男は独り言のように、呟きつづけていた。泣いているのかもしれなかった。男はそう言えば、若い時から涙もろかった。

あの子は、それではどこにいるのだろう。あの子のことを男に言われるまで忘れていた。義男のために泣きつづける気持が消えてしまった。あの子の重みが、体のどこにも感じられない。腕にも、背中にも、手にも、足にも。あの子は何歳になったのだろう。それも、よくわからなかった。男に聞けば、あるいはわかるのかもしれない。けれども、あの子の母親なのに、どうしてそんなことを、あの子とは直接、関係のない男に聞かなければならないのだろう。キャンプに来ているあの子どもたちのなかにいるのだろうか。

ひとりひとりの顔を見て歩く気持になれなかった。

男の声がまだつづいていた。

あの子が子どもたちのなかにいるとしたら、今まで知らん振りをしているはずがない。一緒に道を歩いていたのは、義男ではなく、あの子だったのだろうか。男はお前たち、と言っていたが、本当に義男の姿を見届けたのだろうか。男の顔が、急に迫ってきた。茶色の大きな眼から涙が溢《あふ》れ落ちていた。なにをそんなに悲しんでいるのか、といぶかしく思ったのと同時に、その男が誰だったか、はじめて思い出せたような気がした。

――ＳＦみたいな夢なら、時々見るなあ。……

松居が言った。

古いフロア・スタンドが物置の床を照らし、棚の上は、章子が子どもの頃に使っていた蛍光灯のスタンドが照らしていた。

花ゴザを棚に敷いてみると、急にその場所が居心地よさそうに見えはじめた。松居もそれを認めてから、〝夢殿造り〟に熱中しはじめ、フロア・スタンドをまず、どこからか見つけてきて、コップや皿を置けるようにと、大きな丸い盆も持ちこんできた。章子も、アパートで使っていたクッションや毛布、食器を用意し、冷蔵庫とステレオも物置で使えるように配置した。石井はレコードを何枚かとコーヒー・メーカー、それにホット・プレートも持ってきた。

十二月に入って、家の工事がはじまっていた。最初の日に、石井と棟梁の野崎、そしてもう一人の大工が姿を現わした。三人は真先に、物置の補修に取りかかった。章子の母親が、いったい、物置をどうするつもりなのか、と驚いて、家のなかから叫んだ。私がついでに頼んでおいたのよ、と章子はできるだけ、しかつめらしい顔を作って、母親に言った。あの物置も放っておいたら、近いうちに、崩れちゃうところだったんですって。そうなったら、それこそ困っ

10

ちゃうでしょ。

物置の補修は午前中に終わってしまった。昼休みに、章子は物置の前にいる石井たちにお茶を運び、物置のなかにも、はじめて入ってみた。見たところ、なにも変わってはいなかった。光を通すプラスチック板で壁の隙間をふさいだので、板の隙間から射し込む光も、以前と変わらず、物置のなかに柔かな明かるさを与えていた。

これでもう、冬になってもここは大丈夫ですよ、と石井がことさら秘密めかして、章子に囁き声で言った。いちばん寒い時期には、電気カーペットでも用意すればいいだろうし。

それも、松居さんかあなたが、持ってきてくれるの？

章子も笑いながら、小声で問い返した。

電気毛布だろうが、コタツだろうが、なんでもね。

石井は自信たっぷりに答えた。

午後から、風呂場の取りこわしがいよいよはじめられ、石井は別の現場に移って行った。その時、松居も加えた三人で、二日後の夜、〝夢殿完成〟を祝って、物置で一晩過ごすことに決めた。松居も石井も、〝夢殿〟で過ごす夜を期待しているはずなのだった。しかし、自分たちにも〝夢殿〟を楽しませて欲しい、とは二人とも、まだ言いだせずにいた。もちろん、二人にはその権利があることは章子も充分、承知していた。自分一人だけの場所ではなくなってしまったことが、いいことだったのかどうかは、判断がつかなかった。たぶん、わるいことではなかったのだろう。

――……ＳＦと言っても、宇宙に飛びだすわけじゃなくて、街の様子がＳＦ的に変わっているんだ。あんなのが実際にできたら、すごいだろうな。たとえば、瞬間移動装置とでも言えばいいのかな。エレベーターに似たものなんだけど、そのなかに入って、スイッチを押すと、特別なチューブ状の回路が目的地まで開いて、そこをほとんど瞬間的に体が辷っていくんだ。そして、扉を開けると、もうそこは目的地というわけ。夢のなかでは、新宿から日比谷まで行ったんだけど、所要時間はなんと、三秒だったよ。

松居の話に、石井も章子も笑い声をあげた。眼の前には、石井と松居が用意してくれたウイスキーとスモーク・サーモン、チーズ、セロリなどのつまみが賑やかに並んでいる。すでに、夜の十二時をまわっていた。さすがに冷えこんできて、一人一人毛布に体を包みこんだ。松居と石井に挟まれて、章子は幸せという言葉を思わず使いたくなるほどのくつろぎを感じていた。石井と松居という、今までなんのつながりもなかった二人の男たちも、今、章子と共に、わずかなこだわりも見せずにくつろいで、声を弾ませている。その二人の様子がうれしかった。そして、その二人に声を合わせて、笑っている自分自身に、浮き立つような喜びを感じていた。〝夢殿〟のなかにいてこその、思いがけない楽しさなのだ、とも思った。石井も、松居も、年齢やその家庭、自分が男であることも忘れてしまっているように見える。一歩、外に出れば、もちろん、すぐにこんな気楽さは消え失せてしまう。

松居は自分でも笑いながら、夢の話をつづけた。

未来都市とでも呼べばいいのか、すべての機能を備えている巨大なひとつのビルのなかにいる。そこに家族とともに住んでいるのだ。このところ各地に増えているショッピング・センターのように、中心は大きな吹抜けになっていて、下から見あげると、二十階以上はありそうなビルのたたずまいに圧倒され、とまどいも感じる。住まいは上の方だったはずだが、何階だったのか、正確に思い出せない。でも、十階辺りの公園のような広場で、妻と子どもと落ちあうことになっていたことを思い出し、少しほっとする。そこなら、場所がはっきりわからなくても、なんとか見つけられそうな気がする。三階ごとだか、五階ごとだか、とにかく公園はどの階にもあるわけではないらしくて、それに、下から見ても見当のつく、わかりやすい場所にある。四、五階までは、店や銀行など、街のあらゆる機能がそこに詰めこまれている。二種類の歩道が並んでいて、一方は動かない普通の歩道、一方は動く歩道になっている。

さて、ビルのなかに入り、上階に行くにはどうしたらよいのか、まわりを見渡すと、いくつものエレベーターがある。そのひとつに乗ったはいいが、ボタンが見当たらず、どう操作すればよいのかわからない。そのうち、なにかの加減で、突然エレベーターがロケットのような勢いで、横に動きだす。驚いて、壁にもたれかかると、今度は方向を上に変える。エレベーターのなかでうろうろしていると、また方向を変えて、今度はなんと、斜め上方に動きはじめる。やがて、突然、エレベーターは止まって、ドアが開く。やれやれと思って外に出ると、そこはエレベーターの乗り換え場所らしく、他のエレベーターのドアが殺風景に並んでいるだけで、窓もないので、地下室のようにしか見えない。行先もなにも表示されていないから、どれに乗ればよいのかわからない。人に聞きたくても、まわりには誰もいない。

——結局、それでどうなったのかは、おぼえていない。同じような乗り物の夢でも、こっちは悪夢そのものだった。

——わたしは乗り物の夢は、あまり見ないわ。せいぜい、旧式のバスか、列車よ。

石井も笑いながら、言った。

――それぞれ、生活が反映されるんだよ。ぼくは現実的な事故の夢をよく見る。建築現場の足場からまっさかさまに落ちたり、乗っている車がほかの車と正面衝突したり。でも、この間、見たリゾート・マンションの夢は、いい夢だったのか、どうかよくわからない変な夢だった。

そして、今度は石井が自分の見た夢を説明しはじめた。

リゾート・マンションと一応、言ってみたが、実際は、ただ東京の郊外にあるというだけの建物で、それも地名だけはよく聞いたことのある、なんの魅力も感じさせない場所なのだ。つまり、東京のベッド・タウンのひとつで、そこに新しい建物を建てることになったのか、仕事の内容がどうもよくわからないのだが、とにかくはじめてそこを訪れる。

ありきたりの並木道を進むと、ひとつの白っぽい、これもありきたりのビルが視野に入ってくる。六階建てほどの高さの、横に扁平に長い、一枚の塀のような建物。その建物に行くのが目的ではなかったから、なかには入らず、玄関のある北側から南側へまわってみる。そこで、信じられないほどの拡がりをはじめて眼にして、立ちつくしてしまう。美しい緑が、まるで高原のように拡がっている。木立ちの濃い緑が、はるか遠くに、線状に見える。そこまで全速力で走っていっても、五分や十分では辿り着けそうにない。

こんな拡がりがなぜ、ここにあるのだろう。簡単に信じられることではないが、自分はこの東京付近の土地をすべて知っているわけではないのだ、と思い、ただ感嘆して美しい草原を見つめるほかなかった。

建物のどこかから、子どもの使う黄色いボールが飛んでくる。それを拾い、建物を振り向いた。どの階も同じ作りのベランダ、同じガラス戸、そして同じように白いレースのカーテンで閉ざされている。住人の影も形も見えない。音も声も聞こえない。そう言えば、せっかくの草地なのに、そこに一人も子どもが遊んでいない。しばらく、建物を見あげていたが、誰もベランダに姿を現わさないので、ボールを投げ返してやるのはあきらめて、元の場所に戻す。たぶん、多くの住人がカーテンに姿を隠して、こちらを見張っているのだろう。理想に近い住まいなら、それだけ排他的になるということか、と改めて痛感させられ、その場所から逃げだしたくなる。

ついでにまわりの様子も見て帰ろうと思い、建物に沿って、草地を横に進んでみる。日もすでに傾きはじめている。土地が急に、崖地で切り落とされたように終わってしまう。おそるおそる、崖のふちから下を見おろす。大きくうねった土地が谷底に日の光を浴びて、広々と晴れやかに輝いている。どこから集ってくるのか、その日の光を楽しんでいる人たちの姿が点在して見える。今までの草地よりも、はるかに広い。本当の山に行っても、こんなに悠々とした広がりはめったに見つけられるものではない。

そこにおりて行きたかったが、崖を直接、おりることはできそうになく、となると、とんでもないまわり道をしなければ行けないようなので、あきらめて、崖から離れ、建物の北側に戻ろうとする。普通の街路があったはずなのに、そこから拡がっている広大な高原の眺めに息を呑まないわけにはいかなくなる。見渡すかぎり、緑のうねりしか見えない。小さな点がところどころに見える。それが人間なのだろう。日の光が帯状に見える。まるで飛行機から地表を見おろしているような、途方もない、そしてあまりにも静かな眺めだった。

——こんな場所がなぜ、ぼくたちには隠されたままでいたんだろうって、寒気がして、泣きだしそうな思いにもなってたよ。平凡な言い方になるけど、あの世を見てしまったという感じだった。

石井は松居と章子に微笑を向けてから、自分のウイスキーのコップに手を伸ばした。

——……こんなことがあったらいい、といつでも思っているのに、いざ、それがまともに実現されてしまうと、こわくなってしまうということかな。

松居がつぶやいた。

——そうね、そういうものかもしれない。

章子も頷いて、独り言のように言った。広太のことを考えあわせていた。

生き返って欲しい。手元に戻ってきて欲しい。そう願いつづけ、そんな夢も見つづけている。夢のなかで、しかしいつも、なにかが食いちがっている。広太が赤ん坊に戻ってしまっていたり、病人になっていたり、まわりの世界が見知らぬ世界に変わっていたり。もし、本当に広太が今の自分の前に生き返ってきたら、ただ単純に喜び、以前とまったく同じように受け入れることができるのだろうか。そう考えると、自信を持てなくなる。自信を持てない自分に、恐怖を感じる。大丈夫に決まっている、と言い聞かせてみるが、今まで離ればなれで過ごしていた間の互いの変化がどんな距離を作ってしまっているのか、どうしても予想できなくて、おそろしい。広太がいない時間を経験しなければならなかった自分と、母親と離れて、母親には想像もつかない時間を過ごしてきた広太と。

章子は別のことを話しはじめた。

——この間、わたしはフランスの墓地に行ったわ。どうして、フランスだったのか、わからないけど、きっと前に、そんな写真を見たことがあるのね。入り組んだ路地を歩いていると、急に小さな墓地に行き着いたの。街なかにあるのに、手入れが悪くて、雑草が茂っているし、倒れかかっている墓石もあった。でも、それがさびしい感じにはなっていなくて、むしろ、親しみやすい古い庭園のような感じだったの。いろいろな花が勝手に咲いていて、小さな蝶も飛んでいて、石畳や墓石の石もやわらかな、植物に近い色に変わっていた。

すてきねえ、こんな墓地だったら、あの子のお墓を作ってやりたかったのに、とわたしはうっとりして言ったわ。だれかが、わたしのそばにいたのよ。たぶん、外国にいるわけだから、わたしを案内してくれている人だったんじゃないかな。それとも、もともとの知りあいだったのか、よくわからない。男のひとだった。子どもの骨をまだ、わたしは部屋に置いたままにしているものだから、こんな夢を見るのね。お墓に入れてしまうのはいやだし、かと言って、いつまでもこのままにしておくのはいけないとも思っているから。

それじゃ、ここにお墓を作ってあげれば、いいじゃないですか、とわたしの横にいた人が言ったの。いいんですか、だって、あの子はフランス人じゃないんですよ、とわたしは驚いて言ったわ。そんなことは一切、かまわないことになっている、ほかの墓地はともかくとして、ここに限っては、なんの決まりもない、骨を持ってきて、空いている場所に埋めてしまえば、それですべて終わり、なにしろこんな場所だから。こういう説明だった。わたしはもちろん、大喜びで、すっかりその気持になってしまった。今まで、どうせ納得できる墓地など、見つかるはずがない、とあきらめきっていたの。でも思いきって、日本を離れてしまえば、こんな場所があるんだ。そして、どのみち、自分のそばに置いておけないのなら、フランスだろうとどこだろうと同じことじゃないか。こんなことを、わたしは考えていたわ。

さっそく、どの場所をあの子のお墓にすればいいのか、見当をつけておこうと思って、一人で墓地のなかをぶらぶら歩きはじめたの。とても幸せな気分だったわ、思いがけない幸運に巡りあったような気がして。そのうち、隅の方に、高さが一メートルぐらいの、小さな家の形をした、とっても古い墓標があったの。なんだろうと思って、覗いたら、日本語がそこに刻みこまれているのに気がついた。日本人のお墓がもう作られていたと思って、少しがっかりしたわ。そして、そのお墓の由来を聞こうと思って、わたしの連れを振り向いた。その時、なにかが襲ってきたの。よくも気がついたな。もう、逃がすわけにはいかない。そんな声も聞こえた。かびくさい墓標のなかに、引き戻された。足もとに穴があいていて、日本人の、それも土に汚れた男たちがたくさん這い出てきた。死にもの狂いで逃げだしたわ。気味がわるくて、こわくて、泣きだしていた。助かるはずがない、と思っていた。地上の普通の人たちじゃないんだもの。連れの姿が見えたから、夢中で跳びついた。それで、なにがなんだか、わけがわからなくなって、そこで眼を醒ましたわけじゃなかったかもしれないけど、あとは忘れちゃった。こういう、ばかげた夢。……

石井がセロリをかじりながら、言った。

——日本軍のイメージかな、それは。

——そうかもしれないけど……。

章子は曖昧につぶやいて、天井を見あげた。だれだったのだろう、あれは。

瞬間、夢のなかで自分が抱きついた連れの男の顔が記憶に蘇ったような気がした。なつかしさがにおいのように、鼻先をかすめていった。よく知っている顔。天井の闇は、赤味を帯びたフロア・スタンドのぼんやりした丸い光と蛍光灯の青ざめた白い光にまだらに照らされていた。闇の部分をいくら見つめても、光の部分をいくら見つめても、夢のなかの男の顔は浮かびあがってはこない。夢のつづきは、その男といろいろな未知の場所を支離滅裂に逃げて行くのだったろうか。

——フランスと日本軍とじゃ、あまり関係なさそうだな。でも、まあそんなことは、夢のなかではどうでもよくなっているから。

——わかるような気がするよ、そのこわさは。ぼくもいろいろなところにある慰霊碑がいつも気味わるかったもの。写真とかニュース映画で戦争中の様子を見せられても、気の毒にとは少しも思えなくて、ただ、こわいだけだったものな。

松居と石井がのんびりした声で話を交わしていた。

だいじなものを、やはり、忘れてしまっているような気がする。章子は二人に頷いて見せながら、毛布を体に巻きつけ直した。この夢が忘れられずにいるのは、墓地の様子や、そこから湧き出てきた土だらけの男たちがこわかったせいではない。夢のなかでは確かに、死にもの狂いになるほどこわかったけれども、眼が醒めてみると、そのこわさは呆気なく消えてしまっていた。消えずに残っていたのは、唯一の味方として夢のなかにいた、だれともわからない男の気配だけだった。その気配に包まれて、はじめから、あの夢が紡ぎだされたのだったかもしれない。そんな風にさえ、思える。それなのに、体の大きささも声も、なにひとつ思い浮かべることができない。ただ、夢のなかで、わたしのそばにいつづけてくれた、ということしか、わからない。

――それから、子どもの頃、復員兵とか、傷痍軍人とか、いただろう。あれも、こわかった。そういう言葉の意味もよくわかっていなかったから、子どもには正体不明の、危険なおばけのようなものにしか思えなかったんだ。

石井が言うと、松居は章子の顔に眼を向けながら答えた。

――あの頃は、復員兵が人を殺したり、ものを盗んだり、そういう事件も多かったから、母親たちが意味ありげに、子どもたちをおどしていたのかもしれないね。

――うん、実体がわからないまま、人さらい、人殺し、なんでもしかねない連中というイメージがあった。傷痍軍人に電車のなかで迫られて、泣きだしたこともあったよ。生気がなくて、陰気で、なにをされるか、わからない、と思った。

――……章子ちゃん。

急に呼びかけられて、章子の体は痙攣《けいれん》を起こしたように、すくみあがった。松居ではなく、誰か別の人に呼びかけられたような気がした。

――どうしたの。さっきから、黙っちゃったね。眠くなってきたの?

章子はあわてて、答えた。

――ちがうわ。ちょっと、ほかのことを考えていたの。

――そうか。……ところで残念だけど、ぼくはそろそろ帰るから。

松居は自分の体を包んでいた毛布から、まず足を出し、腰を浮かせた。

――どうして？

章子は失望を隠さずに、口を尖らせて言った。

――そんなのってないわよ。きょうは朝まで、ここで過ごそうって言ってたのに。

石井も意外そうに、松居を見つめている。

――うん、でも、そうもいかないだろう。それにあしたの朝早く、行かなくちゃならないところもあるんだ。少しは寝ておかないと、章子ちゃんや石井君とはちがって、ぼくはもう若くはないからね。

自分の毛布を手際よく畳みながら、松居は言った。すると、石井も毛布から体を出し、章子に言った。

――それじゃ、ぼくも失礼しますよ。気がつかなかったけど、もう二時をまわっているんだ。

立ちあがろうとする石井の腕をつかんで、章子は腹立ちまぎれに強い声で言った。

――だめよ、石井さんまで帰っちゃうことはないわ。朝までみんなで過ごそうって言ってたのに、これじゃ、がっかりしちゃう。

すでに、床におりた松居の笑いを含んだ声が聞こえた。

――そうだよ、章子ちゃんのためにも、石井君はもうちょっと、ここに残ってあげてよ。これからは時々、こんなふうに集ろうな。

章子は松居には答えず、石井を睨みつけながら囁きかけた。

――今更、遠慮なんか、するものじゃないわ。

――門の鍵は開いているの？

また、松居の声が聞こえた。

──閉まっているけど、内側から開けて出られるわよ。

章子は無愛想に、それに答えた。

──それじゃ、だれか閉めに行かないと、開け放しになっちゃうね。ぼくが行ってくる。ついでに、トイレも借りたいから。

石井が言いながら、棚からおりて行った。

物置に一人取り残されてから、章子も床におり、外に出てみた。外の寒さが、アルコールの入った体に心地よかった。傍の母親の寝ている家を見やった。街灯の光を受け、ほの白く見える古い家は、静まり返っている。空に眼を移した。月がどこにあるのか、わからない。星の光らしい小さな光が二つ三つまたたいているだけだった。溜息をつき、耳を澄ました。石井たちの声も足音も聞こえない。松居はもう、帰ってしまったのだろう。

門の方に歩きながら、松居の体の感触を思い出した。松居はもう忘れてしまうことにしたのだろうか。松居の唇、そして動悸。こわくなって、章子はそれから逃げだしてしまったのだ。抱擁とも言えない、わずかな接触。でも、松居という一人の男の生命力をなまなましく感じるには、充分すぎるほどの接触だった。そして、それがこわくて仕方がなかった。わたしは生きつづけている。それは、わかっている。なぜ、生きつづけているのかはわからないが、そして、ぜひとも生きつづけたいと思っているわけでもないが、とにかくこうして生きつづけている。でも、それ以上のことは感じたくない。松居が覗かせた熱いものが、わたしにもあるなどということは知りたくない。そんなものが、わたしの体にはもう残っているはずがない。そう思わせておいて欲しい。よく、わからない。わたしは逃げているだけなのかもしれない。逃げつづけて、生きることができるものなのか。

門のところまで行っても、松居の姿も石井の姿も見えなかった。木戸のノブをまわしてみた。鍵がかかっている。章子は玄関に向かった。石井はたぶん、なかの便所に行っているのだろう。残ったのが、石井ではなく、松居だったら、と考えてみないわけにはいかなかった。松居はどうして帰ってしまったのか。今晩だったら、松居から逃げださなかっただろうか。我ながらばかばかしくなり、章子は顔を歪めた。わたしはただ、誰からも嫌われたくないと思っているだけなのだ、たぶん。嫌われず、そして近寄っても欲しくない。怪我をした子どものように、誰彼かまわず、慰めてもらいたがっているくせに、それであっさり泣き止んでしまうのももったいない気がして、ぐずぐず一人で、怪我をひけらかしながら泣きつづけている。

――わっ、びっくりした。

便所から玄関に出てきた石井が、暗がりのなかに章子の姿を見つけて、妙な声を出した。章子は笑いながら、答えた。

――おばけかと思った?

――いや、人の家に泥棒に入っているような気分だったから。

――わたしもトイレに行くから、ここで待ってて。

章子はサンダルを脱いで、玄関をあがった。

便所のなかに入り、戸を閉めてから、壁の隅に空けてある小窓を見あげた。隣りの男便所も一緒に照らすための小さな電球が、そこにはめこまれている。はじめのうちは曇りガラスで両側から蔽われていたのが、電球の交換の時にいちいち、それを取りはずすのが面倒になったのか、すぐにその曇りガラスはなくなってしまった。隣りから、義男が小便器の上に乗って、よくこちらを覗いた。こちらも背伸びして、手をできるだけ伸ばし、義男が小窓から差し出す手に触わる。それだけのことがおもしろくて、壁のこちら側と向こう側で、二人で笑い声を響かせあった。広太にそんなことも教えておいてやりたかった。そう思いながら、一人で微笑を浮かべた。広太は早速、同じことをやりたがっただろう。でも、今のわたしが相手では、小窓からわたしの姿が見えないように、わざと身を縮めなければならない。互いにその姿を見られないということが、あの遊びの肝心な点だったのだから。

広太、とつぶやいてみた。

広太。でも、あんたともいろんなことをして遊んだものね。おおかみごっこや、かくれんぼや。

広太。

大きな声で、以前のようになにげなく呼びかけてみたい。でも、あんたはどこにでもいるんだよね、ただ、わたしには見えないだけ。そう思う以外に、どう考えたらいいというのだろう。でも、あんたがいつでもそばにいると思うと、誰のそばにも近づけなくなる。あんたが消されてしまわないように。……

石井は玄関の内側にぼんやり佇んで、章子を辛棒強く待っていてくれた。

——あと一時間ぐらいしたら、ぼくも失礼しますよ。

外に出ると、石井が言いにくそうに言った。章子は黙って、頷き返した。

石井が先になり、暗がりのなかを物置に戻った。遠くの道を走る車の音が、時々、頭上の空から響き伝わってくる。

――おじさんが言ってましたよ。……

物置のなかに入り、棚の前に立った時、石井が唐突に口を開いた。

――達夫おじが?

章子は驚いて、聞き返した。

――ああ、そうか、あなたはおじをよく知っているんだったわね。だから、ここの仕事を引き受けてくれたんだっけ。いやあね、うっかり忘れていたわ。

石井は笑いながら、頷いた。

――アメリカでお世話になったんですよ。

――アメリカの大学に行ってたの?

――ええ。……それで、あの人はよっぽど、章子さんのことが気になっていたんでしょうね。アメリカに来るわけにはいかないのかな、どこにいたって、今のあの子だったら、同じことだと思うんだが、というようなことを、何度も言ってたし、頑固なうえにへそ曲がりだけど、わるい子じゃないんだから、せいぜい自分の代りに、話を聞いてやってくれって……。

――まあ、それで石井さんはこうして?

章子は石井から顔をそらせて、つぶやいた。

――いや、そんなことはないです。今まで、この場所の方に気を取られていたから。

石井は物置の天井を見あげながら、言った。

――……それより、あの人はこんなことも言ってたんですよ。あなたを見ていると、女とは、こういうものでもあったのか、という妙な思いが湧いてくるって。

石井の言葉がそこで切れてしまったので、章子は聞かないわけにはいかなくなった。

――よく、わからないわ。どういう意味、それ？

――ぼくもわからなくて、あの人に聞いたんですけどね、あの人はこう、答えてくれただけでした。女だからこそ、あなたは今、すっかり無防備になってしまっているって。

当惑を感じて、章子は溜息を洩らした。

――……わかったような、わからないような……、おじも曖昧なことを言うわね。石井さんは、おじの言ったことがわかったの。

――いや……、でも、今、なんとなく……。

石井は口ごもって、笑いでごまかしてしまった。

章子が先に棚に登り、毛布をもう一度、体に巻きつけた。石井は少し離れたところに腰をおろし、毛布を肩にかけた。さっきは三人で同じように、毛布でさなぎのように体を包み、互いにもたれあって、その体を並べていた。あんなに楽しく、くつろぐことができていたのに、と章子は改めて、落胆を感じた。どうして、ああいう時間はいつも長つづきしないことになっているのだろう。

ウイスキーを自分のコップに足しながら、章子は話しはじめた。

――女と言えばね、わたしは時々、この人こそ、わたしの好きな人だったと感じる人とうっとり一緒に過ごしている夢を、見るの。よく知っているはずの男の人なんだけど、誰だかは、わからないのよ。でも、いつも同じ人。こうして、この人と一緒になるために、わたしは今まで、生きてきたと、そんなことまで、夢のなかで思っているの。夢のなかでは、その人が誰なのか、なんてことはあんまり当たり前のことで、特に考えてないのね。だから、眼が醒めてから、記憶にも残っていない。無意味なことかもしれないけれど、あんなに自分が大事に感じている人って、誰なんだろうって、やっぱり気になっちゃうの。誰にでも、そんなことってあるのかしら。石井さんにもおぼえがある？

——……すぐには思い出せないけど、そういうことがあったような気もするなあ。

石井は章子の方を見ずに答えた。

——わかっているはずなのに、顔がどうしても浮かんでこないって、もどかしくて、いやなのよ。

天井に眼を向けながら、章子は言葉をつづけた。

——いろいろ、実際に思い浮かぶ人を当てはめて考えてみるんだけど、どの人もちがうみたいだった。それに、三十八のこの年まで生きてきたって、そんなにたくさんの人を知っているわけじゃないしね。特に、わたしが思いを寄せたことがあるような男の人って考えたら、現実には、ほんのすこししかいないわ。小学校の時の同級生とか、中学生の時、教生として学校に教えに来た学生とか、そんな人まで思い出してみたけど、みんな、ちがった。

——でも、自分ではおぼえていなくても、数えきれない人と、実際は今までに、出会ってきているわけだから。

石井は自分の手に持っているコップを見つめていた。もう、これ以上はウイスキーを飲むつもりはないらしい。車が通り抜けて行く湿った音が、壁越しに聞こえた。雨で、路面が濡れているような音。

——……そうねえ。自分で思い出せることなんて、ほんの一部分なのよね。

——すべてが蘇ったら、自分自身が押しつぶされてしまって、きっとその瞬間に死んでしまう。……

章子は頷き返した。

——だから、むりに思い出そうとしない方がいい。そんな気がするな。むりに忘れようとする必要もないし。その時その時に応じて、べつべつの小さな部分が光を受けて、浮かびあがってくるんだ。それを、悠然と楽しめる境地にまで、なれればいいんだけど、なかなか、そうもいかない。でも、ぼくが言っていた夢殿って、要するに……。

——ちょっと待って。

囁くようにして、章子は言った。

体を動かせなくなっていた。

光。光が少しずつ、一点に集中していく。もうすこし。

眼をつむる。幅の広い肩。大きな体。にきびのあとが目立つ荒れた肌。煙草の煙越しに、眼を細めて、こちらを見つめている。声が聞こえる。ほらね、口から出た煙の色は、直接、煙草から出る煙の色とちがうだろう。……まさか、とあとずさりしたい思いになる。まさか、この人だったはずではないんだけど。

眼を開けて、石井を見つめた。声が出ず、顔を歪めて、夢と自分の記憶との両方を考えあわせつづけた。

あの人だったとして、なぜ夢のなかで、わたしはあの人をあれほど慕いつづけてきたのだろう。そんな風には、少しも感じていなかったのに。

考えこんでしまった章子に、石井はなにも話しかけようとはしなかった。しかし、やがて、ゆっくり肩から毛布をはずしはじめた。その動きに気がついて、はじめて章子は石井に声をかけた。

――……ごめんなさい。ちょっと思い出したことがあって、なんだかぼうっとしちゃった。

石井は笑いながら、頷いた。そして、立ちあがった。

――いいんですよ、べつに。ほかの場所でなら、ぼくももっと、ずうずうしくしていられたんだろうけど。

意味もなく、章子は頷き返した。

――今度、また、もしよかったら、今思い出したことを聞かせてください。ぼくはこれから、時々、ここの現場を見に来ますから……。

石井は静かに、床におりて行った。

――帰っちゃうの……。

章子は独り言を言うようにつぶやいた。石井の声は返ってこなかった。物置の引き戸の開く音が聞こえ、閉まる音が聞こえた。

再び、壁にもたれかかって、章子は眼をつむった。わたしももう、部屋に戻った方がいい、と思った。このまま、もし眠ってしまったら、確実に風邪を引いてしまう。それに、寝過ごしてもしまう。玄関が開け放しで、わたしの姿も見えないとなったら、母親がどんな大騒ぎをするか、今から想像がつく。

しかし、体を動かす気になれなかった。あと、もう少し、このままでいさせて欲しい。今、思い出したばかりの男の顔を、もう一度、思い浮かべようとした。元気よく走りまわる広太の姿が視野をふさぎ、男の顔をはっきり見届けることができない。重ねて、石井の白い顔も浮かびあがっていた。松居も、視野の隅をなにげなく横切って行く。むりに、思い出そうとしてはいけない。章子は自分に言い聞かせた。思い出さない方がいいことだって、ある。ゆっくり、慎重に、待たなければいけない。光は少しずつ、移り動いていく。広太を抱きあげる叔父の姿。そして、義男を膝に抱くもう一人の男の姿。

章子は深呼吸をして、まず、息を整えようとした。

11

家の工事は、はじめの二週間、たのもしい進み具合を見せていた。

玄関脇の便所が、まっさきに、たった三日間で広々と明かるい洋式の便所に生まれ変わった。今まで、床に低い椅子のような台を置くことで、かろうじて人手を借りずに用を足してきた母親にとっては、これだけでも充分に満足できる大きな変化だった。男便所との仕切りは姿を消し、便器がひとつになり、床にはリノリウム、壁にはビニールの壁紙が貼られた。そして、真新しい便器の両側には、頑丈な手摺りも設けられた。

同時に進められていた風呂場の取りこわしも、たった一人の職人がこつこつと作業しているので、一体、どれだけの時間がかかるのだろう、と懸念していたのが、呆気なく、これも四日間で、骨組みだけを残した姿に変わってしまっていた。臨時の風呂場が必要だということで、居間のガラス戸に隣接して、プレハブの小さな風呂場が組み立てられた。

これから寒さが本格的になる時期だというのに、居間が陰になって、朝からストーブをつけなければならず、出費もかさんでしまうし、なによりも、これではうっとうしくてかなわない、と母親は工事の責任者である石井に文句を言いたてていたが、石井にも、より良い方法を考えつくことはできなかった。

そして、そんなことよりも、これははじめから、なかば懸念されていた事態ではあったが、風呂場と洗面所の基礎の部分が白アリと腐食のために使いものにならなくなっていて、注意深くわざわざ取り残した柱も屋根も、結局、すべてこわして、その部分だけ新築せざるを得なくなった。

――今まで、なんの不都合もなく、使ってきたのに。

母親は石井の説明を聞いてから、自分自身の体の欠陥を露骨に指摘されたような、当惑した顔を見せて、つぶやき返した。

――とっくに崩れていてもおかしくない状態になっていたのに、ぼくたちにもよくわからないバランスが全体に取れていたんでしょうね。でも、とにかく、もうあきらめるしかないですよ。

石井は愛想よく、しかしこともなげに母親に言った。章子も言葉を添えた。

――たぶん、こういうことになるんじゃないかって、おじさんも言ってたじゃないの。

――でもねえ……、今更、ここだけ新しく建て直したって、むだなことにならないともかぎらないし。

母親はかさむ一方の費用に気を奪われてか、容易なことでは納得しそうになかった。

――こわすしかないのよ、ここまで手をつけてしまったんだから。ちょうど、いい機会よ、今まで広すぎて、寒くてしかたがなかったんだもの。今度は思いきって、小さくしましょうよ。

章子の言葉に、石井が頷き返していた。

――どうせ、わたしはもう長くは生きられないんですよ。そのあと、あんたがここを一人で守りつづけてくれるのならいいけれど、たぶん、そうもいかないでしょう。あんたみたいな心細い身で、こんな家を維持するのは、不可能な話だからねえ。今のままじゃ、わたしが死んだら、それっきりに決まっている。だから、今のうちに、せめてあんたが下宿代を稼げるようにしておきたかったのに、そういう大事なことはだれも本気で考えようとしない。

——そんなこと、ここで言いはじめたって……。

石井に聞かれるのがいやで、章子は苛立った声をあげた。母親はこれ以上、つらいことはないというような顔を章子に向けて溜息をつき、それから黙りこんでしまった。

母親の了解が得られなければ、話を先に進めるわけにもいかず、一週間先に結論を出すのは延ばすことになった。その間に、章子は姉とも相談しながら、石井に出す要求をまとめておかなければならなかった。

一方、台所の工事がはじめられていた。工事と言っても、便所同様の簡単な改修だけで、まず流し台やガス台を新しいものと取り替え、湯沸し器や蛇口も最新式のものに替えて、ガス台のまわりにはタイルを貼り、その他の壁にはビニールの壁紙を貼った。それだけのことで、台所は見ちがえるほど明かるくなった。流し台だけは、母親が坐ったままでも使えるように、高さが調節でき、奥行きも浅い特別な製品を入れた。これは、達夫叔父が石井に伝えておいた厳命だったらしい。

こんな贅沢なものを、とここでも母親は不機嫌な顔を見せたが、渋々、試しに使ってみると、今までとはちがって、かなり長い時間でも自分の手で調理しつづけることができると納得したのか、それからは、流し台についての文句は一言も言わなくなった。

そして、石井と再び、風呂場の件で話しあわなければならない日が来た。と言っても、その日までに、長い電話で姉の規子が母親を説得してくれていたので、石井との話しあいはいわば、母親のための儀式のようなものだった。

棟梁の野崎も加わり、母親と章子、石井の四人が居間に集った。章子が全員に、お茶を配り終わったところで、石井が、それでお気持は決まられましたか、と口を切り、母親が重々しく頷き返して、他の三人も釣られて頷いた。それで儀式めいた部分は終わってしまったようなものだった。

それから章子が母親の意見として、いっそのこと、洋式の、風呂場も洗面所も一緒になっている、ごく小さなものにして欲しい、ということを告げた。もちろん、これは章子自身の希望で、姉の賛成をまず得てから、姉を通じて、母親にもその気持になってもらっていた。

石井と野崎、そして章子の三人で、庭からまわって風呂場を見に行った。そこでは主に、石井と野崎の二人が具体的な工事の方法を話しあうのを、章子はぼんやり眺めていることしかできなかった。

再び、三人で居間に戻り、できるだけ近いうちに見積り書を持ってくるので、それから細かい点は決めていくことにしたい、ということで、野崎は先に帰って行った。残った石井には、改修のほぼ終わった台所を見てもらい、棚を新たに付けて欲しい場所を示したり、新しい流し台に母親が満足してくれているので、自分としても感謝している、というようなことを伝えてから、ふと言い忘れていたことを思い出し、もう一度、石井に風呂場に外からまわってもらった。

——どうでもいいようなことなんですけど、この洗面所の部分で全部納まってしまうとして、今風呂場になっている部分は、洗濯する場所にしてもらったらどうか、と思っているんです。今までのように、洗面所にはもう洗濯機を置けなくなるでしょうから。

石井は笑いながら答えた。

――でも、それじゃ冬は寒いでしょう。洗濯機ひとつくらいはきっと置けますよ。

章子は骨組みしか残されていない風呂場から物置の前の物干し台に眼を移した。その日は、洗濯をしていなかったので、洗濯ものはぶら下がっていなかった。

――そう……、でも、洗濯ものをここで干せるようになったら、それだけでもずいぶん楽になるわ。ほんの少しのことだけど、台所からわざわざあそこまで干しに出るのが、面倒に思えてしようがないの。アパート暮らしに体が慣れてしまっているからなんでしょうけど。……そう言えば、だれかに言われたことがあったわ。わたしの部屋はいつ見ても、洗濯ものだらけだって。……

言葉を切って、石井を振り向いたが、石井も物干し台を見やっていたので、安心して章子は話をつづけた。

――夜に洗濯して、部屋のなかに干しておく習慣ができていたんです。朝は、そんな余裕がなかったから。子どもがまだ、おむつをしていた頃は、ふたつの窓にびっしりおむつが並んでいた。朝、空模様を見て、外に出していたのよ。だから、楽と言えば楽だったということになるわね。自分では、いかにも貧乏臭い眺めで、いやだなと思ってはいたんだけど。

物干し台から、家の壁に沿って立つもうひとつの台を見つめた。そんなものが残っていたことさえ、忘れていた小さな台だった。章子は石井に微笑を向けて、言った。

――あれ、なんだか、わかります？

石井は少し考えてから答えた。

――あれに、ふとんとか絨毯を干していたんじゃないですか。

――よく、わかったわねえ。

石井は小さく声をあげて笑った。

――あれを使わなくなって、もう二十年以上経つと思うけど、わたしや兄には、ちょうどいい遊び道具になっていたわ。形が鉄棒に似ているでしょう。あの棒にぶら下がったり、上にまたがったり。……ブランコも作ってもらったことがあるような気がする。

話しながらはじめて思い出したことに自分で驚いて、章子は黙りこんでしまった。現実のことだろうか。人の家で見たものや、写真やテレビで見たものと混同しているのではないだろうか。でも、白い麻縄の感触まで思い出せるのは、どうしてだろう。苦心して、作ったのだった。自分たちにもできないはずはない、と信じて。けれども、結局、頭に思い描いていたようなブランコを実現させることはできなかった。なにが、いけなかったのだったろう。高さが足りず、板を吊った麻縄も思い通りには揺れてくれなかった。うまくいくはずだったのに、とわたしは仏頂面でブランコらしくないブランコに未練がましくしがみついていた。やっぱり、むりだったんだな、と自分の失敗を大きな声で笑いとばしていた男。

――……あんなところに、ブランコをねえ。

石井の声に気がついて、章子は傍に立つ石井に顔を向けた。

この人に話すことはない、と思った。なぜ、話さなければならないのだろう。必ず話すという約束をしたわけではないのだ。いつか、聞かせて欲しい、とこの人は言った。それだけのことだった。だから、無視しつづけていてもかまわない。話す必要はないし、話してはいけないことかもしれないのだ。

章子は背後の物置に体の向きを変えてから、口を開いた。

――……この間、ある人を思い出したって言ったでしょう。おぼえてます？　ブランコを作ってくれたのも、その人だったような気がするの。でも、なんだか、はっきりしない。いつでも、その人がわたしたちのそばにいたようにも思えるし、そんなのは、ただの錯覚だったというか、わたしの思いこみにすぎなかったような気持にもなる。……

――……でも、子どもの頃実際に、そういう人がいたことは確かなんでしょう？

石井も物置小屋を見つめていた。

他の人よりも話を聞いてくれそうだと思っただけで、なぜこんなことまで話してしまうのだろう。章子は下唇を嚙みしめた。自分の体が揺れているような気がした。聞いてもらいたい。石井でもだれでもいいから聞いてもらいたい。そして、わたしが今までこれまでの時間を失なわずに生きつづけているということを、注意深い相鎚のひとつひとつで、わたしに感じさせて欲しい。広太さえ生きていてくれたら、こんなにたよりなく、よく知りもしない人にすがりつくようなことはなくてすんでいたはずなのに。

章子は石井の顔を横目で見ながら頷いた。章子と同じ年齢なのに、肉づきの良い石井の顔はまだ青年の顔のままだった。

――近所に住んでいた人よ。始終、この家に遊びに来ていたわ。今、どうしているかはなにも知らない。死んじゃったのかもしれないし、生きているとしても、もうおじいさんになっているわ。……

——……そうだなあ……きょうは、次にまわるまで、まだ少し時間があるから、コーヒーをどこか近くの店で飲みませんか。

石井がほほ笑みながら、言った。思わず、頷き返してから、章子は肌寒さを感じずにいられなかった。なにかがはじまろうとしているのだろうか。もし、そうなのだとしたら、早く、石井に背を向けて、逃げださなければならない。今更、なにも起こって欲しくはないのだ。

章子と石井は居間に戻り、もう少し、必要な打ち合わせがあるから、と母親に言い置いて、家を出た。

——石井さんは、車を使わないんですか。

なにも言わずに歩きつづけるのも気詰りで、章子の方から口を開いた。

——まったく乗らないわけじゃないんですが、だいたいはタクシーですね。その方が気が楽ですから。

両手をコートのポケットに突っ込んだまま、章子は頷いた。適当な言葉をつづけることができなかった。

駅前まで出ると、行き交う人の多さに、少し気が楽になった。

——……前は、こんなに賑やかではなかったんですけど、地下鉄がここを通るようになってから、急に変わってしまって、今は銀行の支店も四、五軒できましたし、スーパー・マーケットも二軒できているんですよ。でも、垢抜けないのは、昔とそれほど変わってはいませんけど。……

石井なら仕事柄、とっくに知っているかもしれないようなことを言いながら、いつも、松居と会う時に使っている喫茶店に、ほとんどなにも考えずに入って行った。

午後の三時前という時刻だったので、若い人の姿は少なく、近所の中年の女たちが三々五々、のんびりとおしゃべりを楽しんでいた。

店の奥の方の、まわりに人がいない席を選んで、石井と向かいあって坐りこんだ。

——それで、さっきの話ですけど……。

石井は早速、章子がいちばん怖れていた話題を、少しのためらいも見せずに切り出した。他にいくらでも、気楽に話しあえる話題がありそうなものなのに、と恨めしく思いながら、石井が余分な言葉を言わずにおいてくれることに、安堵も感じていた。それにしても、石井はこのわたしとどこまで関わろうとしているのだろう。この男のことを、わたしはまだ、ほとんどなにも知らない。

——……消息を知ろうとすれば、なんとかわからないでもないんでしょう?

——ええ、たぶんね。

章子は小声で答えた。

——だったら、消息をさっさと確かめて、もし、まだ死なずにいてくれたら、その人に会ってみたら、どうなんですか。

——どうして、会わなくちゃいけないの。

驚いて、石井の眼をまともに見つめ返した。石井も眼をそらさずに、答えた。茶色の瞳に、章子の小さな影が映っていた。自分の瞳にも、同じように石井の姿が映っているのだろうか、と石井の声を聞きながら、ぼんやり思っていた。

――よほど、気になっているらしいからですよ。会って、急にこだわりがなくなるものではないと思うけど、なにも変わらないということもないと思う。子どもの頃、よく知っていて、ある時から急に、会うことがなくなって、それきりになってしまっているんでしょう。そのこと自体が、気になっているのかもしれないし。子どもさんのことがあったから、それでよけいに……。

――……正確に、いつとは言えないけど、わたしの兄が死んでから、いつの間にかその人もいなくなっていた。

――……会ってみた方がいいと思うな、ぼくは。なにかのきっかけで、不自然に消えてしまったという思いがあるから、たぶん、気になっているだけなんですよ。一体、どんなことがあったんだろうって、どうしてもそういう思いになって、夢にも特別な人物として出てきてしまうということなんじゃないかなあ。まあ、どういう人物なのか、ぼくはなんにも知らないんだから、無責任なことは言っちゃいけないんだろうけど。

石井はビニールの袋から白い手拭きを取りだし、それで丁寧に両手を拭いはじめた。

――でも……、会いたくないわ。どうして、今頃、会わなくちゃいけないの。

章子はほとんど聞きとれないような声でつぶやいた。

――今だから、会っておいた方が、章子さんにとっていいような気がするんですけどね。……もっとも、その人に会えるのか会えないのか、それも今のところ、まだわかってはいないわけだから、まず、それを確かめないと。もう、生きてはいないのなら、それがわかるだけでも、自然に、こだわり方が変わるだろうし。近所に住んでいた人なんでしょう？　その人の家が、そこにあったということですか。

――お母さんと弟さんと三人で暮らしていたわ。お母さんが雑誌だけの小さなお店を開いていた。でも……、石井さんは本当に……。

章子のためらいを無視して、石井は仕事の話でもしているように、真面目な顔で言葉をつづけた。

――自分の家で、店を開いていたんですね。

――ええ、だけど……。

――だったら、消息は簡単にわかりますよ。そこには、もういないとしても、記録で探れるはずですから。

――だって、もう二十年以上も昔のことだから……。

――その程度の年数だったら、問題はないんです。戦争の前となると、むずかしい場合がありますけれどね。ここから近いんですか、そこは？

――歩いて、十五分か二十分くらいかしら。でも、石井さん、わたしはまだ……。

――そうか、じゃ、これから、ちょっと行ってみましょうか。タクシーに乗れば、すぐだし、さきに延ばしたって、意味はない。

言いながら、石井が早くも、テーブルの上の伝票を手に取ったので、章子はあわてて、妙な声を張りあげなければならなかった。

――待ってよ。

石井は章子の顔を見つめてから笑いだし、自分の前髪を掻きあげた。

――そんなに、こわいの？

章子は口から息を洩らしながら、頷いた。

――とりあえず、その家がどうなっているか、見に行くだけですよ。章子さんがいやなら、ぼくだけで行ったっていいんだ。

――……わかっているんですよ、それなら。すぐ近くですもの、わざわざ見に行かなくても、たまにバスでその前を通ることがあるんですもの。ずいぶん前に、電気屋にかわっているわ。

一息で言い、章子は石井の丸い顔を睨みつけた。石井は頓着せずに、穏やかに頷き返した。

――ああ、そうか。で、そこを経営しているのはだれか、見当もついているんですか。

――そんなことまでは、わからない。いつも、店先のようすをちらっと見るだけだから。

――だったら、やっぱり、一度そこに行って、聞いてみなくちゃね。

――あの……、石井さんはこわくないの。こんなふうに、他人の個人的な、わけのわからないことにつきあうなんて、本当なら、とんでもないことなんだって思わないんでしょうか。

テーブルの上の両手がいつの間にか、固いこぶしに変わっていた。

――他人だから、すこしもこわくはないですよ。でも、もちろん、正直言って、好奇心はあるけど。その好奇心がどう充たされるのか、それは成行き次第で……、まあ。ぼくは基本的にこういうことはきらいじゃないんです。だから、そんなに重苦しく考えないほうがいいですよ。たいして手間を取ることでもないし、章子さんのおじさんに頼まれていることでもあるんだから。

章子にはなにも言い返すことができなくなってしまった。うつむいて、ただ大きな溜息をついた。そう、確かに、なんでもないことなのかもしれないのだ。なにもかも、思い過ごしなのかもしれない。人にはさっぱり通じない、愚かしい思いのなかにわたしがしがみついているのだとして、それが悪いことなのかどうかもわからない。

――どうですか。とにかく、手はじめにその電気屋に行ってみませんか。気が進まないなら、場所だけ教えてくれれば、章子さんは車のなかに残っていてもいいんですよ。あの〝夢殿〟で、章子さんが思い出した時に、たまたま、ぼくが居合わせたことにも、なにかの意味があったということにしておきましょうよ。それで、その人の名前は?

章子は石井の顔を見つめてから、微かに頷いて答えた。

――ひろし……新島宏……です。

喫茶店を出て、真直ぐ、駅のタクシー乗り場に向かった。並んでいる人もいなかったので、すぐにタクシーに乗りこむことができた。

代々木、という地名を石井が運転手に言ったので、驚いて、章子は、代々木って、と囁きかけた。

――このまま、ぼくは事務所に帰りますから。それで、代々木に行く前に、ちょっと寄ってもらいたいところがあるんですが……。

石井は言いかけてから、章子を見やった。章子は急いで、隣り町の大きな交差点の名前を運転手に告げた。あの家がどこにあるのか、一度だって記憶が怪しくなったことはなかった。電気屋に変わってしまったのに気がついた時、十年前だか、十五年前だか、それぐらい前のことになるけれども、どんなに店のなかに行って、だれがそこにいるのか、確かめたかったことか。でもそんなことも、広太が産まれた頃から、きれいに忘れ果てていた。

息が苦しくて、口を閉めていることもできなくなっていた。

石井も章子も一言も口をきかないうちに、タクシーは目的の場所に着いた。章子の住む町から長い坂をおり、以前は都電が走っていた表通りを右に少し行ったところだった。以前と比べて、高層のビルが増えてはいるが、そのビルの隣りに、掘立て小屋のような小さな居酒屋が残っていたり、戦前からの建物にちがいない古びた床屋がまだ、つぶれないでいたりする。表通りに面して、いつ見ても、線香と花が手向けられている地蔵尊の祠があるのも、今の時代、珍しい眺めになっているのかもしれない。この坂の下の町に来ると、章子はいつも、自分の町では味わえない陽気な興奮を感じていた。三十年前には、交差点に映画館もあり、坂上の今の駅前よりもよほど活気のある道筋だった。

章子はタクシーから降りずに、石井を待っていることにした。もし、自分の知っている人がそこにいたら、と思うと、それだけで全身が重く、こわばってしまった。

電気屋の看板を、まず確かめた。新島、というその男の姓を見つけることはできなかった。けれども、他の姓が看板に記されていたわけでもない。その店の名前には、地名が使われていた。

狭い間口の店先には、電気ストーブや暖房機、電気毛布などがこまごまと置いてあり、店の奥には、冷蔵庫、洗濯機といった大きな品物が狭苦しく並べられている。さほど景気がいい店のようにも見えないが、近所の人たちからは調法に利用されているのかもしれない。

左隣りは、和菓子屋だった。そこの和菓子を、章子は食べたことがない。

右隣りは、少し間口の広い、内科の病院。以前は、眼科の病院だった。眼の極端にわるかった義男は、そこで分厚い近眼の眼鏡を作ってもらい、ものもらいになりやすかった章子もそこに始終、通っていた。

眼科の先生は白い顎髭《あごひげ》を生やした、大きな体の老人だった。義男と章子はその先生に怯えながらの治療を終えると、家には真直ぐ帰らずに、例外なく、隣りの雑誌屋に駆けこんだ。宏がいなくても、店の奥の茶の間にあがって、店の漫画や婦人雑誌を見せてもらいながら、お菓子を宏の母親から受け取り、なんの遠慮もなく、それを腹に納めてしまっていた。せんべい、塩豆、落花生、たまに、とうもろこし、ふかし芋のこともあった。義男も章子も、どちらかと言うと、甘いものは苦手だった。そのことを、宏の母親は忘れずにいてくれたのだ。小柄で、長男の宏には厳しい母親だった。あの頃、何歳になっていたのだろう。宏は二十五、六歳だったような気がする。とすると、今でも宏はまだ、六十代にも達していないということになる。

そんなに若いはずはない、と章子はあわてて、年齢の計算をし直そうとした。その時、石井が店から姿を現わした。途端に、章子はなにも考えられなくなった。店から五メートルと離れていない位置に停まっていたタクシーに、石井はあっという間に戻ってきた。ドアが開き、石井は体を車内に入れる。章子は息を詰めて、石井の口もとを見つめた。タクシーが走りだす前に、章子に柔かな笑顔を向けて、石井は手短かに言った。

――弟さんの店でしたよ。お母さんはもう亡くなったそうです。宏さんの住所と電話番号を聞いてきました。こんな簡単にわかるなんてね。

章子は黙って頷いてから、囁くようにして聞いた。

——どういうふうに聞いたの。

——ぼくがずっと前にこの辺りに住んでいて、宏さんとも遊んだことがあるので、できたら会ってみたい、といい加減なことを言ってしまった。

石井は眼を細めて笑った。章子も笑おうとした。しかし、口を開けると、喉の奥が苦しくなり、笑うことができなくなってしまった。

タクシーは章子の気がつかないうちに、坂下の道を走りだしていた。

12

四日後のよる、七時。

石井が、そうつたえてきた。

よほど、おどろいたんでしょうね、しばらく、だまりこんでしまっていましたよ。そして、ほんとうなんでしょうか、章子ちゃんがぼくにあいたがっているというのは、と二度もきいていました。ぼくがよからぬことをたくらんで、ねもはもないことをえさに、あのひとをだまそうとしているのではないか、とうたがっているかのように。石井がそういうので、わたしがあのひとにあいたがっているというのは、かならずしも、ほんとうのこととはいえないわ、あったほうがいいのかどうか、まだ、わたしはまよっているのよ、といいかえさずにいられなかった。石井はわらって、受話器をとおしてはなしつづけた。それで、ぼくがどうして章子さんをしっているのか、そして章子さんの近況も、正直につたえました。しっておいてもらったほうが、あのひととあったときに、あなたもいろいろはなしやすいでしょうから。お子さんのことをしられたくなかったというあなたのきもちはわからないではないけれども、しらせないままでおくなんて、不可能なことです。おなじことなら、じぶんのくちからいわずにすむほうが、あなたにとってよほど気がらくでしょう。あのひとは、なにもいいませんでしたよ。だまっていました。もちろん、こちらも最低限のことしかいわなかったわけですが。それでも、ようやくあのひとは信用してくれたらしくて、ずっとあいたいとはおもっていたんです、でも、なかなかその勇気がでなくて、とよくききとれない、ちいさな声で、ぼくにはなしてくれました。このごろは、もうこのまま、あのひととあえずに死ぬことになるんだとおもうようにもなっていたんです、そのほうが、きっといいんだろう、むりにあったとしても、章子ちゃんをがっかりさせるだけのことだろうし、とおもっていました、でも、いま、こうして電話をいただいて、じぶんのかんがえていたことが、きゅうにはずかしくおもえてきました。こんなことをいってましたよ。それこそ、とてもはずかしそうに。章子さんとあう日と場所をそれから、きめたんですが、どうしても、ということなら、ぼくがついていってあげてもいいですけど、ひとりでいったほうがいいでしょう。あとは、もう、ぼくはなにもしらないということにしておきます。ぼくのほうからは、なにもききません。

四日。たった四日しかなかった。もっと、よゆうがほしかったのに。こんなによゆうがないままま、あのひとにあいたくない。ひろしさん。どんなふうに、あのひとはかわってしまっているのだろう。あるいは、かわっていないのだろう。むねの動悸が受話器をおろしたそのときから、おさまらなくなってしまっていた。三十年。そのあいだに、わたしはちいさな子どもから、三十八さいのおんなになってしまった。そのあいだに、どんなことがあったのか。さまざまなことがあったはずなのに、なにも、いまのわたしにのこされてはいない。ひろしさんにあいたくない。なぜ、あわなければならないのだろう。約束がきめられても、まだその理由をみつけられずにいた。あのひととあって、ほんとうはこんなにしらないひとだったと気づかされたら、どうやって、にげだしたらいいというのだろう。わたしは、まだほんの子どもだった。ことばもまだ、まともには身につけていない子どもだった。あのひとが、そんなにとおくない場所で生きつづけているとしらされて、はじめて、はっきりと気がついたことがあった。あのひとは、わたしにとって、とっくに死んでいるべきひとだったのだ。そのように、きめつけてしまっていた。しらないうちに、死んでいてくれることが、こちらにとっては必要なことだったような気がする。子どもだったわたしは、成長しつづけなければならなかったのだ。あのひとがたしかに、このおなじ時間を生きつづけていたとしらされたとき、墓石がうごきだすのを見せつけられたようなきみのわるさを、わたしはあじわっていた。なつかしさ、そんなもののかけらも生まれはしなかった。なにかをなつかしいとおもうきもちがどんなものだったか、わたしはわすれてしまっていた。うしろをふりかえるのは、おそろしい。まえをみるのも、おそろしい。だから、じぶんのたっている地面をただ、みつめていることしかできない。あのひとも、でも、わたしとそっくりおなじおもいを、石井の電話をうけとってからの四日間、あじわいつづけていたのだろうか。

うわのそらですごしているうちに、一日、たってしまった。

二日目も、うかうかしていると、おなじようにすぎていってしまいそうだった。なにか、しなければいけない。広太ともういちど、あうために、なにかかならず、わたしにも可能な手段がのこされているはずだ、とことばがふみこめない部分でわたしはしんじつづけてきた。よなかのねむりのなかで、ものをたべているときに、道をあるいているときに、その手段をついにみつけた、となんどくりかえし、うれしさに息をつまらせてきたことか。けれども、わたしはまだ、実際にはなにひとつ、みつけだしてはいなかった。なんといっても、あの子は死んでしまったのだから、そうかんたんにはみつけられそうにない。ひろしさんのことをもう一度、わすれたい、とおもうと、広太のことをかんがえないわけにはいかなかった。生き返ろうとしているひろしさんを死の世界に押し戻してやりたかった。広太を生きかえらせるのとは、まったくぎゃくの道をさがしだせばよい。生きかえってほしかったのは、あのおとこではないのだ。

松居を、おもいついた。ためらいもかんじずに、さっそく電話をかけた。松居の妻の声。テレビの音もきこえた。松居はすぐに、電話口にでてきた。松居がるすではなかったことに、じぶんにとっての松居の意味が証明されたような安心感を、ひとりかってにおぼえていた。どんなことばを、わたしはつかうべきだったのだろう。そんなことまでは、かんがえていなかった。今晩か、あしたのよる、わたしとつきあってくれませんか。あさってでは、もうだめなんです。どうしても今晩か、あしたのよるじゃないと。松居はききなれた、きらくな口調で、それじゃ、あしたのよる、とこたえてくれた。ちょうど、ひきうけてもらいたいこともあったんだ。六時ごろに、事務所にきてくれるとありがたいんだけど。

それから、ながい一日を、わたしはものかげに身をひそめるようにして、すごさなければならなかった。でも、松居のおかげで、もうこころぼそさはなくなっていた。松居がいなかったら、とかんがえては、いままで松居をうしなわずに生きてくることができたじぶんの好運に、感謝せずにはいられなかった。松居が、今度もまた、わたしをまもってくれる。そう、おもいこんでいた。

まちのぞんでいた時間になり、松居の事務所のドアをあけた。松居ともうひとりのおとこがいでた。一時間ほど、いつもとおなじように仕事のうちあわせをして、それからふたりでそとにでた。四日まえ、それとも五日まえだったろうか、そこにやはり仕事でいったばかりだった。でも、そのときは松居がいそがしかったので、ほとんど、はなしらしいはなしはしなかった。わたしとくらべれば、松居はいつでも、十倍の仕事をかかえている。わたしとくらべれば、どんな人だって仕事におわれている。石井にしても、楠田にしても。おかねが必要だから。おかねのためだけではなく、仕事そのものを充実させるためにも。わたしもいままで、そのようなおもいのなかで仕事をつづけていた。広太ともっとひろいへやにすみたかったから。広太と旅行をたのしんだり、できたら広太のために、どこか山のなかに小屋をたてたいとさえ、ねがっていたから。けれども、いまのわたしにとって、仕事はひまつぶし、あるいは気ばらし、という意味しかもたなくなっている。松居とあう機会まではうしないたくなくて、松居がまわしてくれる仕事をどうにかこなしているだけ。でも、松居とそのように、つきあってきたことは、けっきょく、とてもだいじなことだったのだ、とその点についてだけ、じぶんをみなおしたいきもちになっていた。

夕飯をどうしようか、と松居がいうので、レストランではなくて、座敷にすわって、おさけをのめるところがいい、とわたしはいった。

事務所のちかくの、ちいさないなか料理の店にはいった。松居とおさけをのむのは、じつはとてもめずらしいことだった。すこしまえに、あの夢殿でのんだのはべつにして、ふたりだけで、よるおそくまで、おさけをのんだことがあったのだろうか。食事はときどき、ともにしているが、そしてビールぐらいはもちろん、のむのだが、酔うほどの量はのまずに、むしろ食後にコーヒーをのんだりして、九時ごろにはわかれてしまう。いぜんはいつも広太のために、わたしの時間はしばられていたから、その意識をいまでも、たがいにかえられずにいるのかもしれない。さしみと、さといもの田楽と、鳥のからあげと、まだ、ほかにもあったけれども、そんなものをたのんで、まっさきにはこばれてきたおさけをのみはじめた。どんなことばをつかって、松居にはなしはじめればよいのか、まだ、かんがえられずにいた。松居はつかれたかおをしていた。でも、それはいつものことだった。仕事のはなしを松居はつづけた。それから、事務所の併合のはなしがもちあがっていることをせつめいしてくれた。けっして、わるいはなしではないとおもうのだが、めんどうなことがおおくなり、それをかんがえると、気がおもくなるということ。でも、いっぽうでは、なんらかの変化が生活にほしくなっていたところでもあるので、基本的には、そのていどの変化なら、いやがる理由もないとおもっているということ。もし、そうなったら、ちゃんとしたメンバーとして、こんどは章子にくわわってもらえるようになるかもしれないということ。

　でも、みんなのあしをひっぱることになるかもしれないし、いまのままのほうが、わたしにはきらくだわ。

　松居はおこったようなかおを見せて、わたしを説得しようとしはじめた。松居のいいたいことは、すでにわかっていた。いままでにも、おりにふれてきかされている。これからのことを、わたしはかんがえなければいけない。子どもをうしなったことはもちろん、なによりもたいへんなことだろうが、事実として、わたしは生きつづけなければならない。生きつづけるためには、わたしのばあい、生活をささえてくれる夫という人物がいないのだから、じぶんで仕事をしなければならない。おかねをじぶんの手にもっているということは、じぶんの身がそれでまもれるということなのだ。ちゅうとはんぱな生きかたをしてはいけない。のこりの人生を余生とかんがえるには、わたしはわかすぎる。より、たしかな生きかたをいよいよ、これからこそ、はじめてみせるとおもわなければいけない。

松居のはなしを一時間ちかく、きいてから、わたしはその日はじめて、じぶんのいいたかったことをことばにすることができた。

もちろん、松居さんのいうことはよくわかるわ。こんなかたちで、いつまでも松居さんにあまえつづけているわけにはいかないでしょうし、わたしの母にもいまのまま、あまえてはいられないし。でも、そのまえに、もっとわたしにとっては、だいじなことがあるの。それをぬかして、仕事のことばかりいわれても、なんだかつらくなってきちゃう。

どういうこと、それは。松居はわたしのかおを、ごくしんけんにみつめた。

ちゃんと生きなおさなければとおもううちに、じぶんがおんなだということ、おんなとしていままで生きてきたこととまともにむきあうことにもなってしまったというかんじなの。つまりね……、たとえば……。

息がくるしくなって、わたしはことばをきった。それからおもいきって、いわなければならないことをいった。おさけのためではなく、眼がまわりはじめていた。

たとえば……、このあいだのこと、松居さんはどうおもっているの。わたしはいまからでも、もしあなたにそのきもちがのこっているんだったら、たしかめておきたいとおもうんです。もう、あのときみたいにこわがりはしない。きょうはそのつもりできたの。わたしはたしかにおんななんだろうけど、わからなくなっているんです、ほんとうにそうなのかどうか。そうしんじて、生きつづけてもいいのかどうか……。

松居はかおをそむけて、きいていた。わたしはむりに笑顔をつくってみた。

さきのことなんか、どうだっていいとおもっているのは、すぐにはかえられそうにない。でも、それでじぶんがどういうところにおしながされていくのか、とんでもないところへながされていってしまいそうで、こわい。どうせ、ながされるんなら、じぶんで方角ぐらいはきめたい、とおもって。

このあいだのことは、あれはあれだけのことで、あなたにわるいことをしたのかなとおもわないでもなかったけど、まあ、たがいに気にするようなことじゃないと……。

松居は鼻をかき、あたまをかいて、わらいだした。

なんか、おかしいよ。どうしちゃったの、なにか、あったんじゃないの。びっくりさせないでくれよ、章子ちゃんらしくなくて、いやだな。

どうして、わたしらしくないの。

だって、たしかめてみたいだなんて、およそぞっとしないな。そのつもりになっていたおこまで、にげていっちゃうよ、そんなことをいっていると。

じゃあ、ほかにどういえばいいの。あなたとねたいといったほうがいいの。

いまにも、なきだしそうなふるえ声。じぶんがなさけなくて、松居に、すっかりはらをたててしまっていた。

もっと、かんしんしないよ。ことばのもんだいじゃないんだ。へんなはなしになっちゃったなあ。もう、やめようよ。そのほうがいい。

ちっとも、よくないわ。わたしには、いちばんだいじなことなんだっていったでしょう。おもいつきで、でまかせをいったわけじゃない。

おもいつきのように、きこえるけどね。もう、ここはでようか。これいじょう、のみたくない。

松居はさっさとたちあがってしまった。しかたなく、わたしもたちあがって、あとをおった。レジでわりかんにしよう、とわたしはいったが、けっきょく、松居がわたしのぶんまではらってくれた。

そとにでて、すぐに松居にいいたてはじめた。

どうして、ちゃんときいてくれようとしないの。松居さんはまじめなひとだってわかっているから、わたしもまじめにはなしているのに。

松居は駅にむかってあるきはじめた。その松居のひじをつかんで、たちどまらせた。駅のまえのあかるいひろばにでてしまったら、ひとのながれにおされて、あとは電車にのらなければならなくなってしまう。それも、べつべつの電車に。

ちゅうとはんぱな生きかたをしちゃいけない、しっかり生きなくちゃいけないって、わたしはいつも、あなたからいわれている。だから、わたしもそうおもうようになってしまったんだわ。ぼくをおいつめるようなことをいわないでくれよ。こまっちゃうよ、まったく。

駅とははんたいの方向にあるきだした。

わたしはあなたにずっと、たすけてきてもらっているわ。松居さんがいなかったら、わたしひとりで広太をそだてることだって、できなかったんじゃないかっておもう。どんなにありがたくおもっているか、いまさら、くちさきでいったたって、しょうがないような気もするからいえないままになっているけど、そうやってあなたにたすけてもらうことに、わたしもなれてしまったみたい。でも、どうしてそんなに、親切にしてくれつづけたの。

たいしたことはなにもしていないじゃないか。

わたしにとっては、おおきなことだったわ。

いま、きゅうにそんな気になっているだけだよ。

そんなことない。ねえ、あなたのこと、すきだったのかもしれないとおもうの。だから、おねがい……。

松居はまた、たちどまった。

どういうこと、それ。章子ちゃん、ほんとにどうしちゃったの。

どうもしないわ。ただ、このちかくにあるホテルのどこにでもいってくれれば、それでいいのよ。たった、それだけのことだわ。なんにも、むずかしいことなんか、ない。

松居にみつめられて、わたしもみつめかえしたら、とたんにかおがゆがんで、眼がなみだでかすんでしまった。あわてて、眼をこすって、松居からかおをそらした。

もう、いいよ、章子ちゃん。じぶんでも、じぶんのいっていることがばからしくきこえているんだろう。章子ちゃんはぼくのことなんか、みちゃいないってかんじだよ。

みているわよ、ちゃんと。眼も耳も口も、みんな、おかしくなんか、なっていないわ。松居さんしか、ここにはいないじゃないの。

そういう意味じゃなくて。

そんなこと、わかっている。わたしには、松居さんほど、だいじなひとはいないっていうこと。

ちがうよ、それは。

どうしても、だめなの？　どうして。

ホテルにいくのは、そりゃ、かんたんなことだけど、じっさいには、そうかんたんなことじゃない。さっき、ぼくをすきになりたいって章子ちゃん、いってくれたけれど、ひとをすきになるというのと、ぜんぜん、ちがうよ、それは。ちがうから、いままでずっと、つきあってこれたんだ。そう、おもわない？　だから、いまになって、はずみでうっかり、おかしなことにしたくないんだよ。

おかしなことにしないようにするから。

あたまがいたくなり、なみだがながれていた。広太がみていなければいいんだけれど、ともおもった。

いくらいったって、だめなものはだめだよ。章子ちゃんはひとりでいる時間がながすぎて、いけないのかもしれない。

だから、あなたと。

鼻みずがたれたかおで、わたしはじぶんのおろかさをうわぬりしつづける。

ぼくじゃ、だめなんだよ。べつのだれかが、きっといるさ。

いないわ、そんなの。だれもいない。

いえまでおくっていこうか。

わたしには、いやだとも、いいともこたえられなかった。駅まえまでいき、タクシーにのった。ふたりともだまりこんでいた。いえのまえに、タクシーがとまった。わたしはタクシーからおりて、松居ののっているタクシーがはしりさるのをみおくってから、門の木戸をあけた。

松居にもとめていたもの、それがなんだったのか、じぶんでおもいだせなくなっていた。むえきな時間がむえきなまま、こうしてすぎていく。だれも、わたしのかたわらにはいない。広太さえも。広太はわたしにとって、ことばだったのだ。広太がいなくては、わたしはまともにひととはなしをするどころか、じぶんのことをかんがえることすら、できなくなってしまう。だから、広太はわたしのそばにいなければならないというのに。ことばもなくて、どのようにして生きつづければいいというのだろう。とくべつ生きつづけていたいとおもっているわけではないのに。

あした。あとたった二時間で、あしたになってしまう。ぐずぐずと生きつづけて、あのひろしさんとまで、あわなければならないことになってしまった。

義男ちゃんも、広太もすばやく死んでしまって、どうしてわたしだけが、これほどまでにむいみに生きつづけているのか、そのこたえをみつけることができない。死ぬことは、すこしもこわいことではない。こわいのは、じぶんが死ぬ日まで、この、おおきなさかなの胴体のような時間のなかで、生きつづけなければならないということ。それがこわくて、わたしはすくいようもなく、おろかにならずにはいられない。そして、ますます生きつづけることがおそろしくなる。

13

午後になり、雨が降りだした。夕方になって、風も強くなった。夜になったら、雪に変わり、吹雪にでもなってしまいそうな天候だった。章子は六時ちょうどに家を出た。今晩は最悪の天候になってしまった、と思いながら、雨も風もほとんど苦には感じていなかった。

表通りまで歩いて、タクシーを呼び止めた。タクシーで行くことに、家を出る前にすでに決めていた。待ちあわせの場所は、地下鉄の駅前の喫茶店だった。電車を乗り継いで行っても、二十分とはかからない。けれども、電車を乗り換えるためにのぼりおりしなければならない階段の数やプラットホームの長さを考えると、今の自分には耐えられそうにないと思わないわけにはいかなかった。その場所にとにかく、自分の体を運ぶ。それだけで精いっぱいなのだから、とタクシーを使うことを簡単に、自分に許してしまっていた。タクシーに乗ってしまえば、少なくとも、十分ほどの間は、歩く必要も、眼を開けている必要もなくなる。

実際に、タクシーに乗りこんでから、章子は眠りに落ちた人のように、だらしなく体をシートに投げだし、眼をつむりつづけていた。喉を意識して開かなければ、息を吸いこむことができなかった。そして、その息はすぐにまた喉から口へ戻っていってしまう。いくら息を吸いこもうとしても、肺にまで息が届かない。喉を息が行き迷うから、それですすり泣くような音が外に洩れてしまう。喉から水分も失われていく。胸の動悸が全身に拡がり、体が自分のものとして感じられなくなってもいた。

もしかしたら、広太は助からないのかもしれない、という思いから逃がれられなくなった時――あの時も体が同じ状態になっていた。章子は思い出し、眼をつむりながら顔を歪めた。あの時と同じだ。自分の、聞き慣れない息の音で、自分の状態にはじめて気づかされた。喉から洩れ出る息の音は、もっと大きく耳に響いていた。その音が、翌日の通夜の間も、翌々日の告別式が終わっても、耳に響きつづけていた。ほかのすべての音を、息の音が消し去っていた。あの時まで、わたしはあんな息をしたことがなかった。

思い出したくない。あんなことが実際に起こったとは信じたくない。けれども、この息の音。わたしはあの時の息苦しさまで、忘れてしまうことはできない。子どもの時に別れたままになっていた一人の男と会おうとしている今、また、わたしはあの時の息苦しさに引き戻されてしまっている。わたしが生きつづけているから。生きつづけようとしているから。

涙ぐみそうになった眼を章子は開けて、雨に濡れた車の窓を睨みつけた。街のさまざまな光が、そこを流れて行く。広太が死んで、本の世界のように、それでなにもかも終わった、ということにしてもらえれば、どんなにか楽なことだろう。広太がいなくなったことを認めたくないと思いつづけながら、実際には、広太がいなくなった予想外の時間をすでに十ヵ月も、この身で生きてしまっているのだ。広太がいなくなったからこそ生まれた時間を、いつの間にか、自分から生きつづけようとしている。なんて、残酷なのだろう、と思わずにはいられない。こうしてわたしが息の音を響かせながら、生きつづけていくことで、広太が次第に、わたしから遠のいていく。わたしが生きつづけるということは、広太の死を一日一日、確実なこととして認めていくという意味にしかならないのだろうか。わたしもそのうち、死ぬのだから、と自分を慰めつづけてきた。だれもかれも、すべての人は死ぬのだからと。死を怖れる理由はなくなってしまった。広太があの小さな体で、だれからもそれがどういうものか教わらないうちに、たった一人で経験したことなのだから。ところが、死なないうちは生きている、という当たり前の事実を忘れていた。生きている。それは常に、なにかを求めつづけ、なにかに駆り立てられつづけることだ、という事実も。こわいと思えるようなことはなにもない。子どもに死なれようが、自分が街角で殺されようが、生き埋めにされようが、不快なことではあっても、結局、たいしたことではない。けれども、生きつづけようとする、この自分の洩らす息の音はおそろしい。なにを求めているのか、なにに出会おうとしているのか、それが自分で予想できささえすれば。

　タクシーが止まった。急いで料金を払ってから、章子は車からおりた。雨に打たれながら、財布をショルダー・バッグのなかにしまいこんだ。指が震えていて、どんな小さなことでも手際よく進めることができなかった。

　約束の喫茶店は車道の反対側にあった。大きなガラス窓が道に面している。赤みを帯びて光るその窓のなかに、十人、あるいは、もっと多くの人の黒い影が見えた。あのなかのひとつが、新島宏の影なのかもしれない。そして、すでに今、向こうでは、タクシーからおりたこちらの姿に気づき、雨の幕を通して見守っているかもしれないのだ。落ち着いて見えればよいのだけれども、と願いながら、傘を開いた。安っぽいビニールの、オレンジ色の傘を見あげてから、肩にかかるショルダー・バッグの紐をおもむろに掛け直し、体の向きを変えて、反対側の信号機を見やった。青になっていた。横断歩道を、慎重な足取りで渡りはじめた。四車線の車道で、以前はこの道にも都電が走っていたとは信じにくい。まだ、章子が渡りきらないうちに、信号の色が変わった。走って、残りの五メートルほどを渡った。喫茶店のガラスのドアが眼の前に迫っていた。少しでもためらえば、逃げだしたくなってしまうにちがいない。傘を閉じ、右手を伸ばして、ドアを押した。なかに入り、立ち止まった。明かるい店内のどこに、まず眼を向ければよいのか、わからなかったので、ドアを振り向き、傘を置く場所を探す振りをした。傘立てがすぐに、眼についた。そこに傘を置き、もう一度、店内を漠然と見渡した。それ以上、どうすればよいのか、頭が働かなくなっていた。ただ、口を開け、あえぎながら立っていた。

右手をあげ、振っている男の姿が眼に入った。あの人なのだろうか。でも、ちがったら、と思うと、顔の向きを変えることができなかった。その男が席から立ちあがった。そして、入り口に佇む章子に一歩一歩、近づいてきた。

——章子ちゃん、だね。

聞き憶えのない声が耳を打った。章子はその声の方を見た。瞬間、知らない男だと思った。めまいを感じて、その男に笑いかけた。

——変わらないねえ、章子ちゃんは。

男も微かに笑いながら、章子と眼が合うのを怖れるように、ほんのわずか、顔の向きを変えてしまった。その様子に、章子はこの男が新島宏にちがいないことを知った。そう言えば、口の形も、鼻の形も見憶えのあるものだ。章子の顔は、まだ笑顔のままだった。新島宏の顔から眼をそらせて、小声で言った。

——……宏さん、なんですね。

怖れていたように、心臓がとまりもしなければ、気を失って倒れるというようなことも起こらなかった。涙も、もちろん出なかったし、宏の体に跳びつきもしなかった。平静そのもの、とも言えそうな足取りで、席に戻る宏のあとにつづいて、章子は店内の通路を歩くことができた。息の音が耳もとに響きつづけていた。鏡のなかに、いよいよ入り込んでしまった。まるで水面のような鏡のなかへ。そんな映画があったことを、章子は思い出していた。


席に向かいあわせに坐った。意味もなく笑いあうことしか、はじめはできなかった。

変わらないねえ、章子ちゃんだと、すぐにわかったよ、と宏は同じことを何度も言い、その度に、ちらっと章子の顔を見やっては眼をそらせて恥かしそうに笑いだした。章子の方も、そうですか、ずいぶん変わったと自分では思っているんですけど、とやはり同じ言葉を繰り返し口ごもりながら言い、眼を伏せて笑い声を洩らした。

そうして、十分間ほど過ごしているうちに、章子もこの、見慣れたところと見知らぬところを合わせ持っている、三十年振りに会う男の顔形に慣れはじめていた。宏の方も同様だったのだろう。やがて、宏は上着のポケットから煙草を取りだし、火を点けた。

——……でも、ほんとのことを言うと、こんなに驚かされたことはなかった。あの電話をもらってから、どうにも、おちつかなくてねえ。

章子は笑いながら、頷いた。宏が相変わらず、章子の顔をまともに見ようとしないので、章子の方も宏の顔を見つめるのに気おくれを感じつづけなければならなかった。

——今でも、ヘビー・スモーカーなんですか。

章子が小声で聞くと、宏は頭に手を置いて、大きな声で笑いだした。眼が細くなり、その細い眼で章子を見つめた。やはり、この男は新島宏以外のだれでもなかった、と章子は改めて、亡霊に行きあわせたような気味のわるさを感じた。それは、なつかしさの肌ざわりにちがいなかった。三十年前、八歳だったわたしは、小さな子どもに過ぎなかったかもしれないけれども、この眼までちゃんと見届けていた。そう思い当たると、章子は自分自身に満足感さえ覚えた。

——あれからずっと、吸いつづけているんですね。

宏はもう一度、笑って答えた。

——変わりませんね、宏さんも。

——もっと変わっていると思ってた？

いったん頷いてから、章子はつぶやいた。

——……と言うよりも、想像のしようがないという感じでした。もっと年を取っているのか、とは思っていましたけれども。

——ぴんぴんしていて、がっかりした？

——いいえ、そんなこと。

宏はまた、笑い声をあげた。

髪の毛が半分以上、白くなっている。肌の色もこんなに色白の人だったか、と見慣れない気がする。単に、肌の張りがなくなり、それで印象が変わってしまっているだけなのかもしれない。

もっと大きくて、骨張った体だと思っていた。今でも、もちろん章子よりは背が高いが、大柄な印象はなくなっている。全体に肉がつき、見憶えのない、柔かな体に変わっている。しかし、肩の線を見ると、あまりにそこに身近なものが感じられ、息を呑まずにいられなくなる。表情も変わっていない。特に、笑った顔が。

とにかく、酒が飲める場所に移ろう、と宏は立ちあがった。その宏のあとを追いながら、章子は三十年、と自分に念を押すようにつぶやいてみずにはいられなかった。それだけの年数が経っているということは、確かに数字で示すことができる。章子は小さな子どもだったのが、今は三十八歳の女になっている。宏は三十前の青年だったのが、もうすぐ初老の年齢に入ろうとしている。けれども、章子にとっての、その間の時間の長さを思うと、宏がさほどの変化を見せていないのが、不当にさえ感じられる。それとも、表面に見えないだけで、宏もこの三十年間、章子にとっての三十年間の重みに匹敵するような時間を経験しつづけてきたというのだろうか。自分のなかの三十年という時間に、しかし少しでも眼を向けようとすると、とりとめのない気持になる。どんなことがその間に起こったのか、もちろん、忘れてはいない。しかし、本当に自分が憶えておくべきことを実際の姿のままで、憶えているのかどうか、と考えると、なにひとつ憶えてはいないという思いに誘われてしまうのだ。自分のかけがえのない時間だと信じこんで、抱えつづけてきたものが、一から十まで疑わしく、信用できないものに思えてくる。ちょうど、この宏の姿のように。憶えていると思っていたものは見出せず、今まで考えてもいなかったところに、自分の記憶を見出し、たじろがされる。そして自分の方は、この今の体に、どれだけのものが、どのように刻みこまれているのか、と不安になる。

——あの、すみませんでした。急に、電話を差しあげて、お呼び出しするような形になってしまって……。

店を出て、歩きだしてから、章子は宏の顔を見ずに言った。

——いや、そんな、あやまることないよ。そりゃ、もちろん、仰天しちゃったけど。章子ちゃんに今更、会ってもいいものかどうか、わからなかったしね。でも、こちらも一度、会ってから死にたいと思っていたところだったから。

宏は早口で言い、笑い声をつけたして口をつぐんだ。少し間を置いてから、章子は言った。

——そちらに電話をした石井さんっていう人、……あの人になんだか、うまいこと乗せられちゃったという感じだったんです。……あの人、友だちと言えるほど親しくなっているわけではないんですけど、……成行きですこしだけ、子どもの頃のことを話して、……その時に宏さんのことにも触れただけだったんです。……それが、わるいことに、……あの人、やたらに積極的な人で、会いたいのなら、さっさと会えばいいって。……わたしも自分がどうしたいのか、そこまでは考えていなかったんです。

息が苦しくて、ところどころで言葉が切れてしまう。

——章子ちゃんの方から、ぼくに会いたいと思ってくれるはずはない、と思ってたよ。こうしておぼえていてくれただけでも、意外な気がするぐらいだ。

宏と傘を並べて歩きながら、自分と宏の肩の高さを、章子は見比べていた。五センチほど、宏の方が高いだろうか。

——おぼえています、もちろん。忘れるなんて、そんな……。でも、わざわざ思い出すということも、本当を言うと、なかった。忘れたままになっていた、と言ってもいいのかもしれない、つい、この間まで。

――お子さんが気の毒なことになっちゃったんだって？

声を落として、宏は言った。

――義男ちゃんの時を、……それで思い出してしまうようになったんだろう、と思います……。義男ちゃんが死んでからのことではなくて、……生きていた頃が今頃になって、すこしずつなんだけど、戻ってくるようになって……。

宏に促されるまま、狭い路地に入った。すぐに突き当たるのかと思っていたら、その路地は曲がりくねりながら長くつづいていた。ようやく一軒の小料理屋の前で、宏が立ち止まった。始終、通っている店らしく、少しのためらいも見せずにガラスの格子戸を開けて、宏はなかに入って行った。

カウンターのなかの女と大きな声で親しげにひとしきり話をしてから、宏はその女に章子を紹介した。

――三十年振りに、きょう会ったんだよ。考えられないねえ、まったく。こんなにちっちゃな女の子だったんだ。

片手で、宏は当時の章子の大きさを示そうとする。

――大きくなったものだね、びっくりしちゃうよ。こんなに大きくなっちゃって、恥かしい気がして、しょうがない。声まで変わっちゃってるんだから。

章子はカウンターのなかの女と顔を見合わせて、笑いだした。宏とだけ、顔を向きあわせずにすむようになって、気が楽になっていた。

――高校生の時には、もうこの大きさになってましたよ。……それから二十年も経って、大きくなったと言われても……。

――そりゃそうだろうけど、章子ちゃんが子どもだった時しか知らなかったんだから。

酒がまず用意されたので、早速、三人で乾杯をして飲みはじめた。他に客はいなかった。小さな店で、カウンターの席しかない。宏とこのような場所に来るのは、当然、はじめてのことだった。しかし、いかにも章子の記憶の中にある宏にも似合いそうな場所で、目新しい感じを不思議なほど、章子も持たずにいた。

――この近くに、今は住んでいるんですか。

宏は頷いた。

――あの店は弟が継いだから、出なければならなくなってね。でも、あいかわらず、似たようなところに住んでいるよ。

――郊外には移らなかったんですね。

――郊外？　そんなこと考えてみたこともなかったなあ。

――……結婚して、今は子どももいるんでしょう？

――三人もいるよ、女ばっかりだ。いちばん上がもう結婚しているし、真中は働いている。いちばん下が高校生だ。

章子はまた笑い声をあげた。

――宏さんが父親だなんて……、想像がつかない。それも、女の子三人だなんて。

――まあ、おれが産んだわけじゃないけどね。ぼうっとしていたら、いつの間にか生まれて、なんとなく育っちゃっただけだよ。

宏も笑いながら、言った。

――義男君のことがあってしばらくしてから、うかうかしていたら、もう三十になっちゃうって急に気がついてね。あわてて結婚しちゃったなあ。

――今も、それで木彫りをつづけているんですか。

――なんだか、いろいろ聞くねえ、章子ちゃんは。

宏は照れ隠しに笑ってから、答えた。

――ほかに、おれにできることってないもの。今は、アクセサリーよりも、部屋に飾るものの方が多くなっているかな。家具もやっているけどね。でももう、教室を開いて、人に教えることはしなくなっているよ。あの頃は、教える方が多かったんだな。いろいろな家に呼ばれて、奥さんたち相手に教えていたんだ。

カウンターのなかの女に説明するように、宏は言った。

――まだ独身の頃でしょ、それ。なんとなく、いかがわしい感じがするわね。奥さんたちにかわいがられるタイプだったのかしら。

女にからかわれて、宏は真面目な顔になって言い返した。

――いかがわしいことなんて、すこしもなかったよ。奥さんと言ったって、大抵、五十過ぎの、暇ができはじめた奥さんたちばっかりだったもの。きっかけは、章子ちゃんのお母さんが作ったようなものだったし。

章子は驚いて、つぶやいた。

――そんなこと、知らなかった。うちで時々、なにか、おとなたちがしていたのは、なんとなくおぼえていますけど。

――お母さんがまた、そこからいろいろな人にぼくを紹介してくれたんですよ。木村というおばさんとか。

――木村のおばさん？　じゃ、宏さんは千葉までわざわざ通っていたんですか？

――あの人がいちばん熱心だったから、ずいぶん通った。

章子は木村のおばと呼んでいた、母親の姉にあたる伯母の家を思い浮かべた。その和室に木村のおばと同年輩の女たちが集って、宏が愛想よくなにか話しながら、女たちの間を歩きまわっている光景は容易に想像することができた。宏は、もちろん、そこでは少年のように幼くさえ見える。女たちはガラス戸越しの日を浴びながら、無駄口もきかずに、それぞれの彫りものに神妙な顔で取り組んでいる。木村のおばは、章子の母親よりも更に気むずかしくて、役に立たないこと、意味のないことの大嫌いな人だった。その木村のおばに気に入られたのなら、宏はよほど生真面目に、そして熱心に、自分に与えられた役目を務めたのだろう。

――だいぶ前に、あのおばは亡くなりました。十年も前になります。おじも、そのすぐあとに死んだし。……おばたちは老人ホームにいたんです。だから、家はその時に売っちゃったんじゃないかしら。子どもがいなかったから、あのおばたちには。

――亡くなったんですか……、そうか。

宏はうつむいて溜息をついた。

——あの人がぼくに電話をしてくれたんですよ、義男君が死んじゃったって。あの人がお母さんの代りに、ぼくのことを思い出してくれたらしくてね、あんたが来てやらなかったら、義男ちゃんがかわいそうじゃないかって。今すぐに来ないと、間にあわなくなるって言われて、うちを飛び出たんだけど、あの時はなにも考えられなかったな。あんまり意外でね。風邪を引いていることは知っていたけど、軽い風邪のようだったし。三日前だったか、四日前だったかにも、お宅で義男君と遊んでいたんだ。いつもと変わらなかったけどなあ、あの時は。レスリングをしてくれと言われて、風邪を引いているんだからだめだって言っちゃったんだよね。あの時、真似ごとだけでも、してやればよかった、とあとでずいぶん、くやんじゃった。あれからしばらくの間、ぼうっとしていた。……章子ちゃんにすれば、それどころじゃない、本当に大変なことだったろう、とは思うけど。章子ちゃんは義男君といつも一緒だったんだものね。

章子は身を固くして、頷いた。義男の死がこうして自分以外の人の口で語られるのを聞くのは、はじめてのことだった。

——でも、わたし、宏さんのことをおぼえていない。あのお葬式の時、どこにもいなかった。

ふと、思いついて、章子は言った。

——それに、そう言えばわたしはあの時、十二歳になっていたんだわ。そんなに大きくなっていたなんて……。

そして、宏の顔を見やった。宏はかなりの量の酒をすでに飲んでいた。

——あの時は、みんな、すっかり動転していたからね。……いい子だったんだよ、本当に。あんないい子はいないねえ。……

宏はカウンターのなかの女に向かって言いはじめた。章子に同情するような笑顔を向けながら、女は宏の言葉に頷いている。

――ぼくの顔を見ると、いつでも体ごとぶつかってきた。あんないい子なのに、友だちがいなくて、さびしかったんだね。もっとも、いつでもこの章子ちゃんが一緒だったけど、義男君にとっては、男の子の友だちも必要だったんだろう。お父さんもいなかったわけだし。……たまたまぼくが手近なところにいたから、ぼくを慕ってくれたんだね。よく、あれだけ慕ってくれたと思うよ。ぼくもあの子といると、楽しくてねえ。だから、あの子がいなくなってから、さびしくて、どうしたらいいのかわからなかった。三十前の独身男が、変な話だけどね。……でも、よかったなあ、あの頃は。章子ちゃんだって、まだ小さな女の子で……。

酔いのなかに心地よく沈みはじめている宏から眼をそらさずに、章子は小さく声を挟みこんだ。

――わたしはもう十二歳で、だから正確には三十年振りというわけじゃなかったんですよ。そんな頃まで宏さんと会っていたなんて、わたしも忘れてしまっていたけど……、十二歳と言えば、もうまるっきり、子どもというわけでもない。そして、宏さんが来てくれるのを待ちつづけていたんです。結局、あれから一度も来てくれなかった。

宏は数秒、間を置いてから、陽気な人声をあげた。

――すまなかったよね、まったく。行かなくちゃ、行かなくちゃ、とは思っていたんだけど、義男君がいないとなると、章子ちゃんのところは女ばっかりだろう。それで、どうも行きづらくなっちゃって。挨拶と言ったって、どう挨拶すればいいのかもわからなかったし……。

それで逃げてしまったということなのね。章子は声には出さずに、宏の言葉につけたして言った。いつでも臆病で、気が細かいのは悪いことではないはずなのに、この人の場合はそれがいつでも自分を甘やかすための無責任な結果におちついてしまう。気が細かくて、子どもとの距離もさほど、まだ持てずにいる人だったからこそ、章子や義男とあれほど多くの時を過ごせたということだったのだろうが。

いつ頃から、わたしはこの人の気の弱さに気づき、失望を感じはじめたのだったろう。章子は蘇ろうとしている自分の記憶から眼を離すことができなくなった。子どもにとってはあまりにも大きすぎた失望。わたしはこの人が本当に好きだったのだ。

姉と言いあったことを憶えていた。どうしてあんなことを言ったのかわからないが、章子が姉に、宏さんはハンサムで、すてきだ、と言った。すると、姉が口を大きく開けて笑いだしたのだ。冗談も休み休み言ってよ。あんな顔、気持わるいだけじゃないの。章子は具体的に太い眉や鼻の形、唇の形、とあげて、宏の顔を弁護したいと思ったが、姉の笑い方を見ているうちに弁護するどころか、そもそも自分の方が常識はずれのことを思っていたのか、という気持にさせられた。美男子とか、ハンサムという言葉を知り、その意味を知った時から、宏の顔をそこにあてはめていた。顔だけではなく、体つきも、話し方も、動作も、すべて理想的な男性だと思いつづけていた。それは章子にとって、あまりにも明白な事実だったので、実際にはどうなのかと疑ったことなど一度もなかった。宏の顔を見、声を聞き、体に触わり、それだけで、章子は充分な幸せを感じつづけていたのだ。

一体、何歳の時に、宏とはじめて会ったのだろう。そんな大事なことも知らないままでいたことに、章子は気づかされた。

——それで、いつごろから、宏さんは家に来るようになったんですか。

ほかのことは確認できなくても、これだけは知っておきたい、と思った。

宏は酔いで細くなった眼を章子に向けて、答えた。

——いつだったっけねえ。ぼくがまだ、はたちにもなっていない頃だな。おふくろと章子ちゃんのお母さんがさきに親しくなって、それでおふくろも世話好きだから、章子ちゃんの家の事情を知って、雑用を手伝うようにとおれを引張って行ったのが最初だと思うよ。おれは器用だったから、小さなことなら大抵はこなせたからね。それにもう学校にも行ってなかったし、まともに働いてもいなかったから、ほかのおやしきでも似たようなことはさせられていたんだ。

——宏さんがはたち前だったのなら、わたしは……。

——……四歳かそこらだったことになる。

——四歳……。それじゃ、生まれた時から宏さんを知っていたとわたしが思いこんでも、むりはなかったんですね。

——まだ、本当の赤ん坊という感じだったものね。義男君も、まだ章子ちゃんとおなじような赤ちゃんだったし。……そうだなあ。時々出入りするようになってから、おくさん、いや、章子ちゃんのお母さんがぼくにブランデーを飲ませてくれたことがあって、それまでそんなものがこの世にあるとは知っていたけど、飲むのははじめてだったから……、だから、うれしくてねえ。おとな扱いしてくれたというか、ぼくのことをずいぶん気に入ってくれているんだ、と思いこんでしまうぐらい、うれしかったんだ。まだ、子どもだったんだな、ウイスキーだって飲んだことがなかったぐらいなんだから。そんなことでおくさんには最後まで、頭があがらなかったな。……なにしろ、ブランデーだったんだから。忘れられないよ、そりゃあ。

カウンターのなかの女に語りかけるようにして話している宏に、章子は言った。

――……それで、あの箱を母にプレゼントしたんですね。ずっと母が大事にしていたあの箱。

宏は大きな口を開けて笑いながら頷いた。

――なにかお礼をしたくなったんだ。よっぽど純情だったんだなあ。自分が作ったもののなかであれがいちばん気に入っていたから、これならおくさんに喜んでもらえるだろうと思ったのも、おぼえているよ。気に入ってくれたんだよね、それが。こんなものを作れるのかってびっくりしてくれてねえ。ずいぶん時間がかかったからね、あれを彫りあげるのに。

――それで母が木彫りを教えることを仕事にしたらいいって言いはじめたんですか？　それで、木彫りが宏さんの仕事になっちゃったんですか？

章子は宏の白髪の混じった髪を見やって、つぶやいた。

――そうだったのかな、はっきり思い出せないけど。とにかく、なにか仕事らしい仕事を見つける必要があったし、おふくろもうるさかったからね。ほかには、なんの能力もなかったから、インチキではあったけど、しょうがなかったんだ。……

章子は宏が近所の子どもたちを相手に、雑誌屋の二階で版画や工作を指導していた部屋を思い出さずにいられなかった。広く感じていたが、六畳程度の広さしかなかったのではないか。板敷の上に布が敷いてあり、冬は寒く、夏は熱気がこもり、それでも子どもたちにとってそこは魅力的な部屋だった。いや、他の子どもたちのことは知らない。章子にとって、そこは特別な場所だった。義男と二人で堂々と訪れることができる場所だったから、ということもあったし、そこが木とニスのにおいに充ち、木切れや彫刻刀、その他、工作に必要な品々と、宏自身が作業をする小さな机、それに灰皿、そうしたものしかない殺風景な部屋だということに、居心地のよさを感じていた。ほかには、そういう場所を知らなかった。人が住む場所ではなかった。おとなが子どもをもてなす場所でもなかった。あの場所を知ってしまったから、高校生の時に美術学校に進みたいと願ったのかもしれない。木とニス、そして煙草のにおい。章子は六歳になった頃から、そこに顔を出しはじめ、八歳になった頃に、そこから遠ざかった。そして代りに、宏が章子の家に始終遊びに来るようになったのだった。

子どもたちに週に一度、開放されていたあの宏の作業部屋が、章子はどの場所よりも好きだったのだが、そこにいつでも他の子どもたちがいることは章子の気持を重くしていた。他の日に覗いてみても、宏はめったにそこにはいなかった。章子は小心な子どもだったから、ちゃんとした用事もないのに、一人で宏の部屋を頻繁に訪ねるという勇気はなかった。二階に登るには、雑誌屋の店先に必ず坐っている宏の母親に挨拶しなければならなかったのだ。それに、高校生の宏の弟もいた。ぶっきらぼうで口のわるいその弟が、章子にはおそろしくて仕方がなかった。義男が一緒ならまだしも形がつくのだが、学校の終わった夕方の時間に、義男を勝手に連れ出すことはむずかしかった。結局、義男と医者に行った帰りや、月一回の雑誌の売り出し日に本屋に行ったついでに立ち寄って、宏の様子をうかがうことしかできなかった。

——子どもたちの工作を見はじめたのも、その頃からだったんですか？

——そうだねえ、いつの間にか、ああいうことになっていたからなあ。……

赤くなっていた宏の顔が、また白い色に戻りはじめていた。酔いがそれだけ深くなっているということなのだろうか。章子はカウンターの上の宏の手を見つめた。色の白い、女性的な手だった。

――のんきな時代でね、あの頃は……、版画とか、模型とか状差し作りとか、卵の殻を使ったモザイクとか、そんな手間暇のかかることが妙にはやっていたんだ。子どもたちも、そういうことをするのに熱心だったよねえ。……そう言えば、栗原っていう男の子を章子ちゃん、おぼえているだろう。章子ちゃんと同じ学年だったと思うけど。そいつとは、会ったことがあるよ、二年前だったかな。

章子は宏の部屋のなかにいた子どもたちの顔を思い出そうとした。一人も浮かびあがってこなかった。子どもたちの影は確かに見える。黒い頭。丸くなった背中。床にあぐらをかいている剝き出しの脚。しかし、顔が見えない。

――思い出せない。だれのこともおぼえていないんです、たぶん。どの子もこわくて、顔もまともに見たことがなかったから。ほとんど、話もしなかったと思います。

章子も酔いを感じはじめていた。宏のペースに釣りこまれて、もうかなりの量の酒を飲んでしまっている。

――義男君と一緒だと、章子ちゃんはいつも心配そうにしていたものね。部屋の隅に義男君をまず坐らせて、その前に自分が坐りこんで、義男君をみんなから守ろうとしていたのをおぼえているなあ。いつも一所懸命だったよ、章子ちゃんは。また、わるいやつらもいたから。

――そんなことはおぼえていない。義男ちゃんは貼り絵でもなんでもはじめると、すぐによだれを出して、うなり声を出していたでしょう。それが恥かしかったことはおぼえているけれども……。でも、わたしたちはあそこへ行くのはきらいではなかったんですよ。特にはじめのうちは。だんだん、わたしが面倒に思いはじめちゃったんですね。それで、なんとなく行かなくなっちゃった。……考えたら、そんなに長い間、あそこに行っていたわけじゃないんですね。ずいぶん、通いつづけていたような気がするけど……。

宏は顔をこすりながら、頷いた。

――章子ちゃんはおとなしい子だったからね。姉さんははきはきした、なんでも言いたいことは言ってしまう女の子だったけど。

――みつ豆をわたしにおごってくれたことがあったんですよ、おぼえていますか？　なにかのついでに、宏さんの家の近くのお店に行ったんです。義男ちゃんもいなくて、わたしだけだったのが、うれしかったんですね。母に言ってはいけないことのような気がして、それでよけいにわくわくして……。外のお店でなにかを飲み食いするのは、あれがはじめてのことだったのかもしれない。それも男の人と……。わたしにとっては、だから大変なことだったんですよ。宏さんにとっては、もちろん、なんでもないことだったんでしょうけど。おぼえていないでしょう、そんなこと？

宏は笑いながら、章子の右手に自分の手を重ねあわせて言った。

――……手まで、大きくなっているなあ。小さな手だったのに。あんな時間がおたがい、あったなんてね。……でも、忘れられるものじゃないんだな。この間、章子ちゃんのことをすこし聞いて、正直言って、おれの責任だと思っちゃったんだ。おれが章子ちゃんのそばにいるべきだったって。ばかな思いこみかもしれないけど……、そういうことを思ったんだよ。

——……そんなこと、今更言ったたって。

章子はうろたえて、宏の手から自分の右手を取り戻し低い声でつぶやき返した。

——宏さんが知らなくたってよかったことなんだから。……でも……。

言葉がつづかなくなり、微笑を浮かべて、曖昧に口を閉ざしてしまった。

——章子ちゃんをぼくが守らなければいけなかったんだ、と思うんだよ。章子ちゃんはぼくの言うことなら、なんでも疑がわずに信じてくれていたものね。……ぼくだって、章子ちゃんが……。

——宏さん、出ませんか。ひどく酔払ってしまっているみたい。

章子は立ちあがって、宏を見つめた。カウンターのなかの女も頷きながら、宏に眼を向けていた。

——酔っていないとは言わないけど……。

宏は不機嫌な顔になって、立ちあがり、さっそく足をふらつかせた。

——あぶないわねえ、宏さんは。弱いくせに、いつも飲みすぎるんだから。

女がカウンターから出てきて、宏の体を抱きとめた。章子は手を貸さずに、少し離れたところから宏の姿を見つめていた。宏の体に触れたくなかった。宏の体に一歩でも自分から近づいてしまえば、自分自身の体のなかに吸いこまれていくように、なんのためらいも感じずに宏の一部に自分がなってしまいそうな怖れを感じていた。実際には起こり得ないことだ。けれども、宏の体そのものがあまりにもなつかしく、そのなにもかもを知り尽くしているように感じてしまう。子どもの時のように、この人に抱きついてしまいたい。顔を手で直接、確かめたい。本当に望んでいたことは、それしかなかったのかもしれない。

外は相変わらず、激しい雨が降りつづけていた。店の前を早く離れたくて、章子は足もとが怪しくなっている宏を置いて、十メートルほど先の、もうシャッターをおろしてしまっている小さな店の軒の下まで行き、傘は開いたまま、そこで宏を待った。宏が転んでしまったら、と不安がないわけではなかったが、その場から動かずに宏を待ちつづけた。宏はゆっくり足を運び、暗い雨のなかをうつむきながら、章子に近づいてきた。息苦しさが再び、蘇っていた。この男に抱きついて、それからどうなるというのだろう。この男がいなくなってから、今までの時間を、そんなことで台無しにしてしまうわけにはいかないのだ。父親でもなく、兄でもなく、恋人でもない、この男。でも、どんなにこの男が好きだったことか。そして、この男はそのことを忘れずに、こうして生きつづけているのだ。

宏がそばにいつづけていてくれたら。そうしたら、なにがどのように変わっていたのか。その想像がいやでも甘い気持に章子を誘いこもうとしていた。それで、今更、言うべきではないことを口にする宏にも、単純にその想像を聞き流せない自分の愚かさにも、腹を立てずにいられなかった。宏への愛着は、すでに義男が死ぬ前から消えはじめていたのではなかったか。

宏に好かれたいと願いつづけていた。義男と同じように、穏やかに笑いながら自分の体も抱きとめてもらいたかった。義男よりも先に、自分の名前を呼んでもらいたかった。義男が特別な子どもで、自分がそのために、義男から離れてはいけない、ということも充分にわかっていた。しかし、義男とはちがい、章子はおとなの世界を自分の延長線上に考えることができる子どもだった。宏に自分が義男と似たり寄ったりの子どもだと思われることに屈辱を感じつづけていた。章子が宏を男と見ているように、宏にも女だと認められたがっていた。十一歳、十二歳では、子ども以外の何者でもない。だから、いかにも滑稽な思いだったとしか言いようがない。それも、自分ですでにわかってはいたのだ。そのために一層、章子は宏への自分の思いにこだわりつづけていた。

章子は十二歳になっていた。胸には乳房らしいものが、十歳の頃から膨らみはじめ、まだ月毎の出血は知らずにいたが、自分では女らしくなったものだ、とまわりの人たちに自慢したくなるような誇らしさを感じていた。髪型に気を配り、自分の顔を鏡で見ては、なぜもっと愛らしい顔に生まれつくことができなかったのだろう、と溜息を洩らすようになっていた。

宏はその頃、まさか毎晩は章子の家に姿を現わしていたわけではないのだろう。せいぜい、一週間に一度の訪問だったのだろうが、章子の印象では、宏の姿が見えない日の方が珍しいような気がしていた。テレビを共に見、トランプに熱中し、宿題につきあってもらうこともあった。と言っても、宏は学校の勉強についてはかなり頼りなく、要領よく教えてもらうというわけにはいかなかった、が、少なくとも一緒に考えようとはしてくれた。義男もその傍で、自分のノートを拡げて、章子のノートの字を書きうつしたり、本を読む真似をはじめたりして、仲間に加わろうとしていた。

宏が自分の家を訪ねてくることを、章子は妙なことだとは思っていなかった。そばにいて欲しい人がそばにいる時に、その理由をわざわざ考えようという気にはなれない。自分と義男がこの家にいるから、宏は来てくれる。それだけで充分な理由になると思いこんでいた。

二階の章子の部屋に、宏と二人でいたことがあった。それはもちろん、はじめてのことではなかった。二人とも、すぐに下におりるつもりでいた。特別な意味のある時間ではなかった。章子は自分から、ばかげたことを言いだしたのだった。背の高い宏と向かいあい、にやにや笑いつづけている宏を睨みつけている自分のかわい気のない顔を思い描くことができる。

——男なんて、ぜんぜんこわくない。男なんて、だらしないだけじゃない。

はじめは、宏も聞き流そうとしていた。たぶん、そうだったのだろう。それで、章子は口を閉ざしてしまうわけにはいかなくなった。宏との会話と言えば、章子の憶えているかぎり、いつでも大抵、章子がわざと乱暴なことを言い放ち、宏がそれに冗談で答えるという図式をつづけていた。バカ、大キライ、クサイ、グズといくら章子が言っても、それは仔犬が人間にじゃれつくような効果しか宏には与えず、それをまた章子の方でも承知していたからこそ、宏にだけは思いきって乱暴な言葉を気ままにぶつけつづけていたのかもしれない。それが章子の、宏という男への甘えだったとも言えるし、宏の注意を惹くための背のびでもあったような気がする。宏の方もじゃれついてきて、うるさく感じはじめた仔犬を軽く蹴ったり、頭をこつんとこぶしでぶったり、あるいは抱きあげて身動きできなくさせて叱りつけるように、章子に始終手を加えていた。それを章子は期待してもいたのだった。宏の体に触れるほかの方法があるとは、考えてみたこともなかった。

——わたしは、男なんてへっちゃらよ。宏さんだって、いつもバカみたい。

章子はいつものやりとりがはじまることを期待していた。

——男のことをなんにも知らないくせに、そんなことは言うものじゃない。

宏は章子が期待していたよりは少し真面目に、こんなことを言ったのだったろう。章子は意地になって、言い返した。

――なんにも知らないなんて、どうして言えるのよ。

――だって、なんにも知らないいんじゃないか。

――そんなこと、ないもん。

――じゃ、なにを知っているっていうんだ。キスだって、知らないくせに。

――知ってますよ、それぐらい。キスも知らないなんて、わたしはそんなばかじゃないわ。

章子も意地だけで言い返していたが、宏もおとなの男としての意地に捕われだしていたのだったろうか。宏の表情が少しずつ、変わりはじめていた。

――それじゃ、キスがどういうものか知っているっていうのか。

――知っているわよ、あたりまえじゃない。

――今、おれにキスされても、それでも平気だっていうのか。

――平気に決まっているわよ。なんてことないわ、そんなの。

――へえ、ほんとにお前、そう思っているのか。

――思っているんじゃなくて、そうなのよ。じゃ、試しにやってみればいいじゃない。

――お前、そんなことを言っていると、ほんとにやっちゃうぞ。

――それでおどしているつもりなの。さっさとやってみればいいわ。さあ、やりなさいよ。

キスというものを経験するのも、悪いことではない、ととっさに思い定めてはいた。むしろ、宏のキスを望んでいたのかもしれない。しかし実際に、宏に抱きすくめられて、なま暖かく濡れた唇を自分の唇に押しつけられ、宏の舌までが気味悪く動きながら口のなかに入ってくると、なにを自分がされているのか見当がつかなくなり、足が震え、そして吐き気にも襲われた。こんなものがキスなのか、とすぐに後悔しはじめていた。けれども、なにしろ自分から言いだしたことなのだ。今更、逃げだすわけにはいかない。章子は自分に言い聞かせ、我慢しつづけた。宏はしつこく舌を章子の舌のなかでくねらせ、口のまわりまで唾液で濡れてしまっているのも、苦にしていない様子だった。同時に、ズボンの股の部分も章子の腰骨の辺りに押しつけてきて、その部分が熱っぽく感じられ、それにも怯えを感じずにいられなかった。

ほんの二、三分のことだったのだろうか。宏は急に、章子の体を突き放して、つぶやいた。

――ばかだね、おれも。お前がいけないんだからな。

そして、章子を部屋に残して、階下に急いでおりて行ってしまった。章子もいつまでも二階に隠れつづけているわけにはいかないので、しばらくして、なにごともなかったように居間におりて行った。居間には、母も義男も姉もいた。そして、宏も上機嫌な顔で母と話をしていた。

それから章子は宏に互いのキスについて、一言も言いだしはしなかったし、宏も忘れた振りをつづけていた。振りではなく、実際に忘れてしまっていたのかもしれない。宏にとっては、特に記憶に残しておかなければならないような出来事ではなかったはずなのだから。自分にとっても、意味のないこととして過ぎ去ってくれればいい、と章子は願いつづけていた。しかし、それは無理なことだった。

宏が章子の前に立ち、章子の成長を改めて確かめるように、章子の足もとから顔に眼を移して、臆病な微笑を浮かべた。

ちがう、もっと別のことだった。

宏のピンク色になっている顔を、口を開けて見つめながら、章子は不意に鮮やかに蘇ってきた十二歳の時の自分を追い求めた。

今まで思い出しもしなかったのは、忘れなければいけないと自分で思い定めたからだった。十二歳の章子はそう決め、その頃の自分はすでに宏と関係のないところで生きていたと思いこむことにし、そして本当に自分でそう信じて生きてきてしまったのだ。

十二歳。もちろん、だれもおとなだとは思わない。章子もその年齢の自分がおとなとは別のものだと知っていた。ほとんどすべての人は子どもという言葉をためらわずにあてはめるだろう。たしかに、子どもにはちがいなかったのだ。が、宏とキスをしたあとの自分の激しい感情を思い出すと、子どもとおとなという区別はどこにあるのだろう、と章子は自分で感嘆さえせずにはいられなくなる。十二歳の章子は自分の年齢をひとつの病気のようにみなし、それを呪いつづけていた。

宏とのキスは、章子にとって気持のいいものではなかった。けれども、どうしても必要なものなら、全く我慢できないというほどのものでもない。章子はそう思った。問題なのは、宏の気持なのだった。宏という男は章子に特別な感情を持っていると思うことができるのだろうか。成行きとしては、もちろんとてもそうは思えない雰囲気だった。でも、宏は実際に章子にキスをし、普通ではない様子もほんの少しだけではあったけれども、見せていたではないか。なんの感情もなくて、あんなことができるものだろうか。宏はあの時、明きらかに章子を一人の特別な、肉体としてもある種の魅力のある女として感じていたのだ。

確信は持てなかった。自分に少しでも魅力があるとは、更に思えなかった。それでも、章子の胸がふくらみはじめているのも事実だった。小さな時から章子の成長を見届けてきた宏にとって、章子は特別な存在だとも言えるだろう。それなら、宏が章子にいつの間にか、魅力を感じだしていたとしても、不自然なことではない。他人には思いがけないつながりでも、当人たちは互いに特別なものを感じあい、離れられなくなってしまう。それが、恋愛と言われるものなのではないか。

不思議なことだ、と十二歳の章子は驚きを感じていた。喜びよりも驚きの方が大きかった。人生という言葉に価するようなことが自分の身にも起こったという気がして、宏と自分のことを考えるのに、自然、慎重になっていた。いつかは、たぶん章子が十七、八になったら、宏とのつながりを隠す必要がなくなるのだろうが、それまでは人に知られてはならない。二人だけの秘密にしておくのだ。そう思うと、一層、宏とのつながりが強く感じられ、胸が苦しくなった。それは決して、つらいことではない。けれども、その秘密をどのように宏とわかちあっていけばよいのか、わからなかった。いちばん、それが肝心なことなのに、いちばん、わからないことだった。そのうちに、宏が少しずつ教えてくれるのだろうか。宏は章子とちがって、一応、おとなにはちがいないのだから。

章子は宏に以前のように、気楽に近づくことができなくなってしまった。宏にからかわれても、黙ってうつむいてしまうことが多くなった。章子は以前と変わらない態度をとりつづけている宏から、なにか信号のようなものが送られてくるのを辛棒強く、待ちつづけていた。宏との新しいつながりが自分自身の将来にどんなに深く関わっていることか、と感じれば感じるほど、身動きがつかない状態になっていた。けれども、そうして緊張させられ、とまどいを感じさせられることにさえ、新鮮な驚きを覚えていた。

宏とのキスは、いつの間にか章子にとって、婚約という意味を持った出来事になり変わっていたのだった。それ以外には、章子には考えようがなかった。キスそのものが気に入っていたら、さほど重要には考えなかったのかもしれない。あまりにも、宏によって経験したキスが気持わるかったから、今までは家族の一員のようだった宏がそのままでいられるはずはないと思うほかなかった。

宏と自分は〝結婚〟するのだ。宏が独身のままでいたのは、そしてこの家に何気なく遊びに来ていたのは、自分と結婚するためだったのだ。運命というものを感じた。幼かった頃から、宏がどんなに好きだったことか。そして宏も章子をこの世に見出して、特別な運命を感じつづけていたのだ。けれども、章子はまだたったの十二歳なので、宏はまだ長い時間、待ちつづけなければならない。楽なことではないだろうが、宏はすでにほかの運命は受け入れられなくなっている。

章子は本当に、そう思いこむようになっていた。だれにも、当の宏にすら言えないことだったから、一人で運命の重みを耐えつづけていなければならなかった。滑稽な思いこみでしかなかったのだが、章子にとっては、紛れもなく、厳粛な事実なのだった。

そして、宏からなんの信号も受け取らないうちに、章子は母の口から、宏が章子の、高校三年になっていた姉との結婚の約束を望んできたということを聞かされた。母は冗談のように、そのことを笑いながら、姉に話していた。母は、ほんの少しでも宏の頼みを真面目に考えてみようとはしていなかった。まったく、とんでもないことを言いだすんだから。義男についても、本当の弟と思って、責任を持ちますから、ですって。そりゃ、びっくりするわねえ、こっちだって。

姉は顔が蒼ざめるほど、腹を立てて、やめてよ、もう、と言うなり、自分の部屋に引きこもってしまった。

まだ子どもとみなされている章子が口出しできることではなかった。章子は素知らぬ顔で、本を読みつづけるなり、テレビを眺めつづけるなりしていた。その時、なにをしていたのか、とっくに思い出せなくなっている。そして二度と、その話題を聞くことはなかった。だれもなにも言わなかった。しばらくして義男が死んだ。そして、章子の記憶からも宏のことは抜け落ちてしまった。

屈辱を感じつづけることさえ、章子には苦しすぎることだった。宏そのものを忘れるしかない。そう願っているうちに、義男の死が思いがけず、章子を救ってくれたのだった。あまりにも無意味なことだったから、自分が苦しむことも受け入れられずにいたのだった。章子の姉と結婚したいという宏がどれだけ真剣な気持だったか、おそらく章子一人だけが理解していた。けれども、そんな理解になんの意味があっただろう。宏が章子の理解など寄せつけない、もっととんでもないことをしてくれたのだったら、姉を殺し、宏も死んでくれたら、あるいは章子の体を切り刻むなりしてくれたら、とおよそ起こりそうにないことを願ってもみた。どんな意味でも、意味がまったくないよりはましだと思えた。しかし、宏にそんな類いの暴力を望むことが、どれだけ見当ちがいなことか、それも章子にはわかっていた。宏は臆病すぎてなにもできない男なのだ。だから、気楽に自由に生きているように見える。そんな男には、章子との特別なつながりを認め、共に生きようと決心することがたったひとつの、無意味に終わらずにすむ変化だったはずなのだ。章子は宏への自分の気持を変えることができなかった。宏とのつながりを感じつづけていた。それで、自分自身を消し去らなければすまない気持に駆られていた。

わたしは子どもにすぎなかったのだ。

六十歳に近くなり、すっかり色白になった宏を見つめながら、章子は今はじめて気がついたことのように、自分に言い聞かせた。

だから、おとなになったわたしを、この男に見届けてもらいたい、などとは決して思ったことがなかった。義男、そしてこの宏は共に死んでしまったのだ。でも、こうして会ってしまったということは、今頃になって、その二人と共に生き直さなければならないということに、本当になるのだろうか。

——もう一軒、行ってもいいかな。

宏が言った。

章子は傘を拡げながら、

——天気もわるいし、きょうはもう……。

と小さな声で答えた。宏にはその声が聞き取れなかったらしい。

——すぐ近くなんだけど。

表通りに向けて歩きだしながら、章子は声を大きくして、もう一度、言った。

——天気もわるいし、宏さんももうかなり飲んでいるから、きょうはこのまま帰ります。

——ふうん、そうか。……でも、ほんとにこのすぐ近くなんだけど。

宏はうつむきながら、のろのろと歩いていた。先に行きすぎないように、章子は四、五歩歩いては宏との距離を確かめなければならなかった。

——急いで帰る必要もないんだろうに。

——……でも、きょうはもう帰りたいんです。

ぶっきらぼうに、章子は答えた。

——ううん、残念だな。せっかく会えたのに、また章子ちゃんを手放さなきゃならない。

——通りに出たところで、タクシーを拾いますから。

宏への腹立ちを抑えておけるかどうか、不安になりはじめていた。

——小さかった時の章子ちゃんがなつかしいよ。いい子だったねえ、章子ちゃんは。……

章子は答えなかった。表通りに出たので、ほっとした思いで、道の両側を熱心に見つめた。車の通りがほとんど、なくなっていた。宏が章子の横に立ち、ようやく諦めをつけたようにいつもの照れ隠しの笑いを浮かべながら言った。

——これからは、時々一緒に飲みたいね。電話番号は変わっていないんだろう。

——二けただった局番が、一をつけ加えて三けたになっていますけど。

——あの家にも行ってみたいなあ。変わっていないんだろうね。いろいろとおぼえているつもりではいるけど、実際にもう一度行ったら、どういう気持になるのかね。お母さんともお会いしたいけど、どうも気遅れがしちゃう。昔みたいに、ふらっと庭先からまわって、やあ、こんにちはって声をかけたら、案外、お母さんも昔のまま、あら、また来たの、まあ、とにかくおあがりなさいって言ってくれるかな。

宏は笑い声をあげた。

――だめなんだろうね。おれがだれだかもわかってもらえないんじゃないかなあ。名前を言っても、思い出してもらえなかったら、がっかりしちゃうよ、やっぱりね。家を見せてもらうこともむりなんだろうな。章子ちゃんに会えたんだから、それだけで充分なんだけど。

タクシーが一台、ようやく通りかかったが、空車ではなかった。

――……母が宏さんを忘れているとは思えないわ。よくおぼえているはずだし、顔を見ても、すぐにわかると思いますよ。

章子は宏を慰めるために、言わずにはいられなかった。しかし言ってしまってから、また宏への腹立ちを感じた。宏はためらわずに頷き返したのだ。宏は章子がこのように言うのを期待して、わざと心細げなことを口にしたのだろうか。

――今頃、会いに行ったら、お母さんはどう思うかな。章子ちゃん、どう思う?

姉にも会いたいと言いだすのだろうか、と章子は思った。姉に会いたい気持がないはずはない。姉の消息を宏は、どの程度知っているのだろう。章子に聞くのを、さすがに宏はためらっていたのだろうか。本当に聞きたいこと、知りたいことを、宏はまだほとんどなにも聞いてはいない。でも、そんなことを言えば、章子だって同じことなのだ。

――……急に行ったりすれば、驚きすぎて頭がおかしくなってしまうかもしれない。わたしたちにとって、宏さんは義男ちゃんがまだ生きていた頃をむりやり思い出させてしまう人なんです。なつかしいのは確かなんだけど、また会える人だとは夢にも思わなくなってしまっているから。……母もすっかり年を取ってしまいましたから、母とは会わないでおく方がいいのかもしれません。

――でも、元気なんでしょう?

――ええ、寝込んでもいないし、ぼけてもいませんけど……、でも、宏さんの顔を見たりしたら、それがきっかけになって、急にぼけてしまうかもしれない。

章子は冗談めかして、笑いながら言った。

また一台、タクシーが近づいてきた。今度は、運よく空車だった。

――家まで、ぼくが送りますよ。

宏はつぶやき、あわてて傘を閉じて、先にタクシーに乗りこんでしまった。つづいて、章子も車内に坐り、行先を指示してから、宏に小声で言った。

――宏さんに送ってもらうなんて。

宏がなにも答えなかったので、章子は言葉をつづけた。

――宏さんがタクシーに乗ったり、下駄じゃなくて、ちゃんと靴をはいていたり、そんなオーヴァーを着たり、みんなちぐはぐな感じがしてしまう。

宏は軽く笑い、つぶやき返した。

――お互いさまだよ。

章子も少しだけ笑った。車内は暖かく、居心地がよかった。車内のラジオが英語の静かな歌を流していた。

――お母さんとは、それじゃ、会わないほうがいいんだね。

――そんなこと、わたしには言いきれないけど……、ただ、ほんとにもう、年が年だから。

――遅すぎたってことかな。

――いえ、そんな……。どうしてもって言うんなら……。

車は右に曲がり、水銀灯の光以外にはなにも見えない暗い坂道を登りはじめた。章子は窓をよぎっていく白い光を見つめた。

――すこしずつ、母に宏さんの名前を聞かせるようにして、そのうち母の方から宏さんの話をするようにでもなったら……、それからなら。……この道をもうすこし行くと、左に入る細い道がありますね。

宏の声は返ってこなかったが、かまわずに章子は窓を見つめながら話しつづけた。

――そこを入って行って、もっと細い路地をくねくね曲がりながら奥に行ったところに、わたし住んでいたんですよ、子どもを産んだ頃に。

――この辺りにいたの?

宏は体を起こして、左右の車窓に眼を向けた。

――子どもが一歳になる頃まで。はじめは大きなおなかでこの辺りをうろついていたし、それから赤ん坊を抱いて、背中におんぶして、保育園に預けていたから、おむつの入った袋を手にぶら下げて、毎日、この道を横切っていたわ。想像できます? わたしにもそんな時があったんですよ。もしかしたら、その頃、一度ぐらい宏さんとすれちがったことがあるのかもしれない。全然、お互いに気がつかないで。

車はすでに坂道を抜け、六車線の大きな道を走りだしていた。

——あんな近くにいたなんて、知らなかったなあ。結婚しないで、産んじゃったんだよね。章子ちゃんなら、そういうことをやりかねないという気もするけど、それにしたって、ひどい苦労をしちゃったものだな。一言知らせてくれれば、おれがどんなことでもしてあげたのに。

宏の横顔を見やって、章子は笑い声を洩らした。

——一言知らせてくれればって、宏さんなんて思い出したこともなかったし、どこで生きているかも、知らなかったのに。

——章子ちゃんに、そんな苦労をさせたくなかったよ。その頃、章子ちゃんのことに気がついていればねえ。おれが結婚しちゃったってよかったんだ。はじめから、そうしちゃえばよかったんだろうな、そうしていれば、章子ちゃんは……。

章子は口を開けて、妙に高い声を出して笑った。

——やめてください。そんなふうに言ってくれても、慰めにもなんにもならない。宏さんとは、なんの関係もないことだわ。ばからしいことばっかり、言うんだから。

——昔から、おれはばかなまんまだから。いくら下駄をはかなくなったと言っても、なんにも変わりゃしない。……

宏は前を向いたまま、つぶやいた。

——……変わっていて欲しかった。変わっていないなんて、そんなことありえないわ。変わりたくなかった、昔のままならよかったって言わなければいけないのを、宏さんはなにも変わっていない、昔のままだって言ってしまうのよ。それこそ、昔からそうだったわ、宏さんは。

胸の動悸が激しくなっていた。息苦しくなり、車内の淀んだ空気を口からすすりこむように吸わなければ、声を出しつづけることもできなくなっていた。

——だから、変わってないということだよ、おれも、そして章子ちゃんも。……

——わたしのことまで、どうしてそんなふうに言えるの。なんにも知らないのに。……

宏はまっすぐ前を向きつづけていた。それで章子は宏の横顔を見つめつづけていることができた。なんのためらいもなく、その頰に自分の顔を摺り寄せたくなる。

——なんにも知らなくても、わかるんだ、なんてことは言えないのよ、いくら宏さんでも……。

——だけど、章子ちゃんだって、おれのこと知らないだろう。おれが知らない以上に、知らないはずだよ。でも、章子ちゃんが知らないことは、知らなくってもいいようなことだらけだよ。そういう気がしてしまうんだ。

——……変だわ、そんなの。……知らなければそれっきりで、話すこともなにもないはずよ。

——そんなことない。知るのは、むしろ簡単なことだと思うよ。章子ちゃんが言っているようなことだったらね。

タクシーが止まった。財布を上着の内ポケットから取り出す宏を見つめながら、章子は震え声で言った。

——宏さんは、ここでおりる必要はないでしょう。……簡単なことだなんて、わたしには思えない。わたしが過ごしてきた時間がどういう時間だったか、宏さんが知るためには……。

——さあ、とにかくちょっとおりて。

宏の手が、章子の肩を押した。

――でも、宏さんはこのまま……。

つぶやきながら、章子は車をおりた。宏もつづけて車から出てきた。タクシーのドアはすぐに閉まり、雨のなかを走り去って行った。宏が傘をさしかけてくれたので、章子はとりあえずそのなかに身を寄せた。章子の家が眼の前に、悪い夢のなかの影のように、黒いひとつのかたまりとして見えた。

――どうして、ここでおりちゃったの。……それで、わたしが言いたかったことは、宏さんが知るためには……、本当に知ろうと思うんだったら、わたしが過ごしてきた時間のなかに、入らなければ、知ることはどうしたってできないってことなのよ。そんなこと、できる？　できっこないのに、簡単なことだなんて、どうして言えるの？　それとも、ほかの人にはできなくても、あなたにはできるとでも言うの？　……

章子は自分の家の影を見つめていた。

――章子ちゃん……。

宏の声が聞こえた。宏の手を肩の上に感じた。それほど近くにいるのに、宏の声は雨の音よりも遠くに聞こえた。

――わたしの子どもがいなくなった今しか、あなたには見えないんだわ。

――……見えるようになるかもしれない。

宏の胸もとに、章子の体は引き寄せられていた。

――できやしない、そんなこと。……できたとして、それがなんになるの。なんの意味があるの？……

章子はあえぎながら、眼をつむった。

――わからないよ、そんなこと。でも……、おれにはできるかもしれないと思うから……。

宏の声が耳に直接、響いたのと同時に、章子は眼を開けて、宏から一歩、体を離した。

――ばかみたい。どうして、そういうことを言うの。そんなおそろしいことを言うものじゃないわ。

宏の顔は見えなかった。章子は家の門に駆けこみ、内側から鍵をかけてしまった。このまま、家のなかに宏を導き入れることは、もちろん、あまりにも容易なことだった。だからこそ、そうはしたくなかった。

家のなかに入る気にもなれず、章子は門と玄関の間を雨に体を濡らしながら、何度も往復しつづけた。

14

「母宛てにお送りくださいましたお手紙を拝見させていただきました。母は言うまでもなく、私もびっくりさせられました。息子を失ってから、私がいつの間にか自分が身につけていた周囲への甘えがいっぺんに吹き飛ばされたような心地がいたしました。自分がだれよりもつらいことを経験させられた、他のすべての人は平穏無事に生きているというのに、と思いこむ甘えを自分に許してしまっていたのです。その人の一生という時間のなかで見れば、はじめから終りまで平穏無事などという人は、たぶん一人もいないのでしょう。こんなあたりまえのことを、私は自分のことにかまけて、忘れてしまっていました。

それで、おばさまのお具合はいかがなのでしょうか。今ではガンと言っても治癒率がだいぶ高くなっているということですので、まわりもあまり神経質にならない方がよいのかもしれませんね。

なにか私たちにもお手伝いできることはないだろうか、と思うのですが、この日本にいては、なんの力にもなれないのが、本当に残念です。母も日本とアメリカに離れていることに、もどかしさを感じているらしく、おじさまたちがこの機会に日本に帰ってくればいいのに、としきりに言っております。でも、頼りになるお子さんたちが三人もいらっしゃるのに、わざわざ日本に戻られることがおじさまたちにとって最善の策だとは、正直言って、私にも感じられません。

でも、もしおばさまが時期を見て、日本にいらっしゃりたいとお望みのようでしたら、どうぞいつでもこちらにお越しください。母も私も大喜びでお迎えいたします、と言っても、たいしたおもてなしもできませんが。

おじさまもお体にくれぐれもお気をつけて、お過ごしくださいませ。とりあえず、なにかのお役に立つだろうと思い、そちらでは手に入りにくいかもしれない日本の食料品をいくつか送らせていただきました。（この頃はどんなものでも、アメリカで売っているのかもしれませんが、おそらくお高いのでしょうから。）

いろいろお話したいこともございますが、きょうのところは、とり急ぎ、これで失礼させていただきます。良い知らせを心待ちにしております。ではまた。」

「その後、いかがお過ごしでしょうか。と言っても、まだこの間、手紙を差しあげてから一週間と経ってはいないのですが。

あれから、私たちがアメリカのおじさまたちのもとに行くことも考えられる、と気がつきました。なにしろ、アメリカどころか、国内を旅行する機会もめったにないので、（母は山手線にすら、このところ縁がなくなってしまっています。）こんな簡単なこともすぐには思いつかなかったのです。

時代がいつの間にか変わってしまい、アメリカに行くのもたいしてむずかしいことではなくなっているのでしょうが、私たちにとっては、やはり大変な旅行にはちがいありません。でも、どんな些細なことでも私たちに手助けできることがあるようでしたら、母を背負ってでもアメリカに参ります。足の悪い母がいたら、かえって御迷惑なのかもしれませんが、留守番役ぐらいは果たせるでしょうし、お子さんたちにはぶつけにくい心配ごとを母に向けてくだされば、すくなくともストレス解消になるのではないでしょうか。もちろん、私たちが行く行かないは、おじさま、おばさまのお気持次第です。ただ御迷惑なだけなのに、むりやり押しかけることはできません。ただ、おばさまはもうお身内が一人もいらっしゃらず、おじさまにとっても、唯一生き残っている身内が自分だと思うと、母はいても立ってもいられなくなるようで、そんな母を見ていると、私たちがアメリカへ行くのも、あながち、無意味なことではないのかもしれない、と思ってしまうのです。私たちを少しでも必要と感じられるようでしたら、どうぞいつでも、そのようにおっしゃってください。

とは言え、まだ家の工事が終わってはいないので、私たちも今すぐに家を留守にすることはできません。おじさまが手配してくださったおかげで、順調に工事は進んでおりますが、完全に終わるにはまだあと一ヵ月はかかるということです。台所も母の部屋も、結局、基礎の部分から建て直さなければならなくなり、母はおおいに不満としていますが、これればかりは我慢してもらうしかありません。

ですから、どちらにせよ、私たちがアメリカに行くとしても、二月からあとのことになってしまいます。二月には、広太の一周忌という特別な日もあります。もちろん。どうしても、という場合が生じたら、姉に留守番を頼んででも、そちらに参りますが。

いろいろなことが起こりつづける、とも言えるし、結局のところ、なにも起こりはしない、とも言えるような、そんな気がしています。以前、東京にいらした時、おじさまは私に、恋人がいたらよかったのに、と言ってくださいました。すくなくとも、そういうふうに思えるようになったらいい、と。おぼえていらっしゃいますか。あの時、私はなんだか場ちがいなことを言われているような気がしたのです。恋人ももちろん、わるいものではないけれど、息子の代役になるとは思えないし、どんな男性でも息子を思い出させられるだけで、前のように、ある一人の男性との出会いに、理屈抜きの幸せを感じるというようなことは、もはや考えられない、と思っていました。自分の息子が骨片だけを残して消え去ってしまったことを、なによりも深刻なことだと考え、他のことは、たとえば恋愛などは、順位で言えばずっと下に来るようなことだ、と決めつけていたのです。

けれども、私の方にも、人から見れば取るに足りないような、でも私自身にとっては結構、大きく感じられる出来事があり（残念ながら、恋人ができたのではありませんが、人を好きになるという感情がどういうものだったか、思い出させてくれる、なつかしい人との出会いだったのです）、そこに重ねて、おじさまからのお手紙を受け取り、病院ではじめて、おばさまの病気の名を聞いた時、とっさに感じたのが、おばさまとこの世で知り合えたことへの感謝だった、と書いてあったおじさまの言葉に、ある種のショックを覚えたのでした。ああ、もちろん、そういうことなんだ、と納得させられるものがありました。おばさまが楽観が許されない病気に襲われたことを嘆く前に、おばさまと共に今まで何気なく生きることができたという事実にまず思い当たり、感謝せずにいられなかった、とおじさまがおっしゃるならば、私も息子の広太の不運を時には忘れてしまうほどに、広太と親子としてこの世で巡り会えたことに喜びを感じつづけていなければならない、ということにもなるのでしょう。そして、その喜びが明らかになるにつれて、自分という一人の人間がこの世でだれかと出会い、気持が惹かれることも、決して別種の喜びではないと気づかされることになりそうな気がしてきたのです。

このように考えはじめると（恋愛なんて、考えてから実行するようなことではないのでしょうから、まだまだ私は実際にはだめなのですが）、本当のところ、私たちにとって重要なことは、私たちがこの世に生まれてきたという事実だけではないのか、とも思えてきます。いろいろなことを私たちは体験します。そして、いろいろなことを感じ、記憶し、自分自身にも手に負えないほど複雑で、どこからどこまでが自分の世界なのか、見きわめることができない、境界線が曖昧な世界を、自分のなかに膨らませながら、生きつづけていきます。でも、本当はとても単純な世界なのかもしれません。一人の人間として生まれてきて、与えられた場所や人との出会いのなかで生きつづけるだけなのだ、と考えれば。

どんなことを、私は今まで経験したと言えるのでしょう。語り尽せないことを経験してきたとも言えるし、この世に生まれたという以外、経験という言葉に価するほどのことは起こっていない、とも言えるような気がしてきます。同じ時間に、同じ場所でたまたま行き合った人たちの顔がひとつひとつ、私の生に音符のように配置され、その配置はもともと偶然によるもののはずなのに、ふと思い返すと、それが一連のメロディーを響かせていることにも、気づかされます。そのメロディーを作りあげているのは、結局、私自身、と言うか、私の生そのものの力なのでしょうか。

あの子がいなくなってから、一年経とうとしています。時間の見えない一年でした。私は今、私自身のこのメロディーを許されるかぎり、聞きつづけたいと願いはじめています。メロディーが聞こえるかぎり、私は自分を嫌いにならずにすみます。私自身の感情は別にして、このメロディーにもそれなりの忘れがたい響きがあるように思えるのです。広太のあの顔も、兄の顔も、このなかに織りこまれているのですから。

自分の、こうした音符を、今はまず辿り直しているところです。これからの自分を知るために。更に言うなら、女として生きてきた自分を新しく見出すために。

自分のことばかり、長々と書いてしまいました。どうかお許しください。

おばさまのご病気を案ずる一方で、そのことが私に思いがけない影響を及ぼしたことを、どうしてもおじさまにお伝えしておきたかったのです。

おじさまとおばさまの教会での結婚式の写真を、この頃また、思い出すことが多くなっています。あの写真に、まだ小さかった私がどんなに、夫婦になるということに憧れの気持を膨らませていたことか。おじさまの結婚に私たちが取り残されたような気持を持ったことも事実ですが、考えてみればあれから、私はおじさまたちに結婚というものの最良の姿を重ね合わせつづけてきたようです。そして、私のその思いは裏切られたことがありませんでした。それだけでも、大変なことなのではないのでしょうか。

結婚なさる前のおじさまの姿に加えて、あの古い一枚の写真も、確実に私自身のメロディーの一部になっているのだ、と思います。

おばさまにも、よろしくお伝えくださいませ。

なにか送って欲しいものがありましたら、なんでもおっしゃってください。
直接、お目にかかれる日を、心待ちにしております。」

15

子どもをつくったことが、そもそもまちがいだったんだ、と楠田は章子にいった。

残酷なことをしてしまった。まちがって、なにかをつくっても、それがただのものなら、こわせばそれですむことだ。むだなことをしてしまった、ばかな計算ちがいだった、と腹をたてながら。だけど、にんげんの場合は、まったく、べつのことだ。どんなに異質なことか、すこしもまともにかんがえようとはしなかった。かんがえもしないし、なにもしない、というのなら、まだいいんだ。だけど、かんがえないまま、子どもをつくってしまった。子ども、ということばも、もう、つかう気がしなくなった。子ども、というおれたちよりもちいさくて、かるいものがいるわけじゃないんだ。時間がおれたちとすこしずれているにんげんがいるだけなんだ。死なれてから、こんなあたりまえのことにようやくおもいあたるなんて、はなしにならない。いちばん、残酷なことはこういうことだったんだ、とおもいしらされた。にんげんの想像力なんて、たかがしれているから。しようとおもってする残酷さもたかがしれている。気がつかないところで、いつのまにかまねいてしまう残酷さが、いちばんおそろしい。そのおそろしさに気がつくことさえ、おれたちのこのような場合いがいにはほとんどないんだろうけど。あの子がなにもいわずに、その残酷さをうけいれてくれたことが、どうにもつらい。

楠田は電話口でいいつづけた。

だから、ということもないけど、一周忌とか、命日とか、そういうことばはもう、きくのもいやだ。そちらでなにかをしたいというのなら、もちろん、やってあげればいい。でも、おれはいかないよ。もともと夫婦というわけではないんだから、おれがいなくても、おかしなかんじはしないだろう。あの子の冥福をねがうなんて、おれにできるわけはない。いくらなんでも、しらじらしすぎるよ。あの子もおれにはそんなこと、期待しちゃいないさ。

章子は楠田にいった。

わたしもいわゆる型どおりのことをしようとはおもっていないから、あなたがかおをだしたくないというのなら、それはそれでかまわない。母もそういうことでさわぎたてるのは、きらいなひとだし。たぶん、その日をおもいだしてくれた何人かのひとたちがこのいえまできてくださるとおもうから、そのおもてなしをするための用意はすこしだけ、しておかなくちゃいけないんだけど、ようするにそれだけのことだから。お坊さんをよぶつもりもないしね。広太にはどうしたって、そういうしかつめらしいものはにあわないもの。だから、それは気にしないでくれて、かまわない。あの子とおなじで、あなたがそういうのがだいきらいなのも、よくわかっているし。でも、あの子をうんだことがわたしたちのまちがいだったなんて、おねがいだから、そんなこといわないで。なにもかもまちがいだった、とわたしだってかんじているわ。かんじないはずはないのよ。おなじことなら、いっそ、崖からおちたとか、車にはねられたとか、そういうことでからだがめちゃくちゃになって、たすからなかったということだったら、もっと純粋にかなしめたんだろうな、となんどもおもったわ。それだったら、すくなくとも、わたしは直接の責任はかんじなくてすんでいたんじゃないかって。あんなわけのわからない心臓の発作だなんて、あなたとおなじようなことをどうしたってかんがえたくなってしまう。でも、子どもに死なれてそういうことをまるっきりかんじないひとはほとんどいないんじゃないか、ということもだんだんわかってきた。わたしたちもやることなすことみんな、見当ちがいのことばかりだったけれど、あの子がうまれてくるころ、あなただってぎりぎりのところまでくるしんでいたわ。それだけは、わたしにもわかっていた。ただ、あなたがくるしんでいるということだけでは、そのころのわたしにとってすくいにならなかったから、とくべつな意味もかんじていなかったけれど。でも、とにかくあなたはくるしんでいた。きっとわたしの知らないところで、くるしみつづけていたんだとおもう。どんなことでくるしんでいたかは、そんなにだいじなことじゃない。とにかく、くるしんでいたんだから、それでじゅうぶんだとおもってもいいんだ、という気がしてきた。まちがいなら、それならそれでいいわ。しようがないじゃないの。まちがいのわたしがまちがいの子どもをうんで、いまだにまちがって生きているだけだわ。でも、わたしはあなたのことがすきだった。あのころ、あなたのことしか、かんがえられなくなっていた。だから、広太がうまれて、たいへんはたいへんだったけど、やっぱりうれしかった。あなたとわたしが、あの子の両親だということに、ほこらしさをかんじていた。どうして、それがいけないことなのかな。残酷なことだったといわなければならないの。ほかのことはまちがっていないと、あなたは自信をかんじているというの。いまのところ、わるい結果がでていないからという理由だけで。なにがよかったのか、わるかったのか、ほんとうに残酷なことはなんだったのか、たのしかったことはなんだったのか、ひとつもわたしにはわからなくなった。ある年齢まで生きてきたわたしがいた。そのわたしが、あなたというひとをみつけて、すきになった。すごくすきになったから、あなたとのあいだにうまれるはずの子どもとも会ってみたくなった。じぶんにできる、いちばんすばらしいことだという気がしていた。それで、広太がうまれた。期待していたとおりの、すばらしい子どもだった。広太。サニー・ボーイ。これだけのことしか、わたしはしらない。これ以上のことが、なにかあったかしら。すべてがまちがっているにしても、わたしはそのまちがいのなかでしか生きることをしらずに、いままで生きてきてしまっているんですもの、どうすることもできないじゃないの。わたしがあなたに、ははおやしかいない家庭の子どもの死亡率はたかいなどということをいうひとがいるのよ、といったときに、あなたはためらわずに、それは事実だろうね、とこたえた。広太がいなくなってから、こんな会話をしたこともあった。あなたはおぼえている？　わたしはそのとき、ばかなことをいうやつもいるものだ、そんなこと、なんの根拠もありはしない、とあなたがいってくれるとおもいこんでいた。だから、ショックをうけてしまい、なにもいえなくなってしまった。ほんとうなんだろうか。でももし、あなたがそれほどの確信をもっているのなら、なぜいままでわたしにそのことをいってくれなかったのだろう。死亡率の数字までふくめて、あなたははじめから覚悟をきめていたのだろうか。いまだに、わたしには判断がつけられないままでいる。その数字がほんとうなのかどうか、広太がその数字のちいさな具体例になるのかどうかさえ。そんなこたえをしったところで、なにもかわりはしないことをよくしっているから、しりたいともおもわない。わたしがすでにしっていることだけでも、けっこう、あたまのなかがいっぱいになってしまっているのよ。あの子が生きつづけたいとおもっていたことをわたしはよくしっているから、じぶんから死のうという気にはなれない。生きつづけたいとおもわなければいけない、とじぶんにいいきかせつづけている。これから、だんだんあなたと会う機会も、ごくしぜんにすくなくなっていってしまうんでしょうけれども、いつか、たがいに消息もわからなくなってしまうことだってありえないことではないとおもうけれども、あなたはやはり、わたしにとって、おおきな意味をもつひとだった、とおもうの。一生のうちに出会えるひとの数は、それほどおおくはないのね。そのなかで、あなたはとくべつな、すてきなひとだったわ。あなたがあれほどたいへんな部分で、わたしにかかわってくれたこと、あなたの一生だって、ごくかぎられたものなのに、そうしてひとりのにんげんが、他のひとりのにんげんとかかわるということの意味のおもさに、このごろになって、ようやく気づかされるようになってきた。あなたというひとは、ひとりっきりしかいないのだもの。ひとりっきりしかいないあなたがあれほどにかかわってくれたわたしのいままでの時間が、わたしにはやっぱりいとおしくおもえてしまう。ありがとう、とあなたにいまのうちにひとこと、いっておかなければならないのかしら。口にしてしまうと、まがぬけた、つまらないことばでしかなくなってしまうけれども。わたしはこれから、またほかのだれかべつのひとをすきになるわ。そうなったら、いいな、とおもうようになってきたの。それがしぜんなことですものね。そうかんたんなことでもないだろうけれども。気がむいたら、いつでも声をかけてね。わたしもそうするから。これからどういうことがあろうと、あなたがわたしのとくべつなひとであることにはちがいないのだから。

16

地味な緑色のタイルが貼ってあるコンクリート塀は、まだ残っていた。

章子が広太と住んでいた頃となにひとつ変わっていないように見えた。塀の内側には勢いのわるいヤツデが植わっている。路地を挟んだ向かい側の家も以前のままのようだった。章子がここに越してきた頃に、確か、改築の工事をしていた。しかし、今見ると、章子が住んでいたアパートと同じ程度に、その家も古びてしまっている。広太と同じ時期に生まれた赤ん坊がいた。祖父によく抱かれて、路地を散歩していたあの赤ん坊はここで無事に育ちつづけているのだろうか。

腰までの高さの鉄製の扉があいかわらず開け放したままになっていた。章子は扉に手を置いて、背後にいる宏にいった。

——あの二階の部屋……。前に住んでいたのが、ビルの四階だったでしょう。ここに移ってきた時、今まで不自然な高さのところに住んでいたんだな、とまず最初に思った。ちっとも、いいところのないアパートなんだけど、ここに来て、理屈抜きにほっとする感じがあったわ。おなかがもう大きくなっていたから、よけい、そういうふうに感じたのかもしれないわね。四階までの階段ののぼりおりがこわくてしかたがなかった。急な階段だったから。でも、窓からの眺めとか、日当たりのよさとか、あの四階の部屋が充分、気に入ってはいたのよ。だからこんな安っぽくて暗いアパートに越してきたのに、心地よく住みはじめることができて、自分でも意外な気がしたわ。わたしが育ったあの家と似たところのある建物だから、それで体になじむものもあったのかしらね。わたしの部屋はそもそも二階だったわけだし。

二階の窓を見あげながら、宏が答えた。

——あの家に似ているとも思えないけど。でも、塀の感じがちょっと似ているのかもしれない。これ、アパートが建てられる前からあった塀なんだろう。

——そうなのかしらね。

——こんな頑丈なコンクリート塀だもの。昔のお屋敷の塀だったに決まっているよ。

宏の声を聞きながら、章子はそっと鉄の階段を登りはじめた。いくら足音を忍ばせようとしても、階段の全体が響いて、賑やかな音を出さないわけにはいかない。階段は壁に寄り添う形で組まれていて、一階の窓を斜めにふさいでしまってもいる。以前カーテンが閉ざされたままになっていたが、今も同じように、カーテンが閉じられている。あの頃と同じ人が住んでいるのだろうか。二十年も、三十年も経っているわけではないのだから、同じ人が住んでいるとしても、それほど意外なことではないのだ。

——ちょうど、一年半ぐらい、ここにはいたの。ここで生まれた広太が一歳の誕生日を迎える頃まで。だから、およそ九年前のことになるのね。たった九年しか経っていないなんて、そんなふうには思えないけど。

——……死なれてしまうと、別の時間になってしまうから。

章子は頷いてから、答えた。

——ここに来たのは、秋だったわ。そして、春にあの子が生まれて、あとは無我夢中で育てて、あの子がはじめて歩きだした頃に、次のところに移った。一年過ごして、ここであの子を育てるのはむりだって気がついたのよ。夏にはアセモに悩まされつづけて、秋から冬にかけて、まだ一歳にもならないのに、咳がつづいていた。あの子にたっぷり、日の光を味わわせてやりたかった。

章子と宏は、アパートの二階の部屋の前に立った。アルミの銀色のドアの中央に、名札入れがあり、そこに白い紙が差し入れてあった。章子の名前が、章子自身の手で書きこんである。章子はその字を確認してから、通路で風にそよいでいる洗濯ものに、眼を向けた。宏も誘われて、体の向きを変えた。幅の狭い通路が物干し場も兼ねていた。青いロープを手摺りの上に張って、そこに、雨が降らないかぎり、毎日、洗濯したものを干しつづけていた。白いものばかりが眼につく。二十枚以上はありそうな、同じ形の白い布。広太のおむつだ。それに、薄いクリーム色のおむつカバーが数枚。ネルで作ったよだれ掛け。寝巻。ガーゼ地の下着。小さな靴下。毛糸のズボン。小さな、水色の模様の入ったセーター。端の方に、章子の下着と紺色のトレーナーも干してある。

——日はそんなに当たらないけど、ここは風通しがいいから、乾きが速くて、それだけは助かっていたわ。でも、ここだけじゃ足りなくて、始終、階段のほうにまで干していたから、やっぱりあの頃の洗濯ものの量は大変なものだったのね。

章子はドアに向き直った。宏はまだ、風に揺らぐ布の静かな動きにぼんやり見とれていた。

宏と二度めに会った時、章子はすぐさま、宏に言った。

見えるようになるかもしれないって、宏さんはこの間言ってくれた。わたしの子どもが生きていて、わたしと一緒に毎日過ごしていた時が。だれにも見えなくなってしまっているあの時間が。今のわたしは子どもがいなくなったことで、わたし自身、子どもに戻ってしまっているのかもしれない。今頃になっても、わたしのなかで宏さんという人が、なつかしいにおいのように消えずにいるんです。なによりも大きななぐさめとして、自分でいつの間にか作りかえてしまう楽しい思い出のように。できることなら、ほんとに子どもの頃のわたしに戻ってしまいたい。でも、どこにもわたしたちは戻れないし、別の時間を呼び寄せることもできやしない。子どもの頃に知っていた宏さんや、義男ちゃんが、そのまま、今のわたしに語りかけてくれるなんてことはありえない。宏さんや義男ちゃんだけじゃない、わたしの子どもからさえ、わたしは遠ざかりはじめているんです。これから拡がっていくばかりのその距離がこわくてしかたがない。でも記憶というものも、わたしたちにはあるわ。記憶は思いがけないところで生きつづけている、わたしたち自身もほとんど無関心なところで。思い出をたどるということはしたくないんです。もう、なにもわたしは納得したくないし、あなたにも納得なんかしてほしくない。記憶は見届けるということなんじゃないかしら。それとも、見届けようとすること。もし見ようと思って少しでも見えてくるものなら、あなたに見てほしい。……

まず最初に、章子と宏は四階建てのビルを訪ねてみた。章子が一人暮らしをつづけ、妊娠した場所。妊娠している間にそこは越してしまった。山手線の駅に間近なそのビルは、しかし姿を消していた。ビルが建っていた場所には、まわりの建物もこわして建てられたらしい、かなり大きなビルが出現していた。他にも、新しいビルがいくつも数えられた。山手線の駅前という場所柄、短かい期間に様子がまったく変わってしまうのは、むしろ当然のことだった。

四階建てのビルがこわされたことを、章子はまったく知らないわけではなかった。一度、バスでその前を通り過ぎた時に、ビルが白い布に隠されているのに気がついた。いよいよ、取りこわされるのだ、と思った。わざわざ手を加えて、外観を若返らせるようなビルではなかった。ビルというものがそもそも、まだ街並に見られなかった頃に、耐久性も安全性も無視して建てられた建物だった。取りこわされることに、特別な感慨は湧かなかった。そしてそのまま、ビルが実際にはどうなったのか考えることもなかった。

わたしが住んでいた四階建てのビルのまわりはみんな、二階建ての家だったのよ、と章子は宏に説明しなければならなかった。

となりが床屋さんだった。裏は、パン屋さんで、朝早く店を開けていたから、朝になってパンがないのに気がつくと大あわてでよく、そこに買いに行っていた。もう一軒のパン屋さんの方がおいしくて、そういう時にしか、裏のパン屋さんではパンを買ったことがなかった。

章子と宏は駅まで歩き、駅舎の前に置いてあるベンチに坐った。駅舎も、ベンチも、ベンチのまわりに群れる鳩も、それだけは以前と変わってはいなかった。

章子はベンチで、ビルに住んでいた頃の自分の生活を宏に、できるだけ細かく語り聞かせた。広太の死後、見るようになったビルの夢についても。

妊娠した章子が移り住んだアパートは、それまで住んでいたビルから歩こうと思えば歩ける距離にあった。それでも、三十分以上はどうしてもかかってしまうので、引越した頃もその後も、歩いてみたことはなかった。アパートは山手線の駅から遠く、バスの停留所も近くにはなく、どちらにせよ歩かなければならないのは同じことなので、宏にそのことを説明してから、その日はじめて、ビルからアパートまで歩いて行った。晴天の、暖かな日だった。歩きながら、章子は移転の前後の様子から、アパートの住み心地、やがて迎えた出産の様子に至るまで話しつづけた。宏は我慢強く、聞き役に徹していた。昼間の宏は、酒の勢いを借りることができないので、章子と並んで歩くのさえ、照れくさく感じているらしかった。

バスの通る広い道を都心に向かって、二十分ほどまっすぐに進む。章子が子どもだった頃から構えが少しも変わっていない料理屋が角にある交差点を右に曲がる。しばらく進むと、道は下り坂に変わりはじめる。また右に曲がる。坂道と坂道を結ぶ細い道に変わる。その道を通り抜け、坂道を横切り、また似たような細い道に入る。そして、二本めの路地に入る。アパートはその路地の途中にあった。

二階の五号室。一階に三部屋、二階に三部屋、と全部で六部屋しかないのだが、一階から数えて、四を抜かし、章子の部屋が五号ということになっていた。章子はここで広太との最初の一年を過ごした。広太と名づけた赤ん坊に、章子のすべてが奪われた日々でもあった。けれども、このアパートも広太の記憶には残っていないはずだった。五号室の前に立って、章子ははじめて、そう気がついた。その後、大きくなった広太をここに連れてきたことも、もちろんない。でも、広太はここで撮った何枚かの写真は見ていた。その写真によって、広太の記憶に一歳になるまでの記憶も継ぎ足されているとは考えられないだろうか。

この部屋の前で、章子と楠田に交互に抱かれて撮った写真。章子も広太も不機嫌に顔を歪めている。階段の下でうずくまった章子に抱かれている広太。部屋のなかで撮った写真もある。やはり不機嫌な顔でカメラを睨みつけている章子に抱かれ、広太は窓の明かるさに眼を向けている。まだ、ものの形が見分けられなかった広太にとって、窓の明かるさは見とれずにいられない唯一のものだったのだろう。しかし、実際の部屋のなかは、写真を撮るには暗すぎて、その後、室内で広太にカメラを向けたことは一度もなかった。写真を撮るということさえ、楠田が訪れてきた時にしか思いつかなかった。そして楠田が章子の部屋に昼間もいる機会はほとんど見つけることができず、その頃、写真という言葉すら、章子は嫌うようになっていた。広太のために、成長の記録として写真をできるだけ撮っておいてあげたい。けれども、章子一人の手では広太を抱いて外に出、写真を撮るということは、ほとんど不可能なことだった。路地の住人の眼を考えても、気持がひるんだ。楠田が手を貸してくれれば、なにも問題はなくなる。が、章子は楠田にそうした類いの訴えはしたくなかったし、言いにくいことでもあった。それで広太の顔を部屋のなかで見つめながら、章子の気持は楠田の知らないところでこじれていった。

今まで思いだしたこともない、些細なこと。わたしがどんなことを感じ、考えていたか、ということは、今ではどうでもよいことになってしまっている。章子はそう思いながら、五号室のドアをそっと引いてみた。鍵はかかっていなかった。

——かってに開けちゃって、いいの？

宏が言った。

——いいんだと思う。わたしの部屋なんだから。

章子はつぶやいた。

ドアを開けると、まず黄色のカーテンが動き、章子の顔を打った。

——奥の窓が開いたままになっているんだわ。

章子はカーテンを両手で押さえこみ、笑いながら言った。

——お天気のいい日に、風を通しておかないと、奥の部屋にカビが生えちゃうの。ふとんにも、箪笥《たんす》のなかの服にまで。

部屋のなかに一歩踏みこんですぐに、章子は腰を屈め、足もとに転がっていたものを拾いあげた。赤いプラスティックの輪だった。

——輪投げの輪だわ。

宏にそれを手渡してから、靴を脱いで、なかに入った。

——どうぞ、宏さんも入って。思っていたほど、散らかってはいなかった。

宏は狭い三和土に立ち、ドアを後手に閉めた。

——そんなところに立っていないで、好きなように見てください。と言っても、そこからでも充分、見渡せてしまうでしょうけど。

戸口脇の台所の前に立ち、流しに投げ置いてある朝の食器や、広太の哺乳瓶を見つめながら、章子は言った。アメリカ製の熊の形をした哺乳瓶。達夫叔父からもらったものだったが、広太は哺乳瓶の必要がなくなってからもそれだけは手放そうとしなかった。それで気は進まなかったが、いつ頃だったろう、広太に気づかれないように、それを捨ててしまった。

宏が足を辷らせるようにして、章子の背後を通り、一番奥のくもりガラスのドアに向かっていった。章子も宏につづいた。

――そこはお風呂場よ、かまわないから開けて。

宏は頷き、木枠の白いペンキが剝げ落ちている細長いドアを開けた。

――かわいい浴室だねえ、こんな小さな浴室、はじめて見たよ。

浴室の戸口が狭いので、宏と並んで浴室を覗くことはできなかった。白い洗面台が浴室の戸口のすぐ傍にあり、その下にピンクのベビー・バスが置いてあった。

――広太が生まれて一ヵ月ぐらいは、お古でひとからもらったベビー・バスを床に置いて、病院で教わった通りに体を洗ってやっていたの。なにがなんでも、そうしなければいけないんだろう、と思いこんでいたから。毎日、それでくたくたになっていた。お風呂からお湯を汲み入れるのも一仕事だったし、台所のテーブルにガーゼのタオルを広げておいて、そこで体を拭いてやって、産着を着せることにしていたんだけど、それだって、こんな小さなテーブルだから、今にも広太が床に落ちちゃうんじゃないかって気が気じゃなかったし。広太の父親になぜ、わざわざそんなことをしているんだ、と不思議そうに聞かれてようやく、気がついたわ。病院のやり方をなにもすべて真似する必要はないんだって。だって、ここは病院じゃないんだもの。それから、畳の上で広太に服を着せるようになって、次にベビー・バスもやめて、その浴槽にわたしも一緒に入るようにしたの。小さな浴槽だから、そうしてみるとかえって使いやすいことにも気がついた。浴槽にしゃがむと、それだけでほとんど隙間がなくなっちゃうでしょう。そしてわたしの膝の上にちょうどすっぽり、広太の体がはまってしまうの。もちろん、あまり長い間、広太をお湯に入れるわけにはいかないから。あわただしいのは変わりなかったんだけれども、すくなくとも、お風呂に入る時間が苦痛ではなくなった。

自分の体を拭くこともできないまま、風呂場から四畳半の部屋へ、広太を胸に抱いて台所を真裸で横切って駆けていく章子の姿。それがどんなに滑稽な姿なのか、当時、振り返ってみることもなかった。濡れた体で歩くのだから、当然、床も濡れてしまう。しかし、そんなことも気にしていられなかった。服を広太に着せ、自分の体を拭いて、広太にミルクを与え、これもひとから譲り受けたベビー・ベッドに広太を寝かしつけてから、台所の床の水を拭き取ることはしていたが。

緊張しきった、真剣そのものの顔をしていればいるほど、章子の濡れた裸の姿は、滑稽に見える。しかし、三十歳になったかならないかの年齢の章子の体は、章子自身が見とれてしまうほど、健康な若さを見せていた。腕も、胸も、尻も、脚も、無駄のない動きを見せ、肌の水滴をきらめかせながら弾き飛ばしている。

——よく見届けておいて。眼をそらさないで。

章子は宏に囁きかけた。

宏はうろたえたように頷き、裸の章子をまぶしそうに上眼づかいで見つめた。その宏に章子は寄り添い、手を握りしめた。

台所の脇の便所から、水の音が響いた。

章子は宏の手を握ったまま、台所を振り向いた。

――見て。あの子ったら、あんなこと、している。

這って動くことができるようになった広太が便所の戸の前で、顔を真赤にして泣きだしていた。便所のなかから、ジーンズの前のジッパーをあわてて引きあげながら、章子が出て来て、広太を抱きあげた。広太はいよいよ激しく泣きつづける。章子は四畳半の部屋に広太を連れて行き、プラスティックの積み木で遊ばせた。広太はまだ、泣きつづけている。

――広太はトイレが大好きだったの。はじめは、わたしが時々、なかに入ってドアを閉めてしまうことで、不安になって泣きだしていただけだったんだけど、そのうち、よっぽどいいことがあるんじゃないかって思うようにもなったのね。一度、ドアがちゃんと閉まっていなかった時に、広太がなかに入ってしまって、それでそこが水で遊べる場所だとおぼえてしまったの。それからは、なかに入りたくて入りたくて、特に、わたしがひとりでなかに入ってしまうと、大泣きに泣くようになってしまって。おちおち、トイレにもゆっくり行けなくなった。今、考えると、本当にたった一人で、よくあの時期を切り抜けたと思う。トイレだけじゃなく、風呂場にももちろん入りたがるし、台所の戸棚も開けたがるし、床に落ちているものはなんでも口に入れてしまうし。でも、いちばん心配だったのが、あの窓だった。

章子は宏に、四畳半の部屋の、外の階段に面した窓を指し示した。

広太がその窓に這い寄り、窓枠に手をかけて立ちあがった。そして、閉めてあるガラス窓の鍵を右手で探りはじめる。

――あんなこともはじめるようになって、まさかと思っていたのに、鍵をいじりまわしているうちに、開け方をおぼえてしまったの。そして窓を開けると、外が見えるでしょう。あの子にとっては、大変な発見だったんだろうけど、もしあの子がなにかを台にして、あそこをよじのぼってしまったら、なにしろ頭が重いから、簡単に下に落ちてしまう。そう思うと、いてもたってもいられない気持になった。一歳近くになると、すごい勢いで知恵も力もつきはじめるから、考えられないことじゃないと思ったのよ。それもあって、ここを越すことに決めたんだわ。もっとおとなしい赤ちゃんならよかったんだけど、広太はいたずらな、よく言えば好奇心旺盛な子だったから。

台所の小さな本棚から、広太が一冊ずつ、本を投げだしていく。古い英語の辞書。地図帳。画集。文庫本。そして軽くなった本棚を揺らしはじめる。本棚の上を飾っていたろうそく、小さな花びん、クレヨン、人形などの類いが次々に床に落ちていく。広太は夢中になって本棚を揺らしつづける。やがて、本棚そのものがふわりと前に倒れた。広太は本棚の下敷きになって、痛みよりもショックで、全身を震わせて泣きはじめた。同時に、下の部屋から床を突く音が聞こえてきた。

——あれは、下の部屋からの信号だったの。うるさい、静かにしろっていう。神経質な人で、それにもうんざりしていた。子どもを育ててもいいというアパートだったんだから、多少の音は我慢してくれてもいいんじゃないかって、くやしい思いをすることが多かった。一度、わたしが知らないうちに、広太が洗面台の脇の洗濯機の排水ホースをいじって、水を床に流してしまったことがあったわ。もちろん、それはこちらの大失敗で、下の部屋にとんでもない迷惑をかけてしまったのも事実だけど、あやまっても、あやまっても許そうとしてくれないから、みっともなかったけど、情けなくてとうとう泣きだしてしまった。

奥の六畳間で、章子が広太を抱いて、窓から外を見つめている。外から目隠し用に水色のプラスティック板が打ちつけてあるので、章子の肩の高さまで抱きあげてもらわないと、広太には外の世界を覗くことができない。

——二人とも、あの窓から隣りの庭を見るのが大好きだった。大家のおじいさんが庭いじりを毎日のようにしていて、花がいっぱい咲く、きれいな庭だったわ。いつも、あの窓から庭を楽しませてもらっていたけど、母のことも思い出させられて、なんとなくセンチメンタルな気持にもなっていた。

章子の肩を抱いて、宏が独り言のようにつぶやいた。

——お母さんの庭も、花が見事だった。モモ、アンズ、ナシ、ツツジ、バラ、ヒマワリ……、ヤグルマ草もあった。

——それは、あの頃だけの話よ。義男ちゃんが死んでから、母はすっかり庭に無関心になってしまったわ。ナシとツツジは、まだ生き残っているけど。

四畳半の部屋で、目覚し時計が鳴った。宏と章子は口をつぐんで、四畳半の方に眼を向けた。カーテンが閉まった部屋のなかは暗く、ベビー・ベッドで広太が毛布から体をはみ出させ、うつ伏せになって寝ていた。ベビー・ベッドの傍に狭苦しく敷かれたふとんには章子が寝ているはずだったが、ふとんは空になっていた。六畳間を覗くと、そこにもふとんが敷かれていて、男と章子が背を向けあい、体を丸めて寝ている。

——広太の父親だわ。ウイーク・デイは一日置きに泊りに来てくれていた。広太が生まれてからはずいぶん、広太の世話もしてくれて、それで最初の一年をなんとか乗り切ることができたんだわね、きっと。いくらなんでも本当にひとりぼっちじゃ、無理だった。……そうね、今まで思い出したこともなかったけど、夜中や朝のミルクはあの人があげてくれていたから、少なくともあの人が泊った日はぐっすり眠ることができて、どんなにそれで助かっていたか、わからない。お金の面でも、もちろんあの人が支えてくれていたし。あの人がいなかったら生きていけないぐらいに頼りにしていたくせに、それでもあの頃、わたしはあの人に腹を立てることしかしていなかった。ひとりであの子を育てつづけなければならないということがどういうことか見当がつかなくて、不安で、心細くて、あの人にそんな気持をわかってもらいたかっただけだったんだけど、あの人の顔を見ると、あの人が今までの結婚生活を相変わらずつづけているのが信じられなくて、気持がこじれて、あの人にいやな態度をとりつづけていた。あの人がそれでくたびれ果てて、広太が二歳、三歳と大きくなるにつれて、わたしの部屋に泊りに来る回数を減らしたくなるようになるなんて、そんなことは想像もしていなかった。

目覚し時計の音で、まずベビー・ベッドのなかの広太が体を動かしはじめる。つづいて、六畳間で寝ていた楠田がふとんから這い出し、脇に投げ捨ててあったパンツを探し当て、それを身につけてから、台所に出てきた。便所に入ってから、ガス・ストーヴをつけ、ガス・レンジにヤカンを乗せ、湯を沸かしはじめる。広太の様子を覗いてから、流しに投げ置いたままのゆうべの食器やコップを洗いはじめる。次に、三角コーナーに溜まっていた生ゴミとゴミ箱のゴミを集めて、ひとつの袋にまとめる。この間に湯が沸き、哺乳瓶にミルクを作る。それをいったん、台所のテーブルに置いてから、広太のもとに行く。カーテンを開けて部屋を明かるくして、広太を抱きあげ、顔を見あわせてにっこり笑った。

おい、まず、おむつを取りかえないとな。

楠田はつぶやき、広太を畳に寝かせ、器用におむつを取りかえた。それから台所に広太を連れて行き、椅子に坐ってミルクを与える。楠田は軽く口を開けて、広太の顔に見入っていた。朝一番のミルクを、広太はあっという間に飲み終えてしまう。ミルクを飲み干した広太の体を裸の胸に抱き、ミルクと共に飲みこんだ空気を吐き出させてから、広太を四畳半に戻し、ヤカンに残っている湯で、二人分のコーヒーを用意し、トースターに食パンをセットする。それから戸口に差し込まれている新聞を抜き取って、少しの間だけ台所で新聞に眼を通す。食パンの焼きあがったことを知らせるトースターの音。

パンが焼けたぞ。そろそろ起きろ。

章子はその声で、ようやく寝床から顔をあげる。楠田の姿を認めて、上半身を重そうに起こした。章子も身になにも着けていない。大きな伸びを二度も三度も繰り返してから、立ちあがり、すばやく下着と服を身に着けた。そして楠田と広太とそれぞれに、おはよう、と小声で声をかけながら、まず便所に駆けこむ。

――保育園で広太を預かってくれるのはありがたかったんだけど、保育園に朝、決まった時間に連れて行かなければならないのがいつもつらくて、朝は大騒ぎだったわ。

同じ台所の隅で、章子はくすくす笑いながら宏に囁きかけた。

――あの人のいない朝は、顔も洗わないまま、保育園に駆けこむことも多かった。九時半までに連れて行けばいいんだから、そんなに朝早いわけじゃなかったのにね。あの人が来る日は夜更けになっても飲みつづけて、あの人がいなければいないで、やっぱりひとりでぼうっと飲んで、時間をむだに過ごしていた。

便所から出て来た章子はあわただしく椅子に坐り、コーヒーを啜って、楠田がバターを塗っておいてくれた食パンを口に詰めこむ。傍で、楠田はのんびり新聞を読みはじめていた。

さあ、もう行かなくちゃ。

椅子の音を軋《きし》ませて、章子は立ちあがった。戸口に掛けてあるハーフ・コートを着て、布の袋に一日分のおむつを押し入れ、腕にかけ、それから広太にも水色のコートを着せて抱きあげる。

じゃ、行ってきます。

楠田は広太に笑いかけ、右手を軽く挙げて見せた。

広太を背負い紐で背にくくりつけた章子が外に出て行った。

――あの人はわたしが保育園から戻ってくるのをここで待って、それから会社に行くことにしていたのよ。会社に勤めている人だったけど、時間は結構、自由に使える人だったから。……わたしたちも、そろそろここを出ましょうか。

新聞を読みふけっている楠田を見やってから、章子は宏を促し、静かにドアを開け外に出た。階段をおり、アパートのある路地を抜けてから、章子はようやく口を開いた。

――保育園まで、歩いて十五分ぐらいの道のりだったわ。だから往復で三十分。アパートに戻って、あの人を見送ってから、部屋のなかを片づけ、一息ついて、それから、その日の仕事をはじめるという毎日だった。保育園で預ってくれるのは四時半までだったから、たいした仕事もできないうちにまた保育園に迎えに行かなければならなくて、いつもあの頃はあわただしい思いをしていた。でも、保育園のおかげで、それまでわたしが想像もしていなかったいろいろな人と知りあうことができたし、もちろん、そのなかで友だちもできたし、保育園というところは季節季節で案外、行事も多くて、運動会だ、クリスマス会だってわたしも楽しませてもらっていた。……いわゆる普通の形で子どもを産むことはできなかったけど、実際には、こうやって一組の普通の親子として、それなりに楽しく生きていけるんだな、と保育園に通いながら、教えられたんだと思う。

章子と宏は大通りに出ると右に曲がり、交差点を更に、右に曲がって、小さな児童公園のなかに足を踏み入れた。時刻は、いつの間にか、夕刻に変わっていた。子どもたちだけで遊んでいる姿はすでになく、中年の主婦が二人立ち話しているのと、老人が三、四歳の子どもを砂場で遊ばせている姿しか見えない。

そこに、ベビー・バギーに広太を乗せ、腕にはおむつを入れた布袋と、青い野菜や魚を入れたビニール袋を提げた章子が疲れきった顔でゆっくり入ってくる。ジーンズをはいた章子は確かに、服装や体つきは若いのに、表情はぼんやりしていて、眉間に皺が寄り、章子の母親にそっくりな顔になっていた。

児童公園を見渡してから、章子は手近なベンチに腰をおろし、煙草を吸いはじめた。ベビー・バギーで機嫌よく手足をばたつかせている広太には眼も向けずに、足もとの地面を見つめたまま、煙草を吸いつづける。

宏の傍で、章子はその自分の姿に一瞬、泣き顔になり、それから苦笑を洩らした。

――……でも、ああいう時間もあった。あの人も来ない。だれかと一緒に話をしたくても、だいたいだれでも、夕方のこの時間は自分の家族のために忙しい思いをしている時間だから、たださびしいからというだけで邪魔をするわけにもいかない。結局、アパートのあの部屋に戻って、簡単な夕飯をこしらえて、広太と二人でいつもと同じ夜を過ごさなければならないということも、そして、アパートに戻ってしまえば、やらなければならないことは多いのだから、さびしさに身の置きどころがなくなるということもなくて、なによりもわたし自身、広太と二人の生活にさびしさなんて感じちゃいけないんだってこともよくわかってはいたんだけど、それでも、夕方のこの時間、時々、あんなふうになにをするのもいやになって、さびしくって、さびしくって、泣きだしたくなるのを、どうすることもできなかった。広太がわたしの手もとで元気に生きていてくれても、それがどんなに貴重な一瞬一瞬なのか、あの頃にはまったくわかっていなかったから……。

――……ぼくのことを思い出してくれていたら。

宏が章子の肩を抱き寄せ、溜息を洩らすようにつぶやく。

章子はベンチの自分の姿と広太の姿を見比べながら、つぶやき返した。

――思い出したことは、一度もない。あの頃にもし、宏さんがそばにいてくれたら、とは今も考えられないし、これからも考えられないと思う。……どうして、もっともっと広太が生きてくれている間、その時間を存分に楽しんでおかなかったのか、と自分が情けなくなるけれども、でもそんな情けなくなる部分まで含めて、その時間がわたしのなかで生きつづけているんだもの。そしてだれかまた男のひとと出会って、好きになるような力が、もしまだこの体に残っているんだったら、すてきなことだろうな、という気もしはじめてきている。そう思えるようになったのは、宏さんのおかげよ。宏さんと子どもの頃、一緒にいて、その頃身についた口のき方や態度を、今までそうとは気がつかないで引摺りつづけていた。恥かしいほど、わたしは子どものままだったような気がする。いつもびくびくしていて、それでかえってとげとげしいことをわざと言ってしまったりして……、宏さんがよく知っている、あの生意気だけど、なにもわかってはいない子どものまま。……わたしはでも、やっぱり女ということで生きつづけたいなあ。義男ちゃんや宏さんも含めて、考えたら、今まで友だちのお父さんというような人から広太の父親まで、ずいぶんたくさんの男の人たちと出会って、それぞれの人が忘れられない印象をわたしに残して行ってくれているんだもの……。

章子は自分の肩を抱く男の顔を見あげた。

楠田のにやにや笑っている顔が、そこにあった。顎に伸びた不精髭に、白毛が光って見えた。まだ四十なかばの年齢なのに、頭にも白毛が目立ちはじめている。が、十年前の楠田と変わったのは、その程度のちがいで、首の線、胸から腰、脚に至るまで、なつかしさを感じずにいられない。けれども、もう長い間、章子自身の手で直接、その体に触れることはなくなっている。触れあわないことが、今ではむしろ自然なことになっていた。

——……やっと、元気が戻ってきたみたいだな。

楠田の声に章子は微笑を浮かべ、子どものように頷いた。

楠田と章子は広い板敷の物干し台に立っていた。物干し台に面したガラス戸が開け放しになっている部屋のなかには、ひとつの大きな机に向かいあって、学校の宿題とレイアウトの仕事をしている広太と章子の姿が見える。

広太にとっては、この世に生まれてきて三番目の住まいだった。二番目の住まいは大きなビルのなかの小さな部屋で、広太が部屋のなかを跳ねまわる音を気にする必要はなくなったが、三歳、四歳と広太が成長するにつれて、六畳のワンルームでは、いくらなんでも狭くなって、広太が五歳になった時に偶然、近所に見つけた古い木造のアパートに移り住んだ。階下は、大家の電気屋が倉庫として使っていたから、章子と広太は気兼ねなく、そこに住むことができた。なによりも二人を喜ばせたのは、部屋に面した広い物干し台だった。誰にも邪魔をされずに、物干し台で日を浴びながら本を読んだり、うたた寝を楽しめたし、広太はそこにいくつもの水槽を並べ、カメやカエルを飼いはじめた。そこから下を見おろすと、隣りの家との狭い路地が見え、左右には別の家が接していて、物干し台に出ると互いに気恥かしくなるほど、間近に顔が合ってしまうこともあったが、その程度のことで部屋のなかに身を隠しつづけている気にはなれなかった。さいわい西側は建物でふさがれていなかったので、二人にとっては日当たりも充分だった。

これでようやく、おちついて住めるところを見つけた、と章子は広太が生まれてからはじめて、安らぎを覚えていた。そして、四年も経たないうちに、その部屋で広太が死を迎えてしまったのだった。

——ここには、あなた、一度しか来たことがなかったんだっけ。

部屋のなかでは、宿題に飽きた広太が畳に腹這いになって、昆虫の図鑑を熱心に読みはじめていた。

楠田が頷いて、答えた。

——一度ぐらい、どういうところに住んでいるのか見ておいてくれって言われて、寄ったことがあったね。

——遠慮なんかしなくたっていいのに、あなたは自分から坐ろうともしなかった。でも、あの時、あなたに見ておいてもらってよかった。

楠田はもう一度、頷いた。

——広太とここに移ってきてから、どんな毎日をわたしたちが送っていたか、言葉だけであなたに伝えようと思っても、それはきっとむりなことだっただろうから。あまりにも平和な毎日だったんだもの。……なんの不満もなく、頭を悩まさなくてはならないこともなくて、日なたぼっこを楽しむように過ごしていた毎日をひとに言葉で説明するって、すごくむずかしいことなのね。……あんな大変な思いをして育てたのにって、あなたもわたしに言ってくれたけど……、もちろん、わたしもそれで、どんなにありがたく思ったかわからないんだけれど……、でも、本当のことを言うと、あの子が小さかった頃のことは、ひとに言われるまで、忘れていたの。なぜ、この子がこうして死ななければならないのか、と納得できなかったのは、わたしたちが二人の生活を互いに、楽しんできたからだったわ。広太が四、五歳になった頃から、広太との間に、それまでわたしの知らなかった時間が流れはじめていた。その前は、時間のないところで、その時その時をやりすごしていた。広太を見失いたくないから、夢中で広太を守りつづけていたわ。広太はきっと、それまでのわたしにとっては、まだ、どう受けとめていいのかわからない、不思議な生きものでしかなかったのね。だから、あの子がわたしと話ができるようになって、あの子なりのわたしへの思いやりも感じられるようになったら、その前の、広太が不思議な生きものでしかなかった頃のことなんか、なんの未練もなく、忘れてしまうことができたわ。……あの子のための記録として、おぼえておかなければならないことは、頭に刻みつけたままになっていたけれど。……五歳なんて、今考えれば、本当に小さな子どもなのに、そしてもちろん、日常的には、あの子を叱ったり、教えなければならないことも多かったし、おとなと同じように行動できるわけじゃないから、手を貸してやらなければならなかったのは当然のことなんだけれど、それでも、おとなと子どものちがいをわたしはあまり感じなくなっていた。二人でこの生活を作っているんだって、いつも、どこかで感じていた。あの子は、わたしとはちがう世界を持っていた。あの年頃の男の子って、みんな、少しはああいうところがあるのかしら。宇宙がどうなっているのかとか、生物の体の仕組みとか、水や火の性質や成立ちだとか……。

楠田は微笑を浮かべて、部屋のなかの広太を見やった。その広太は脚や手が長く伸び、少年らしい体つきに変わっていた。しかし、横向きになっている顔は、まだ頬が丸く、幼なさを残している。

――……あなたの遺伝も少し、あるんだろうな、と思っていた。わたしはあの子の世界に、いつも感心させられていたのよ。同じ空を見あげるのでも、見つめている空がちがうんだな、広太の見つめている空はすばらしいんだろうなって、尊敬さえ感じていたわ。同じ町を歩いていても、広太には貧相な花壇の草花からでも、アスファルトやビルが取り除かれた土地の感触がじかに伝わっているんだなって。……そして、あの子はあの子で、わたしの世界に無関心だったわけじゃなくて、わたしの持っている画集も大好きだったたし、わたしを思いやって朝食を用意してくれたり、わたしがそんなことはやらなくてもいいと言っても、床を拭いたり荷物を持ってくれたり……。こんなこと、母親と子どもが二人きりでいれば、ごく普通に見られることなのかしら。要するに、わたしはただの親ばかで、わたしたち二人はだれも知らないような、特別なつながりを持っていたと思いこんでいるだけなのかしら。……

部屋のなかの章子が、寝そべって本を読んでいる広太に声をかけた。広太は起きあがり、横につながっているもうひとつの部屋に行って、翌日の学校のために、ランドセルの中身を調べはじめた。章子も仕事を中断し、奥の台所に移って、流しに残しておいた鍋やフライパンの大きな洗いものを片づけはじめる。

——……わたしはあの子が好きだったし、あの子もわたしが好きだった。ばかみたいな言い方だけど、本当にそうだったとしか言いようがない。ここで暮らしはじめた頃には、広太をわたしにもたらしてくれたあなたに心から感謝するようになっていた。あの頃、あなたに会って、この通りのことを言っても、あなたはまともに受け取ろうとはしてくれなかったけれども。

——……いや、お前の様子を見たって、皮肉や冗談で言っているんじゃないってことぐらいは、わかっていた。だけど、こっちは、そんなふうに言われたって、答えようがないもの。それはよかった、とは、無責任すぎて、言えることじゃないし。でも、安心はしていたよ。これからは、お前たちとたまに会って、なにかあった時には、相談相手になって、そういう具合につきあっているうちに、あっという間に、広太もおとなになっていくんだろう、と思うようになっていた。それが久し振りに、お前から電話がかかってきたと思ったら、あの知らせだったろう。ばかげているとしか思えなかったよ。

楠田は章子の体から手を離して、軽く溜息をついた。

広太はまだ、ランドセルの中身を調べつづけていた。教科書やノートはそっちのけで、自分で作った絵本や、図鑑から写し描いた何枚ものヘビやトカゲの絵を眺めている。

——……わたしだって、こんなふざけたことが起こるわけがないって、焼場であの子の骨を拾っている間も、そう思いつづけていたわ。それで、ずうっと腹が立っていた。病院の外に出たら朝の光に街が照らされて、車が走っていて、お店が開いていて、新聞もテレビもいつものまだし、わたしたちの住んでいたアパートも元のまま、残っていたわ。あのランドセルも、あの子のふとんも、服も、下着も、なんにも消えていなかった。だから……やっぱり、あの子が死んだなんて、ウソなんだと思った。あんなにひっそりと、なにも言わずに、突然、あの子だけがいなくなっちゃうなんて……、起こるはずがないことだもの。それも、苦しい時じゃなくて、楽しい時に。あの子の寿命ははじめから決められていたんだ、そのうち納得できるようになるって、だれだったかしら、広太の学校の校長先生だったかな、ほかにも、もう一人いたような気がするけど、そういうことをわたしに言ってくれたひとがいた。寿命だなんて、とんでもないと思った。……でも、実際にはあれから、まずわたし自身、母の家に身を移して、このアパートの部屋を引き払ってしまって、それから、学校の方でも、なにごともなかったかのように、学年が変わり、クラス替えもあって、春の遠足に行き、夏休みを迎えて……、だんだん、広太がいなくなっても、そういうことが起こりつづけるということに、いちいち驚かなくなってきた。そして、そうやって驚かなくなることが、寿命とか、あきらめるとか、そういう言葉につながるのね、きっと。……ずっと今までのことを振り返りつづけてきたわ。なにがいけなかったのか、どうして、こんなことになったのか、知りたくて。もしかしたら、あの子を見つけだし、二人で生き直す方法も見つかるかもしれない、とも期待して……。

章子の声に、楠田の低い声がつづいた。

――なにひとつ、否定できることなんか、なかっただろう。

――そう……、なかった。ひとつの現実しか、生きられないんだし、それで精いっぱいだった。……

台所から、章子が出て来て、広太のいる部屋に行った。章子に気づいて、広太は立ちあがり、押入れからふとんを引き摺りだした。二人のふとんを並べて敷き、広太は自分のパジャマを持って、台所脇の風呂場に行った。スピードの記録でも意識しているかのように、大急ぎで真裸になり、風呂場で湯を自分の体にかけ、石けんを乱暴に腹と手足にこすりつけ、もう一度、湯をかぶって、洗面所のバス・タオルを肩にかける。その姿のまま、ごく簡単に歯を磨き、顔を洗って、タオルで体を拭きはじめた。章子が広太の様子を見に行った。

もっと、ちゃんと洗わなくちゃ。脚もきたないままじゃないの。

広太がなにか言い返した。章子は苦笑して、広太の頭を軽く叩いた。

じゃ、あした、ゆっくり一緒に入って、ぴかぴかにきれいになろうね。

広太は、にこにこ笑いながら頷いた。

パジャマを着てから、広太はふとんのなかに潜りこんだ。章子もあとを追って、広太の横に寝そべった。広太は枕もとに置いてあった一冊の本を、章子に手渡した。数回、すでに読んだことのある本。自分で本が読めるようになっても、毎晩、繰り返したがっていた就寝前の広太の楽しみ。章子も六、七年もつづけているうちに、さすがに朗読が上手になってしまっていた。今晩は、東北地方の民話集。

広太は仰向けに寝て、じっと章子の声に耳を傾けている。章子は表情たっぷりに、しかし低い声で、本を読みつづけた。

物干し台に佇む章子と楠田も、半分ほども聞きとれないその声に聞き入ってしまっていた。

突然、外から、子どもたちの甲高い声が聞こえてきた。

こうた。こうた。

紺のトレーナーを着た広太が、部屋から物干し台に駆け出てきた。まだ、幼児の体つきの広太。

章子と楠田は、広太とぶつからないように、あわてて物干し台の隅に体を寄せた。いつの間にか、青空が頭上に拡がり、隣接する家の屋根や窓が日の光を受けて、白い色に輝いていた。

広太は物干し台の手摺りから下を見おろし、澄んだ、高い声で叫び返した。

おおい、あがってこいよ。

そして、部屋のなかに駆け戻って行く。

窓が開け放たれ、食卓には、黄色のカーネーションと、サンドイッチ、チョコレートのケーキ、フルーツ・ポンチなどが窮屈に並べられていた。台所から、章子がコップをプラスティックの盆にのせて、運んできた。

むかえに行ってくる。

広太は叫びながら、台所を抜けて、外に姿を消した。

――あの子の誕生日よ。この日で、あの子は六歳になったんだわ、たしか。次の年は、遊園地に連れて行ってくれた方がいいって言われて、あの子の友だちも誘って、ぞろぞろと遊園地に行った。その次の最後の誕生日も、映画を見に行って、やっぱり、こういうパーティーはやらなかった。わたしはパーティーをやってあげたかったんだけど、あんなのは子どもっぽくて、恥かしいって思うようになっていたみたい。男の子って、ああいうのは照れくさいのかしら。……

章子がまだ話し終わらないうちに、広太と三人の男の子たちが、部屋のなかになだれこんできた。

こんちは、おばさん。

こんちは。

部屋のなかの章子に、口々に声をかけながら、まっすぐ物干し台に走り出て行った。そして物干し台の隅に、几帳面に並べられている数個の水槽を取り囲み、にぎやかに、なかの生きものたちを取り出し、広太の説明に歓声をあげたり、笑い声をあげたりしはじめた。アマガエルに、アフリカツメガエル。ミドリガメ。卵からかえったばかりのトカゲ。ゲンゴロウ。

――そう言えば、ああいう生きものは広太がいなくなったあと、どうしたの。

楠田が囁いた。章子も囁き返した。

――もちろん、みんな母の家まで運んで、広太の代りに世話をつづけたわ。広太の友だちにも、これは広太のものだから勝手にわけてあげることはできないけど、様子を見たくなったら、いつ見に来てくれてもかまわないって言ってたんだけど、結局、だれも来なかった。そして、三ヵ月経った頃には、カメ以外はみんな死んでしまった。そして最後に残ったカメも、半年しか生かしておくことができなかった。……

部屋のなかから、もう一人の章子の声が響いた。

それはあとにして、みんな、こっちにいらっしゃい。フルーツ・ポンチで乾杯しましょう。

男の子たちは顔を見合わせてから、それぞれ生きものを水槽に戻し、部屋に戻って行った。

だめよ、そのままの手じゃ。洗面所でみんな、手を洗っていらっしゃい。

章子に言われて、男の子たちは洗面所に行き、そこでまた、ふざけはじめた。

こら、なにをしているのよ。早く、こっちに来て。

広太がまず、走り出てきた。髪が水しぶきで濡れていた。つづいて、服まで濡らしてしまった他の子どもたちがにやにや笑いながら、食卓に向かって坐りこんだ。

いやねえ、あんたたちって、手もまともに洗えないの。一応、きょうはお誕生日なんだから、ちゃんとそれらしく、歌ぐらいはうたってよね。

章子は坐り直し、広太に向かって軽く頭を下げて言った。

広太、六歳のお誕生日、おめでとう。

広太は恥かしがってうつむき、男の子たちの方を上眼づかいで見やった。男の子たちは笑い声を洩らした。

さあ、お誕生日の歌をうたって。いい？　一、二の三。ハッピー・バースデー・ツー・ユー。……

遅れて、男の子たちも小さな声で歌いだした。しかし、すぐに声は大きくなり、最後の部分に辿りついた頃には、怒鳴り声に変わってしまっていた。

……ハッピー・バースデー・ディアー・コウタ、ハッピー・バースデー・ツー・ユー。

広太は肩をすくめ、うつむいたまま、くすくす笑いだしていた。

同じ部屋に、他の人影が見えた。章子の兄の義男と、まだ二十代の若さの宏が、二人そっくりな笑顔で広太の方を見つめていた。宏は義男の肩を抱き、義男は宏の膝に両手を預けている。子どもたちが食卓の上の食べものに手をつけはじめると、宏は義男の肩を抱いたまま、煙草を吸いはじめた。義男はその煙を息を詰めて見つめた。宏は義男のために、口から煙の輪を次々に出してやったり、細長く吹きだして見せたりした。

広太がその煙に気がついて、サンドイッチを手に持ったまま、宏に近づいて行った。他の男の子たちも、あとからつづく。食卓に取り残された章子は、微笑を浮かべて、宏を囲む子どもたちを見やっていた。

煙草を吸い終えてしまうと、宏は子どもたちを見渡して、よし、これだけ男の子がそろっているんなら、相撲でもやるかと言いながら立ちあがった。男の子たちも、義男も含めて大喜びで立ちあがった。

お相撲をやるんなら、あっちの部屋でやってよ。

章子が宏に声をかけた。

宏は頷き、隣りの部屋に移った。

きょうは広太の誕生日だから、広太が最初だな。いいぞ、かかってこい。

宏は部屋の真中で、さっそく、身構えてみせた。子どもたちは、ためらっている広太を宏の前に押しだした。広太は照れて笑いながら、宏の体にとびついた。宏は巧みに、広太の体をすくいあげ、そっとその体を畳に横たえた。戸口に立つ子どもたちは一斉に笑い声をあげた。他の子どもたちよりも体の大きな義男も、口を開けて笑っていた。

つぎ、だれでもいいぞ、思いっきり、かかってこい。

宏に言われて、一人の男の子が歯を食いしばって、宏にぶつかって行った。

食卓の前で、章子も子どもたちの様子を見やって笑っていた。章子の横には、今の年齢よりも若い達夫叔父が坐って、微笑を浮かべていた。

部屋には、まだほかの人影も見えた。一人。二人。どの影もくつろいで、子どもたちの賑やかさを楽しんでいるように見えた。たしかに知っている人たちなのだが、はっきり見分けることができなかった。

三人。四人。人影は増えつづける。

広太の六歳の誕生日は、賑やかになる一方だった。

17

——今でも、長い夢を見つづけている、と言うより、自分が生まれてきたこと、そして生まれてきたこの世界、わたし以外のひとたちも、死んだひとも、これから生まれるひとたちもみんな、ひとつの夢のなかのできごとに過ぎないんじゃないかって……。

松居が口を開け、声を出そうとした。章子はその松居に微笑を向けて、話をつづけた。傍に体を横たえ、片腕で頭を支えている石井は、煙草の白い煙がよどむ物置の天井を見やっていた。

——こんな感想、あまりにも言いふるされた言いぐさなのかもしれないわね。それはわかっている。でも、とりあえずはまず、そう言っておきたいの。ああ、そうだったのか、とわたし自身、とても強く感じたことだから。ひとがそう言うのを聞いてはいたけど、そしてわかっているつもりでもいたんだけれど、いつの間にか、広太と広太を産んだ母親としての自分だけはべつなんだ、と思いこんでいたのね。夢の一部として、なんの脈絡もなく、どこか片隅に姿を現わして、そしてあっけなく、なんの意味も、あとかたも残さずに消えてしまう、とは思わなくなっていた。……ごめんなさい、もうすこしだけ、話をさせてね。たぶん、こういう機会はこれが最後でしょうから。

石井と松居の両方に眼を向けてから、章子はコップに残っていたウイスキーに水を注ぎこみ、唇をそれで湿らせた。

石井がどこからか運んできたコタツと電気カーペットのおかげで、一年でいちばん寒い時期の夜更けでも、さほどの寒さは感じずにすんでいた。

五日前に、家の工事はようやく終わった。その夜、母親の招待に応じて姉夫婦が子どもたちを連れて来て、工事の出来栄えを肴に、夕飯を一緒に食べて行った。姉は新しくなった台所を特にほめ、これだったら、これからちょくちょくわたしも来て、使わせてもらわなくちゃ、と言った。

あんたの知恵もずいぶん借りたんだし、ぜひそうしてくださいよ、と母親は答えていたが、母親の関心はすでに、台所や風呂場の変化よりも、遠いアメリカで刻々、死に近づいているという達夫叔父の妻の身に移ってしまっていた。病人本人のことよりも、弟の達夫が仕事以外にはなにもできない男だというのに一人でどうしているか、それがなにより母親にとっては気がかりで、あれはのんきなことしか手紙には書こうとしないから、と愚痴をこぼし、日本に戻るよう説得できないものか、それとも章子だけでも様子を見届けにアメリカに行ってみたらどんなものか、と一人で頭を悩ませていた。

その夜、姉たちを見送ってから、章子は〝夢殿〟にまた、松居と石井に来てもらわなければ、と思いついた。工事は終わったのだ。もちろん、それで〝夢殿〟が使えなくなるというわけではない。二度と、石井と会えなくなるというわけでもない。それでも、姉や母親の様子を見ているうちに、〝夢殿〟と自分が今まで好んで呼んできたその場所の魅力が、工事の完了と同時に早くも消え失せようとしていることに気づかされていた。夜なかに一人で行き、広太と過ごした時間のすべてを見届けようとした〝夢殿〟。自分が生まれてきてから今まで過ごしてきたすべての時間を辿り直そうともした。それは今まで、自分が知ったひとたちと改めて出会うことでもあった。一人で悪酔いをして、勝手口の外にある流し場で呻きながら、もどしたこともあった。自分のそばにいる広太の霊をどうしてでも確かめたくなり、全身裸になって、コップに広太の好きだったグレープ・ジュースを入れ、蠟燭をつけ、様子をみてみたこともあった。ほんの三十分ほどで、あきらめたと言うより、自分でばかばかしくなってやめてしまったのだったが。

〝夢殿〟は、ついきのうまで、章子にとってそういう場所だった。〝夢殿〟に興味を失う日が自分に来るとは考えたことがなかった。なにものでもなくなった自分に唯一、例外として許されている、場所とも言えない場所。そう思いつづけていた。石井と松居のおかげで、見出すことができた。その二人と過ごす〝夢殿〟での夜にも、章子は支えられていた。今度はいつ、と思うだけで、体に光が射しこんでくるような気がした。〝夢殿〟でしか実現しない、不思議な喜びなのだ、と信じつづけていた。それで、始終、そういうことがあってはいけない、とも思え、先延ばしに延ばしてきた。家の工事の短かい日数を考えていなかった。

明日で工事は終わりです。内容としてはきょうで終わりなんですが、明日はあと片づけと確認を行ないますから。

石井にそう言われた時、章子はまず、その日の日付けを石井に聞いて、確認せずにはいられなかった。日附けを聞き、広太の命日までの日数を数えた。あと二十日あまり。忘れていたわけではなかった。忘れてしまいたい、と思っていただけだった。同じ日附けでも、もちろんまったく同じあの日が巡ってくるのではない。はじめの一年が過ぎ、次の一年がはじまるからと言って、突然、今までとはちがう日々がはじまるのでもない。けれども、赤ん坊が生まれてから過ごす最初の一年が、赤ん坊自身にとっても親にとっても特別な一年なのと同じように、広太のはじめての命日を迎えるまでの一年は、広太の死がまだかたまりきっていない、特別な一年なのだ、と思えてならなかった。特別に恵まれた、幸せな一年。そのようにさえ、章子は思いはじめていた。広太が戻ってきて、以前の生活をさりげなくまた、はじめることができる、と本気で思うことが許されていた日々。広太が死んで、自分は生きつづけている、ということを、いよいよ覚悟をつけて受け入れなければならない。そんな覚悟は、ぎりぎりまで必要はない、と思いつづけていた。

章子はまず、事務所の松居に電話をかけ、家の工事が終わったことを告げた。それで、わたしたちのあの〝夢殿〟で、もう一度だけ、ゆっくりお酒を飲みませんか。

もう一度だけって、どういうこと。松居は驚いた声を返した。あそこを取りこわしてしまうの。

そうじゃないのよ、と章子は答えた。もしかしたら、この先も同じように三人で会えるのかもしれない。でも、やっぱり今までと変わらないということはありえないような気がするの。松居さんだって、そう思うでしょう。

松居は少し考えてから、うん、そうだな、と言った。

松居さん、ありがとう、今までのこと、感謝しています。

自分でも思いがけないことを、章子は言っていた。松居は笑い声を返しただけだった。

それから、石井にも連絡を取った。石井はその日、外をまわっていて、夜になってからようやく連絡がついた。まず、工事で世話になった礼を言い、達夫叔父の消息を簡単に告げてから、母とは関係なく、〝夢殿〟で一応、工事完成祝いということで、お酒を飲むのはどうでしょうか、と言った。

それはいいですね、と石井は屈託ない声を返してきた。工事中とちがって、これからはそちらに気楽に立ち寄ることもしにくくなるでしょうし、あの〝夢殿〟でまた、ゆっくり飲めるなんて、願ってもないことだな。あれから、ゆっくり話をする機会もないままになっていたし。

章子は電話口で頷いた。

これからどうなるかわかりませんけど、家の様子がほんの一部分でも変わるということは、それだけではすまないなにかがあるんですね。いつまでも工事が終わらなければよかったのにって思ったりしますけど、そうもいきませんものね。

不思議な気もするけれど、どんな大きな工事でもいつかは片がつくということになっていますから。ただ、片がつくといっても、よく考えると、そこですべて終わりという意味ではなくて、いつかまた取りこわす時が来て、どこまでいっても終わらない、ぐるぐるまわっているだけということでもあるんですけどね。章子さんも、細かなことにいちいち、意味をつけて考えないほうがいいですよ。すぐに、そんな意味は消えてしまうんですから。

章子は笑いながら、石井に答えた。

わたしも本当にそう思います。ありがたいことに、いつかはわたし自身も死んで、消えてしまうんですもの。

この自分の言葉を、章子は〝夢殿〟のなかで思い出していた。石井も忘れてはいないだろう、と思った。

石井はその時、はじめて思いついたように、来月にでもおじさんのところへ行きませんか、と言いだした。ぼくもずっと向こうに行ってないし、あの奥さんにはずいぶん、世話になっているんです。あなたのお母さんがそんなに心配なさっているんだったら、行ってきたほうがいいですよ。一週間程度なら、ぼくもなんとかできると思いますから、一緒に行ってみませんか。章子さんはもうすこしゆっくり、あちらに残ったっていいんだし。

章子はうろたえて、思わず笑い返していた。

だって、そんなこと。わたしがひとり行ったって、邪魔になるだけだし。ほんとは母を連れて行くつもりでいたのに、母はどうしても承知しないから、もうあきらめたの。

あちらは喜ぶと思いますよ、と石井は言った。あちらは子どもたちも含めて、ほとんど確実に、死が待ち構えていることを知っているんですから、章子さんの存在は、変な言い方かもしれないけれど、きっと心強く感じられるんじゃないかな。

不吉に思われるだけかもしれないわ。わたしだって、ほんとのことを言えば病院とか、死にそうな病人とか、そんなものに一歩でも近づきたくない。せっかく広太の時のことを思い出さないように生きているのに、あんなところに近づくのはいやですよ。

章子の口調は感情的なものになっていた。

まあ、ちょっと考えといてください。あわてて決めることはないんですから。章子さんが行かなくても、たぶん、ぼくは行きます。そのうち、またこのことでぼくから連絡しますから。

石井はそれで、章子との会話を打ち切ってしまった。

それから、まだたった四日しか経っていない。石井と松居を〝夢殿〟に迎えて、二人が仕事に関する話をしながら、ウイスキーの酔いで互いにくつろぎを感じはじめた頃、章子は自分がこのところ、見つづけていた夢を語りだした。夢、と呼ぶよりも、章子としては、自分が辿ったもうひとつの時間、と言わずにいられないような、そんな体験なのだけれども、という前置きと共に。

石井の提案は、特に思い悩むほどのことでもない、と章子は思っていた。石井にしても、その場の思いつきで言っただけで、章子がアメリカに行くことは期待もしていないにちがいない。それで、石井と顔を合わせても、その話には知らん振りをつづけていた。石井も自分から一言も言いださなかった。やはり、真剣に考えなければならないようなことではなかった、と安心を覚え、章子は話しつづけていた。けれども時々、石井の顔を見ると、自分がなにかを置き忘れて、〝夢殿〟と名前をつけた物置小屋に腰を落ちつけているような、ぼんやりした苛立たしさを感じずにはいられなかった。

その石井は、章子の話を聞きながら、大好物だという、とっくに冷えてしまったベーコンと炒め合わせたポテトを少しずつ、楊枝で口に運んでいた。

壁の羽目板の隙間が、外灯の光を受けて、青白い微かな横縞に光って見えた。雪がいつの間にか降りだしたのかもしれない、と思いたくなるような青白い、透明な光だった。実際、いつ雪が降りだしてもおかしくはない寒い夜だった。

――……大きな、大きな、どこまでいっても終わらない夢。でも、そのなかで眼に映るひとたちや街の様子がかけがえのないものに思えてくる。あの子が死んではじめのうちは、なにを見ても吐き気がするほど醜く見えて、あんまり醜くて、始終、それで涙を流していたのよ。でも、それが少しずつ、どうでもいいことに思えてきて、ただぼうっと過ごすようになっていた。わたしとしてはそのままの状態で過ごしていたかったけど、結局、そうもいかなくなってくる。なんにも意味がないんだから、悲しむことも、なにかに期待することもいらなくなるという気もしていた。だけど、わたし自身はどうなのかって考えたら、わたしだっていつでも、広太さえ生きていてくれたら、とあいかわらず思いつづけているのよね。広太さえ、そばにいてくれたら、どんなに満足して生きつづけることができただろう、広太がこの世でいちばん好きな人間だったのにって。でも、それも変な思いこみなのね。わたしが今、思いこんでいるように、もし広太と一緒に生きつづけていて、そのことに満足しきって、広太一人しか眼中にないような状態が実現したとして、そんなの、広太にとってはうれしいどころか、ぞっとするような状態よね。もし広太が普通の男の子だったら、いつかはそんなわたしとの生活から逃げだすに決まっているわ。それがはたちの時だとしたら、今から十年ちょっと先のことですものね。

——こまごま、よくそんなことまで考えるなあ。

石井が小さな笑い声を洩らした。松居も釣られて笑いながら、独り言のようにつぶやいた。

——でも、子どもが生きていれば生きているで、あれこれ先のことを考えるものだよ。息子が高校生になって、女の子に気を取られるようになったら、父親としてどのようなことを教えておいてやればいいか、なんてね。一方で、子どもがまだ、よちよち歩きをしていた頃の夢をいつまでも見ている。今にも転びそうだ、車に轢かれるぞって、夢のなかで、やきもきしつづけている。

——おれには子どもがいないから……、自分の親を思うと、そんなものなんだろうってわかるような気もするけど。親と子どもって、やっぱり人間の場合だって、本能でつながっている関係なのかな。

——本能というか……、どうなんだろう。自分の所有物のはずだったのが、ほかの所有物とちがって、時間が経てば経つほど、まったくそうじゃないことを思い知らされる驚きやら、恨めしさもあるだろうし……。

松居の言葉を引き受けて、章子は言った。

——その存在のすべてを知っていて、だから世界で唯一、安心して愛せるんだっていう親の方の思いこみは、わたしにもあったわ。広太がわたしより大きくなって、一緒に並んで歩くようになる日が楽しみでしょうがなかった。実際には、中学生にでもなったらさっそく、母親となんか肩を並べて歩きたがらなくなるのよね。ましてや手をつないだりとか、腕を組んだりなんて、気持がわるいだけよね。なのに、平気でそんなことを想像していた。いつも胸に抱いて、体を洗ってやって、おむつを換えてやっていた子どもなんだから、体がどんなに大きくなったって、手をつなぐぐらい、当然のことだという気がしてしまう……。

松居も石井も苦笑を浮かべて、頷いた。章子は言葉をつづけた。

——……それに、広太がそばにいた頃だって、時々、ひとが恋しくなって恋しくなって、体に力が入らなくなることがあったのに、そんなこと、さっさと忘れていたんだわ。だって、広太を取り戻したいと思いつめるためには、いちばんよけいな、自分自身を裏切るような記憶ですものね。でも、忘れたままというわけにはいかなかった。あの子がいてくれたって、わたしはさびしさから、だれかに眼を向けていたのかもしれない。この間、石井さんがきっかけを作ってくれて、子どもの頃、好きだったひとに会ったの。

松居にまず眼を向け、それから石井にも眼を向けた。石井は電気スタンドの光に顔を向けていた。

――……それで、ひとって変わらないものだなと思った。そして、ひとを好きになるってたいへんなことなんだとも思った。すこしも楽しいことじゃない。楽しいのは、好きになりそうかなっていう時だけで、いざつながりができると、いろいろな感情が嵐みたいになって、なにがなんだかわからなくなってくる。それでも、多くのひとはひとを好きになりたい、特別な一人と出会いたい、と思いつづけている。だれだって、さびしくて、心細くて、不安で、それでそんな自分をしっかり受けとめてくれる相手を探しつづけているみたい。そして、相手をも同じように受けとめたい。探さずにいられない、そういう相手を。なんの意味もなく、生きて、死んで、それだけなのに、なんというエネルギーだろうって、ギョッとしちゃう。それだけだからこそ、生まれるエネルギーなのかなあ。花火みたいに、そのエネルギーがにぎやかにきれいな火花になって、わたしたちを照らしだしている。そんなふうにも思えてくるの。この火花ならよくて、あの火花はだめなんてこともないんだと思う。

――おそろしいだけだって言いきってしまいたい気もするけど、男と女ではだいぶ意味がちがうのかもしれない。

松居が口を開いた。

――でも……、つまり章子さんの場合ならそれは女として、生きたいと思えるようになってきたってことだろう？

石井の言葉に、章子は頷き返した。

――それで今すぐ、わたしがどうなるということでもないんだけど……、そうねえ、松居さんも、前に言ってくれたことがあったでしょう。もっとおしゃれを楽しんで、お化粧もちゃんとして、そういうところからでも元気を取り戻さなくちゃだめだって。

松居は章子の顔を見て、微笑を浮かべた。

――言ったかなあ、そんなこと。親の家にいつまでも世話になっているのは、まずいんじゃないかって、そういうことは言ったおぼえがあるけど。

――同じ意味で、わたしにおしゃれのことも言ったのよ、きっと。前にそう言われた時は、なんとなく不愉快な気がしていたんだけど。ずいぶん気楽に、ひとのことは言えるものなんだなって。

――おしゃれもエネルギーがいるものね。

石井が身を起こしながら、言った。

――ぼくだって気になるひとがいるとなると、とたんに、ズボンの折り目や、フケが気になるんだから。

章子も松居も笑い声をあげた。

――でも、章子さんが見ちがえるようにきれいになったら、もちろんぼくもうれしいけど、さびしい気もするだろうな。もう、ぼくのことなんか忘れちゃうのかなって。

——いくらお化粧を塗りたくったって、そんなきれいになれるはずがないじゃない。目鼻だちまでは変えられないんだから。

松居がふと、真面目な顔に戻って、小声で言った。

——そろそろ、一年めになるんだね。

章子は口を開けたまま、頷いた。そして、息を吸いこんだ。

——二月だったものね。天気はわるくなかったけど、風が冷たくて。……もう一年になるのかってぼくには思えるけど、章子ちゃんにとっては長い一年だったんだろうね。でも、ここまで来たんだから、もう安心してもいいよ。ぼくなんかより、この一年で章子ちゃんはずっと、きたえられて、大きくなっているはずなんだから。

首を横に振って、松居に笑って応えようとした。その拍子に、息が詰まり、頭が締めつけられ、両眼から涙がこみあげてきた。

石井に笑いかけ、涙から逃げようとした。石井は静かにほほえんで、章子を見つめていた。

——……なにか言って、お願いだから。

左手の指先で両眼を忙しく交互にこすりながら、章子は言った。

——いやね、泣いちゃいそうよ。それとも、どちらかの胸を借りて思いきり泣かせてもらえる？

——そのほうがいいんなら、いくらでも。

石井が冗談めかして、小声で答えた。

章子は息を吸いこみ、それから笑いだした。涙がまだ、眼のなかに残っていた。

――よかった、泣かずにすんだ。

――そうか、せっかくおれも泣きそうな気分になっていたのにな。

松居が鼻をこすりながら言った。

――ほんとに？　松居さんが泣くところ、見たかった。

章子はもう一度、笑い声をあげた。石井も松居もそれぞれ微笑を浮かべた。

――……でも、なんだか変なものね。あの子のことがあってから、こんなふうに思わず涙ぐむことはしょっちゅうあったわ。でも、ひとが見ているからみっともないとか、まわりのひとの邪魔をしちゃいけないとか、それとも、一度泣いてしまったら、何日でも何年でも、自分が死ぬまで泣きつづけることになってしまうという気がして、だから今はまだだめ、泣くのはいつでもできる、と思って結局、ほんのちょっぴりしか泣いたことがないままでいるの。……そのうちにきっと、なんにも気にしないで、思うがまま泣く時が来るんだ、とその時から思いつづけてきたけど……、この頃、そんな時はいつまで待っても来ないんだろうな、という気もしてきた。なにもかも忘れて泣くなんて、自分がこうして生きている間は、起こりえないことなんじゃないかしらね。

石井がウイスキーの瓶を取りあげ、三人のコップに注ぎ足してから言った。

――とにかく、もう一度、乾杯しなおそうか。今までの時間のために、そしてこれからの時間のために。

三人で顔を見あわせ、笑いながらコップをそれぞれ持ちあげた。石井が乾杯、とまず声をだし、遅れて松居と章子も同じ言葉を繰り返した。

一口、コップのウイスキーを飲んでから、石井が独り言のようにつぶやいた。

——でも、起こりえないとは言いきれないと思うよ。……もちろん、大抵のひとは自分の感情をのみこんだまま死ぬことになるんだろうけど。

——夢だよな、だれにとっても。もし泣きたいだけ泣いたら、そんなしあわせなことってないよ。だから、いつかはもしかしたらって、その可能性を捨てる気になれないんだ。

松居が章子に顔を向けて、言った。

——……そうね、なにもわたしだけじゃないのよね、泣きたいのに泣けないまま生きているのは。

章子は松居と石井の顔を見比べずにいられなかった。

——だけど、ぼくは夢だなんて決めつけたくないなあ。たしかに、それほど簡単なことじゃないかもしれないけど、泣きたいときに泣くのは健康的なことなんだから、泣けるように自分を導いていくのもだいじなことだよ。悲しくて泣く場合の儀式みたいなものが、今でもほかの国に行くとあるらしいけど、そういうのもきっと意味のあることなんだ。泣き女を葬式にわざわざ連れて来るとか、胸をたたいて踊りをおどるとか。

石井の言葉に松居が頷いた。

——そうだなあ、人が死んで泣くのも、人が好きになってつきあいはじめるのも、手順が肝心ってわけか。

——人間っておかしなところがあるのねえ。

章子が笑いながら言った。

——すこし歩きたくなってきたな。外に出ようよ。

松居がコップを置いて、早速、腰を浮かした。章子はあわてて言った。

——だって寒いわよ、外は。雪が降りだしているかもしれない。

石井も勢いよく、立ちあがった。

——なおさら、いいじゃないか。気持いいぞ、きっと。

——でも、ほんとはたぶん雪なんか降ってないわ。

松居が笑いだした。

——いいよ、どっちだって。雪が降っているのがよければ雪が降っているつもりになればいいんだし。とにかく、ぶらぶら歩いてさ、それで、今晩は切りあげよう。

石井はもう、紺色のコートを着こんでいた。

——もう戻ってこないんだったら、煙草の始末、ちゃんとしておかなくちゃ。ここが燃えるのはかまわないけど、母まで焼き殺すわけにはいかないもの。……

章子はひとりでつぶやきながら、大雑把にまわりを片づけ、灰皿に水をかけてから、コートを羽織り、最後に物置の床におり立った。すでに、石井と松居の二人は戸口で、章子を待ち構えていた。

——いいかい、じゃ開けるよ。

松居が言い、ガラス戸を大きく開いた。

寒さよりもまず、白いぼんやりした光を感じた。

——雪だわ。

章子は思わず叫んだ。

――ほんとに雪か。

石井も声を弾ませた。

松居は頭上の空を見あげながら、外に出て行った。つづいて、章子も外に跳びだした。

地面に雪を見つけることはできなかった。ほの白く地面を照らしている街灯に眼を向けた。外の闇にまだ慣れていない眼には、その蒼白い光以外にはなにも見えなかった。

三人とも、黙りこんで、街灯を見つめていた。やがて、松居がつぶやいた。

――降っているよ、ほんとに。

――うん、降っているな。

――ほんとなの？

章子は物置小屋から離れ、そこから改めて街灯の光に眼をこらした。小さな光る点がいくつか、ふらふら宙を舞っていた。

――通りに出た方が、もっとはっきりわかるわ。

章子は気持の弾みにまかせて、門に向かって走りだした。木戸を開け、外の道に出た。まず塀の内側から見ていた街灯を見やってから、車道を見渡した。車も人の姿も見えず、静まりかえっていた。交互に左右から、道は水銀灯の光を受け、その光の源のごく限られた部分に、砂粒のような小さなきらめきの舞うのが見えた。他には雪の気配は見られず、雪の光る部分だけ、空に窓が開いているようでもあった。

――雪だわ、たしかに。

傍に立った松居に、囁きかけた。

——積もったら、いいのにね。

反対側に、石井も立っていた。

——あんまり積もらないでくれたほうがいいよ。でも、きれいだな。雪もこうして見ると。

章子は頷いた。息を吸いこみ、はじめて空気の冷たさを感じた。ハーフ・コートの前を掻き寄せ、空中のきらめきを見あげながら歩きだした。

——今年は雪がすくなかったんだね、そういえば。……

松居が言った。

——……章子ちゃん……、だけど夢と言えば、ぼくだって大きな夢を見つづけているだけなんじゃないかって思うことがあるよ。夢からさめたらどうなるのかは知らないけど、子どもの頃のぼくも、今となっては夢としか思えないし、その頃のぼくを思うと、今、こうしてある一人の女と一緒に生きていて、子どももいて、さらにこうして、真夜中、雪のなかをこの三人で歩いているのも、夢と言えば夢としか思えない。……

頷きながら、石井も口を開いた。

——そうだなあ。ぼくも。アメリカで勉強していたことなんか、ひとの夢のなかを覗きこむような、そんな感じでしか思いだせないもの。一応、ぼくとおぼしき人物がその夢のなかではうろつきまわっているけどね。でも、それが本当にぼくだったのかどうか、つきつめて考えだすと、それすらも自信が持てなくなってくる。章子さんのおじさんや、その頃の友だちにたまに会うと、だから、ほっとするけどね。

十字路に出た。黄色の信号だけを点滅させている信号機を見あげながら、章子は言った。

――見て、あそこにも雪が見える。

石井も松居も口を開けて、頭上を見あげた。

――どっちの方へ行く? せっかく雪が降っているんだから、土手の方がいいかしら。

二人のどちらもはっきり返事をしなかったので、章子は土手の方に向かう右の道に進みはじめた。

石井が話をつづけた。

――自分ではそんな感じでしか思い出せなくなっているけど、それでもたまに、これは本当の夢のなかでアメリカに戻っていることがあるから、妙なものだね。……

章子は石井の横顔を見やって、頷いた。

道幅の狭い道になったが、水銀灯の光は変わらず、かえって雪のきらめきが増えたようにも見えた。

――この間も、向こうで世話になっていた人たちと散歩をしている夢を見た。大学の構内のようでもあるし、リゾート地でもあるような感じで、めしでも食いに行こうかっていうところなんだけど、なにかの拍子でぼくだけが遅れてしまって、それですぐに追いかければすむことなのに、気持がひねくれちゃって、自分から取り残されるようにわざとゆっくり歩いているんだ。それでいて本当は、だれかが急いで戻ってきて、どうしたんだ、びっくりしたぞ、とか言って欲しいと思っているんだね。でも、だれも戻ってはこない。道ももう、わからなくなってしまっている。引き返そうと思っても、それも自信がない。こんなわけのわからないところで、とうとうひとりぼっちになってしまったって泣きたい思いで、歩きつづけているんだ。……実際、言葉がわからなくて、そういう妙にひねくれていた時期があったんだよ。土地勘も働かなければ、言葉もよくわからない。だったら、自分から気の済むまで人に聞いてみればいいのに、そうはしないで、背を向けて、どうせ、こうなるんだって恨みがましくまわりを見渡していたんだ。自分自身、つらくてしょうがないくせにね。そんな状態が長くつづいていたわけじゃないんだけど、夢で見るのは、その時期にだいたいかぎられているんだよ。それで、眼がさめると、我ながらいやな気持がしてね。これが自分ってことなのか、とすると、いつまた同じことを繰り返すかわからないということなんだなって。そういう形でしか夢を見ないから、本当はあの四年間に、楽しいことのほうが多かったのに、思い出すこと自体いやになっているのかもしれないな。……おぼえていることはおぼえているけれど、なんとなくひっかかるものがあって、わざわざ思い出すこともないという感じになってきているよ。

道を歩く人の影は相変わらず見えなかった。停車している黒い車の屋根が雪で白く変わりはじめていた。

——……わたしも今、それで急に思い出した。……広太とこれから、いろいろなところへ行こうねって二人でよく言いあっていたの。とりあえずは沖縄を考えていたし、そのうち、スリランカとか、オーストラリアとか。……

道を左に曲がった。新しく建ったばかりの、この辺りでは一番大きなマンションに沿って、三人肩を並べて歩きつづけた。

——あの子と最後に行ったのは、夏の北海道だったわ。知りあいがわたしたちを泊らせてくれるっていうから、思いきってでかけたんだけど、あの旅行のことも思い出したくなくて、わたしたちを泊めてくれた知りあいに会うのさえ、いやになっていたの。でも、ほんとはすごく楽しかったのよ。どんなに楽しかったか、今、急に思い出した。飛行機にはじめて二人で乗って、オホーツク海の海岸で遊んで、ラーメンを食べて、アマガエルを追いかけまわして……。どうして、こんなに楽しかったことは忘れるのが簡単なのかしら。もっともっと、いくらでも忘れていることがあるんだわ。

松居が白い息を吐いて笑いながら言った。

——でも、今、思い出したじゃない。きっとだんだん、楽しかったことがこれから浮かびあがってくるんだよ。忘れちゃうわけじゃなくて、順番待ちしていると思えばいいんじゃないかなあ。まずは、気持にひっかかるものをいやいやながらも味わって、そうするうちに、楽しかったことも少しずつ思い出せるようになるんだよ。年寄りなんか、楽しいことしか経験しなかったような言いかたで、昔の話をするもの。

マンションの隣りに、小さな児童公園があり、その土も雪の色に変わりはじめていた。オートバイが三人の脇を走り抜けて行った。児童公園に沿って、右に曲がり、陸橋にさしかかった。

——でも、まるっきり逆の年寄りだっているわよ。だれよりも不幸な一生だったって、宣伝して歩いているようなひと。わたしもまちがって長生きしちゃったら、そういう年寄りになってしまいそうよ。

——寒いなあ、さすがに。……ひとはいやなことは忘れるものだっていうけど、よく考えるとなんだか、わからなくなってくるね。そうも言えるし、そうとも言えない。

石井は言いながら、立ち止まり、橋の下に見える線路を見おろした。章子も石井と並んで、そこから見える土手を見やった。土手の水銀灯。線路を照らす、たよりない明かり。マンションの窓の光。島のようにそこだけが暗く沈んでいる駅のプラットホーム。視界が拡がったから雪がよく見えるようになったのか、それとも雪の降りが激しくなってきたのか、判断がつかなかったが、雪が大きな渦を作って舞うのが、土手とマンションにはさまれた暗い空にはっきり見えた。

——……この雪、積もりそうだね。

松居がつぶやいた。

——……なんとなく、こわくなってくる。

章子もつぶやいた。

——……あと何年、おれも生きているんだろうな。来年かもしれないし、明日かもしれないし、五十年後かもしれない。

石井の言葉に、章子は笑いだした。

——五十年だなんて……、でも、五十年経っても、まだ九十歳にもなっていないのね。気の遠くなりそうな話だわ。

——だけど、たいがいその前に死んでいるよ。五十年後には、三人とも死んでいるさ。この景色もすっかり変わってしまっているだろうし。

陸橋の手摺りに継ぎ足されている金網に鼻を押しつけて、松居が言った。

——……五十年前には、わたしたちまだ、生まれてもいなかったのよね。

――タイム・マシンでその時代に行ったとして、なにも変わらないなって安心して見ていられるのは、きっとこういう雪だとか、雨だとか、空とか、そういうものだけなんだろうな。外国に行っても、そうだしね。

石井が言った。

章子はその石井の顔を見つめた。石井は素知らぬ顔をして、線路を見おろしていた。煙草を吸いはじめた松居に向かって、章子は言った。

――おじのところに、この春、わたし行ってみるわ。

石井が顔をあげ、章子に眼を向けた。

――おじさんって、アメリカにいるおじさんのこと？

松居が驚いた声を出した。

――そう…、おばが病気なのよ。それで、とにかく行ってみる。おじとも会いたいし、どこに行っても変わらないというものを見たくなってもきたし。

石井と眼があった。石井はおどけたように、右眼をつむって見せた。

――おじのところは、アメリカといっても北のはじっこだから、毎年、冬になると凍死する人が何人も出るような寒さになるんですって。大雪のために家から一歩も外に出られなくなる日が何日もつづくんですって。だから地下室が作ってあって、そこで洗濯ものを干したり、運動したり、食べものもしまいこんで、冬を過ごすんだって、おじが前に言ってたわ。そんな冬を、おじは何回も味わってきたのね。……

松居は頷き、章子の顔をのぞきこんだ。

――章子ちゃんがいなくなると、こっちは少しさびしくなるけどね。……でもとにかく、このままここにいても、凍死してしまいそうだよ。この様子じゃタクシーも拾えそうにないし、いったん、章子ちゃんのところに戻った方がいいんじゃないかな。あと四時間もすれば、始発もでるだろうし。

――そうよ、そうした方がいいわ。帰り、一人じゃいやだなって、実は思っていたの。

章子は頭にかかった雪を払いながら、弾んだ声で言った。そしてまず、石井に身を寄せて腕を石井の背にまわした。

――凍死しないように、三人でこうして帰らない？　この方がずっと暖かいわ。松居さんはこっち。

苦笑しながら、松居が章子の肩を石井と反対側から抱き寄せた。

――ほんとに、あったかい。

章子は左右の男の顔を見比べた。そして頭上に眼をあげた。今では、雪の渦が見逃がしようもなく、頭上の空を蔽いつくしていた。

三人で肩を組んだまま、急ぎ足に歩きだした。

五十年後にも、今はまだ生まれていないだれかがこのようにして雪のなかを歩いているのかもしれない、と章子は思った。左右のこの人たちも同じことを考えているのだろうか。章子は自分の肩の上の二人の手をそれぞれ握りしめた。三人の息が同じ大きさで、白く見えた。

18

「早いもので、来月にはいよいよおじさまやおばさまにお目にかかれるのですね。おじさまとは半年振りにお目にかかれるわけですが、おばさまとはもう二十年近くもお会いしていません。そんなに年月が経ってしまっているのか、と改めてびっくりさせられます。おじさまの口から消息をお聞きしたり、写真もたびたび送ってくださっているので、おばさまや雅夫さんたちのこともいつも身近に感じつづけてきました。

おばさまの御容体がこのところ、安定なさっているとのこと。母も安堵の息を洩らしておりました。こちらでは病人にガンであることは隠しておく場合のほうが多いので、自分の病気を知っていることがおばさまに悪い影響を与えるのではないか、と母は心配していたのですが、おばさまの御様子を聞いて、それも決して悪いことではないのかもしれない、と思いなおしはじめているようです。もし、自分がガンになったら隠さないで、とこのところ、姉や私に言うようになってきました。けれども、母はいつもの調子で、実際は元気そのものですので、どうぞ御安心ください。

そちらに行けばまわりは英語だらけなのだから、英語で少しは用が足せるように英会話も今のうちに習っておいたほうがいい、とも母は毎日、私の顔を見るたびに言いつづけています。

さもないと、おじさまたちのお役に立つどころか、お荷物になってしまうだけではないか、と。たしかにそれはその通りですので、ラジオやテレビの英会話の番組で、高校時代の英語をなんとか思いだせないものか、と効果はさほど期待できないかもしれませんが、一応ささやかな努力もはじめています。考えてみれば、雅夫さんたちとも、日本語ではおはなしができないのですね。もちろん、私の今の英語に比べれば雅夫さんたちのほうがずっと日本語をお話しになれるのでしょうが、それでもこみいった話になるとやはり英語ということになるのでしょう。この冬、おじさまがローマとパリに行っているあいだ、雅夫さんたちがそれぞれアメリカ各地から入れ替わり戻ってきたということで、お仕事との兼ねあいもさぞかし大変なことでしょう。来月はフランスに行っているキティ（彼女には、もう雪子さんと呼ぶよりも、キティのほうがふさわしいような気がしてしまいます）もフランス人のボーイ・フレンドと一緒に戻るそうで、おばさまにとっても心強いことだと思います。私も、こんなときに妙な言い方かもしれませんが、キティと再会できるのを楽しみにしています。これを機会に、中途半端な共同生活はやめにさせて、無理矢理にでも正式に結婚させ腰をおちつかせたらいい、と母は例によってぶつぶつ勝手なことを言っていますが。

石井さんがはじめの一週間ほどはそばにいて、なにかと手助けしてくださるということですので、そのあいだだけは心強いのですが、そのあとはどうなるのか、石井さんがいてくださるうちに、私にもお手伝いできることをよく見きわめておかなくては、と今から自分に言い聞かせております。

母も一緒に連れて行ければ、と本当にそう思います。けれども母は御存知の通り、がんこな人で、自分のような足手まといが行くものではないとはじめから思い決めてしまっていますので、どうにも動かしようがありません。

石井さんが一緒に日本からおじさまたちのもとまで行ってくださるということから、思いきってこの際、アメリカに行こうと心を決めたわけですが、そのことをはじめて告げたときの、母の様子、御想像がつきますか。はじめは、なんだって石井さんが、とぽかんとして、それからそもそも石井さんを紹介してくださったのがおじさまだったことを思い出したらしく、そうしたらばもう、手ばなしの喜びようでした。めったに見られない母の心からの笑顔でした。

おじさまにもそのことをお知らせして、いよいよ私と石井さんがおじさまのもとへ行くことが現実的な話になってから、石井さんを母はわざわざ家にお招きして、あれこれ細かいことをお願いしたのです。私はどうも信用できないけれども、石井さんなら大丈夫、と見込んでしまったのですが、石井さんには少し気の毒なことでした。なにしろ母は、海苔はどこそこで売っているいくらのものを何束買って持って行って欲しい、とかそんなことまで、石井さんに頼んでいたのですから。もちろん、あとでそうした母の注文は、ぜんぶ私が引き受けたのですが。

石井さんには、深く感謝しています。今度のことにしても、石井さんがもしいなかったら、たった一人でアメリカまで行く勇気はなかなか、出なかったでしょう。おばさまやおじさまのことが気にかかりながらも、私は自分の体はもう自由に動きまわる力を失ったものと思い決めてしまっていたようです。人から見捨てられたどこか穴ぐらのようなところで身を縮めて生きることを望んでいましたし、それ以外に、息子を失った私にどんな生き方があるだろう、とも思っていました。それにはとりあえず母の家がいいと思って、ここに身を寄せつづけてきました。けれども、それは、父を失い、兄を失ったあとの母の生き方をいつの間にか、私も繰り返そうとしていたことでもあったようです。あんなに私と母はちがう、母のように過去に取り囲まれて、他人を寄せつけない生き方はしたくない、と思いつづけていたにもかかわらず、です。

思いがけず、家の一部改築ということがあり（このことを思いついたのは母だったのですから、母にも結局のところ、感謝しなくてはならないのでしょう。といっても母はアパートを増築して、その収入で私を守りたいと考えていたのですから、だれにとっても、あの工事は意外な結果に終わったことになります）、石井さんをおじさまが紹介してくださり、私と同年輩だったこともあって、気さくにいろいろなことを話せ、また行動力のある人なので（見かけの印象とは、ずいぶんちがいますね）、ほら穴に閉じこもっていた私を少しずつ、外の世界に引っぱりだしてくれました。たいしたことはしていない、と石井さんは例の、のんきな調子で言うでしょうが、私にとっては、今、改めて思うのですが、やはりかけがえのない存在でした。おじさまのお気持を、石井さんとしては引き継いでいるような、そんなところもあったのではないか、と思っています。細かいことは直接、おりを見てお話しするとして、石井さんは自分のことを言わない人なので、今まで知らなかったのですが、あの人にはあの人なりのむずかしい状態があるようで、少し前から実質的に一人で暮らしていると、ついこの間、はじめて聞いて、びっくりさせられました。そんなこともあって、石井さんとしても、アメリカを再訪して、おじさまとお会いしたくなったのかもしれません。くわしいことはまだ、なにも聞いてはいないのですが、やすやすと、何ひとつ苦痛をおぼえずに生きている人など、本当にひとりもいないのだな、ともう一度、思いがけないところから手痛く教えられたような気がしました。どういうわけか、石井さんにはこれまで、人生をとても上手に生きている人という印象を持っていましたので、それだけびっくりさせられたのです。石井さんと一緒にアメリカに行く、というそのこと自体、私にとって貴重な体験になりそうです。

今まで母の家から離れられずにいたのは、実は息子の骨を私の部屋に置いておいたことも、大きく影響していたのかもしれません。母や姉から、いつまでも遺骨を身近に置いておくものじゃない、せめて一周忌には、兄の骨も納められている父の墓に納めるべきだ、と言われつづけていました。そして私もようやく心を決めて父の墓ではなく他の場所にある新しい納骨堂に、この間の一周忌に納めました。私も母に似てがんこな人間ですから、母や姉に言われたぐらいではそうしようと思うはずもなかったのですが、はじめのうちは無我夢中で、だれが手ばなすものかと思っていたのが、次第に、去年の秋頃から、そのように息子の骨にしがみついている様子に、自分から違和感を覚えるようになっていたのです。息子の存在そのものにつながるものとしてあのわずかな骨以外にはなにも残されていないのですから、今でも毎日、眺め、抱いて暮らしたい気持は、どこかに残っています。けれども、こうして私自身が生きている以上、骨を頼りに、決して取り戻せるはずのない息子の生にしがみつきつづけているのは、不自然なことでしかない、としぶしぶながらも、気づかされたのです。それはつまり、私がこの先も一人の当たり前の女として生きることになるのだろう、と気づきはじめたということでもあったのでしょう。明日、死ぬのかもしれないけれど、何年も、何十年ももしかしたら、これから先、生きつづけることになるのかもしれない、と。

いつ自分が死ぬのかわからないということは、案外、人間にとってやっかいなことなんですね。自分の寿命が前もってわかっていれば、もっと整然と生きることができるのに、などとつい、考えてしまうのですが、まあ、そんなこともないのでしょうね。息子のおかげで、死ぬことがこわくなった、と言いたいところなのですが、本能的な怖れからは生きものとして、どうにも逃がれられないものだという気もしはじめています。自分の死をなんの曇りもなく、受けとめることは、年齢によるちがいもあるかもしれませんが、やはり簡単なことではないように思います。おばさまと、そんなことも話しあえたら、と思っているのですが。

とは言え、生きつづけることもまた、むずかしいことなのですね。明日死ぬ可能性を認めながら、あくまでも五年、十年と平然と、生きつづける気持を持っていなければならないのですから。

息子と一緒になぜ死ななかったのかとあれほど思っていたくせに、私ももしかしたら、六十で死ぬとしてもあと二十年以上も生きつづけるかもしれないのです。想像もつかない長い年月ですが、ありえないことでもない。そんなに長い年月をどのように生きていけばいいというのでしょうね。でも、私も息子を失って一年近く経ったこの頃ようやく、そういう思いを持ちはじめた、ということでもあるのです。

父の墓に息子の骨を入れさせてもらうかどうかも、ずいぶん迷ったのですが、あんな真暗なところに入れてしまうのもいやだったし、息子を入れてしまえば私も入れてもらうことになるわけで、せっかく私と息子で身を寄せあって生きていたのに、その私たちの生活を裏切ることになるような気もして、納骨堂に納めることに一方的に決めてしまいました。私が死んだあともそこに入れてくれればいいと思ってはいますが、そんなことまでは、もう、どうなってもいいというのが本音です。アメリカでは、骨を海にまいてもかまわないと聞いたことがありますが、そのほうがよっぽど、死んだ本人にとっても、残された者にとっても、納得がいくことのように思えます。

もちろん、母も姉も納骨堂にはおおいに不満を感じていたようです。まだまだ息子の骨に未練があるので、とりあえずこんな場所に置いておくことにしたけれど、そのうち、本当に気持がおちついたら、お墓に納めることに必ずなるだろうから、と弁解して、母たちには我慢をしてもらいました。

実は、おじさまが去年、日本にいらした時に、納骨堂にお参りしてくださる夢を見ていたのです。どこをモデルにした夢なのかはわからないのですが、納骨をどうしたらいいのだろうとその頃から気にはしていましたので、そんな夢を見たのだろうと思います。美しい場所でした。しかもおじさまは私にその夢のなかで、人がいくら死んだと言っても、それが真実だとはかぎらない、と言ってくださったのです。どんなに私がその言葉で勇気づけられたことか、今でも忘れられずにいます。

納骨堂を選んだ理由のひとつは、その夢だったと言えるのです。

息子の一周忌と言っても、特に人にお知らせすることはしませんでした。ほんの子どものことですし、今は母の家に移ってしまっているので、わざわざ母の家まで来ていただくわけにはいかない、という考えでした。それでも息子の父親や、子ども同士のつきあいから仲良くなったお母さんたち、とごく少数の人たちには、納骨のこともあったので知らせておいたのです。宗教も関係ないので、一周忌と言っても、儀式めいたことはなにもなくて、その日はゆっくり、お寿司でもつまみながら過ごしてもらって、翌日、納骨、という段取りをつけておきました。

ところが当日になって、昼すぎ、同級生だった子どもたちとそのお母さんたち、学校の先生方、保育園の頃のお友だちや保母さんなどが、続々と息子のために母の家まで来てくださったのです。もしかしたら、何人かは一年前のことを思い出して、訪ねてくださるかもしれない、とぼんやり期待していたことも事実なのですが、あんなに大勢の人たちが来てくださるとは思ってもいなかったのです。玄関から門に、そして一時は門の外にまで、人の列ができてしまったほどです。一年前はろくに御挨拶もせず、それからあとは私の勝手で知らん顔をつづけていたのに、人の好意を本当にありがたく感じさせられました。あまりにも人数が多く、こちらはこちらでなんの用意もできていなかったので、ただひたすら、頭を下げつづけ、ありがとうございます、と同じ言葉を繰り返すことしかできませんでした。不意に訪れたにぎやかなそのひとときには、一年前とはちがって、まるで息子の誕生日を祝う集りのような、陽気と言ってもいいような空気が流れていました。私も、単純に喜びを感じさせられていました。花がみるみる部屋に溢れ、それも一年前とはちがって、色とりどりの愛らしい春の花ばかりで、息子におみやげや手紙を持ってきてくれた子どもたちもいました。その親にも見せようとしないし、息子の母親である私も見てはいけない、と言われ、親同士、思わず泣き笑いをしてしまいました。明日、納骨堂に一緒に持って行って、なかに納めるから、と約束しました。息子の夢を見た、と言ってくれる人も何人かいました。とても元気そうだったから、安心して、と言われて、本当に安心をおぼえたのですから、ばかげていると言えば実にばかげています。人間なんて、単純なものなのですね（特に、私がそうなのかもしれませんが）。

二時間ほどで、家は再び静かになりました。私も、息子の父親も、私の友だちもなかなか興奮がさめず、母の世話や片づけもそっちのけで、夜までおしゃべりをつづけていました。

あの不意のにぎわいは、なにやら夢のなかのできごとのようでした。美しい幻想のようでした。息子がその限られた時間だけ、眼には見えないけれども実体をともなってあらわれ、子どもたちや先生たちもなつかしいおまつりを楽しむように浮き浮きしながら集り、そして幻のように消えて行った、と。そのなかで、私は夢うつつの、それだけ理屈抜きの幸せを感じていました。息子の一周忌に、母親の私が幸せを感じるなんて、とんでもないことに聞こえることはわかっているのですが、うそをつくわけにもいきません。息子がうれしいことがあって、いかにも楽しそうに笑う時、その顔を見て、いつも私もその楽しさに照らされるような感じで、体が暖かくなり、胸がはずんで、一緒に笑いだしていました。いつでも、そうなるのです。そういう、息子が私に与えつづけていてくれた喜びを、久し振りにもう一度、与えられた思いがしたのです。幸せを感じる以外、なにを感じたらいいというのでしょう。息子の笑い声が、私たちみんなを日の光のように包んでいるような感じがしていました。

なにを大げさな、と言われることは承知しています。一周忌に人が集まることは珍しいことでもなんでもない、ということも。集まってくださった人のなかには、暇つぶしぐらいの気持の人も、もしかしたらいたのかもしれません。私がどうなっているのかという好奇心を持っている人もいたでしょう。少し前の私だったら、たぶんそんなことをすぐに考えて、すなおにありがたいとは受けとらなかったのではないか、と思います。でも今、なにかが変わってしまったようです。単純な事実、つまり時間がそれだけ経ったということなのでしょうか。

一周忌に花を持って遺族を訪ねる。他人にとってはそれだけの、形式にすぎないことだとも言えます。けれども、それ以上のことがまわりの人たちにできるわけでもない。そういうことが私にもようやく理解できるようになってきました。なにかをしてあげたいと思っても、まわりの人間にできることはかぎられています。なにもできない、と言いきってしまったほうがよいほど、非力なもののようです。どうにか可能なことと言えば、形式的なことだけ。せめてそれだけは、と形式的なことはわかっていながら、心をこめて果たそうとする。そうしたとまどいもどこか含んだ心の動きを考えると、こちらはただ、ありがたい、としか思えなくなってしまうのです。なにか悲しいことやつらいことを味わった知りあいをなぐさめたり、力づけたりすることは、この程度にささやかなことだった、とも痛感させられました。

このように書きながら、今度、おじさまのもとに行き、私自身、そのようにお役に立てるのか、だんだん不安になってきました。つまらない干渉をしたり、よけいな真似をして御迷惑をかけたりするようなことがなければ、と念じております。息子のことでいろいろ経験しているはずなのに、それにしては少しも利口になってはいません。だいたい、おばさまの御容体を心配なさっているおじさまに向けて、納骨だの、一周忌だの、とこんなことばかり、ながながと御報告すること自体、無神経なことなのかもしれません。ただ、私としては、おじさまやおばさまに今度、お会いするのに、今まで私がたどってきたことをどうしてもお知らせしておきたいと思わずにいられなかったのです。お会いしてしまえばおそらく、私のこのようなことをこまごまお話しする時間も持てなくなるだろう、と思っておりますし、また、私の勝手な思いこみなのかもしれませんが、おじさまたちにお知らせして、決して御不快を感じさせるようなことでもない、と思えてならないのです。私自身、予想もしていなかった、そして気がついてみればあまりにもなんでもない形で、自分がこれからも生きつづける時間に気がつくようになった、そのことを、お会いする前に、ぜひとも知っておいていただきたかったのです。さまざまな、予想もつかないことの連続が、生きるということなのかもしれないけれど、私たちにとってその連続も、なんというなにげないものに感じられることだろう、なんという静かなものに感じられることだろう、と今頃になって、眼を見張っている私の気持のありようをお伝えしたかったのです。

というわけで、もう少しだけ、私の話をつづけることをお許しくださいませ。

さて、その次の日、予定していた通り、納骨も無事、済ませました。東京郊外の納骨堂です。納骨と言っても、こちらの気持としては、とりあえず安全な場所に保管しておいてもらう、といった程度の気持しかなかったので、一周忌同様、身内だけ立ち会えばそれでいいと考えていたのですが、息子をよく知っていた人たちにとっては、そんなみずくさいことはないということで、特に息子と親しかった数人の子どもたちとそのお母さんたちも結局、立ち会ってくださることになりました。宗教とは関係がないので、納骨そのものは、私自身気抜けするほど、簡単に済んでしまいました。でもそのあと、納骨したロッカーのなかに、それぞれ子どもたちが持ってきてくれた手紙やおもちゃ、息子が大切にしていた水中めがね、アルマジロの殻（近所の教会のバザーで、なんと十円で買ってきたものなのです）などをひとつひとつ入れてやり、用意しておいた写真と造花（生花は管理上、禁止されているので）も飾り、ロッカーの内側はなかなかにぎやかになりました。骨のまわりをいくらにぎやかにしたところで、こちらの自己満足にすぎないことはよくわかっているのですが、息子に関することではそうした自分の甘さを自分で許すようになってしまいました。無理をして理性的にふるまったところで、どうなるというものでもない、と思ってしまうのです。けれども子どもたちも私自身も、泣きだすどころか、前の日のようにむしろ、息子を囲んで、めったにない（それはそうです、こんなことがしょっちゅうあったら、大変なことです）、奇妙な集いを楽しむ雰囲気をわかちあっていたのです。陰気な顔をして、黙りこんでいたのは、私の母と姉、そして納骨堂の管理人だけでした。子どもたちが泣き顔を見せないのは、それだけまだ息子の存在を身近に感じつづけていて、息子の声を聞きつづけているからなのだ、と私は信じています。子どもたちのひとりひとりが、こんな儀式とは関係のない日常のなかで、ふと途方に暮れる思いを持ち、冗談じゃない、広太、おまえ、ほんとに死んじゃったっていうのか、と苦しんでいることを、私は知っています。子どもたちは私になにも話しかけませんし、私もわざわざ声をかけたりしません。子どもたちが二十歳過ぎた頃になって、もし私を訪ねてくれるようなことがあるとしたら、その時、互いにはじめて涙を見せあうことになるのかもしれない、と思っています。

納骨そのものは、これで無事終了したわけですが、その日実は、東京では四、五年に一度あるかないかの、吹雪に見舞われてしまったのです。朝から風雨が強かったのですが、納骨が終わった三時頃には、一メートル先もよく見えない大吹雪になってしまっていました。みるみるうちに雪が降り積って、この調子では電車も止まってしまうかもしれない（おじさまも御存知の通り、東京は少しでも雪が多く降るとたちまち、電車が立ち往生してしまって、タクシーさえ姿を消して、うっかりしていると動くに動けない状態になってしまうのです）、と私たちも不安になって、納骨のあと、休憩所でみんなに一休みしてもらう予定になっていたのですが、そのまま急いで家に帰ってもらいました。私たち身内の者のためには姉が前もって、タクシーを予約しておいてくれたので、一応、足の確保はできていました。それで、母を休憩所に連れて行き、お茶を飲んでもらったのですが（広太は私が勝手に産んだ子どもだということで、いつまでも母や姉に対して、他人行儀に遠慮してしまうところがあり、また母たちもそれを当然と受けとめています。姉などは広太のことをほとんどなにも知らないのですが、こうした儀式となると、身内は身内、ということになるわけです。身内って、一体、なんなのでしょうね）、そのあいだにも、雪は激しくなる一方で、予想よりも早く、電車やバスが止まってしまい、この様子では、首都圏は完全な麻痺状態になってしまいそうだ、と私たちものんびりしていられなくなり、あわただしく車に乗りこみました。お客さんのことよりも、自分のことの方が心配になってきた、と運転手さんもいらいらしはじめています。雪で見通しがきかないし、チェーンを巻いていない車があちこちで立ち往生しているので、道路はひどい渋滞になっていて、行きには一時間足らずで行けた距離を結局、五時間もかかってしまいました。それでもちゃんと家に戻れたのですから、ほっと一安心ということだったのですが、御想像通り母はすっかりつむじを曲げてしまっていました。車中でいくら文句を言われても、私にはどうすることもできなかったのですが、気分が悪い、脚や腰が痛い、息が苦しい、このまま死んだら、死んでも死にきれない、などなど言われつづけ、それで私もへとへとにくたびれてしまいました。こんな日をどうして、わざわざ選んだんだ、だから、お父さんのお墓に入れてやればよかったんだ、とまで、母は腹立ちまぎれに言っていましたが、まあ、そんな言葉は笑って聞き流すとして、私自身は、たまたまその日にぶつかった大吹雪を息子の私たちへのいたずらっぽいプレゼントとして感じてしまっていたのですから、人それぞれ、勝手なことを感じるものです。ねえ、びっくりした？　おもしろかったでしょ？　そう言いながら、息子がどこかでうれしそうに笑っているのを、〝感傷的〟なこの母親は一人で想像し、息子と一緒になっておもしろがっていたのです。

その夜、これは前もって決めてあったことですが、姉は自分の家には帰らず、翌朝、今後のことをあれこれ、私たちと話しあってから帰って行きました。私がアメリカのおじさまのもとに行くことは、もちろん、すでに姉にも伝わっていて、そのあいだ、母を一人にしておくわけにはいかないので、姉が、この二月、ちょうど都内にある私立の高校に合格が決まったばかりの長女と、今度、中学生になる長男を連れて、この家に来てくれる、ということになりました。もっとも、私がどこにも行かなかったとしても、姉にははじめからそうしたい気持があったようなのですが。つまり、長女の高校受験の結果がはっきり決まるまでは、口に出しにくかったのが、運よく東京の、かなりむずかしいとされている高校に合格し、地元の県立高校に行かなくてすむことがはっきりしたところで、通学のために、まさか長女一人をアパートに住まわせるわけにもいかないし、東京のおばあちゃんの家から通うことにさせてもらえないだろうか、と姉の方から頼むつもりでいたらしいのです。そこに私がたまたま、おじさまのもとへ行く話が伝わったので、姉としては、こんなことを言っては悪いのかもしれないけれど、とても都合がよくなったようです。

東京から二時間ほどの地方都市にいて、大きな不満があるわけではないけれども、子どもたちの教育についてだけは、地元の学校では安心していることができない、というのが姉の言い分で、中学生になる男の子の方もついでだから、今から東京の学校に通わせることにしてしまうのだそうです。となると、当然、姉自身も母親として、子どもたちのそばにいてやらなければ、ということにもなり、義兄もそれには大賛成なのだ、と姉は言っていましたが、本当のところ、どうなのか、私にはわかりません。姉も義兄も東京で育った人間だし、そのうち義兄も東京本社に戻れる可能性が高いのだから、と姉は言うのですが。

おじさまの耳には、子どもの学校のことで姉がこれほどまで頭を悩ませているのは少し奇妙に聞こえるかもしれませんが、近頃の日本では、アパート住まいの高校生や、通学時間が二時間もかかるという中学生の話など、さほど珍しいものではなくなっています。

どちらにせよ、こうした姉の話を聞きながら、私の方はなんとなく自分の居場所がおじさまのそばにいる間になくなってしまうような、そんな気持に正直、襲われてしまいました。もちろん、姉にそんなつもりがあるわけではありません。姉はただ、自分の子どもたちに親として、できる限りのことをしてやりたいと願っているだけで、私も広太が中学生ぐらいになったら、姉と同じような表情を見せていたのかしら、と想像せずにはいられませんでした。

広太が実際に、そばにいようがいまいが、私が広太の母親であることに変わりはない、と思いつづけていました。広太の母親として、これからも生きつづけるのだ、と。

その思いがまちがっていた、とは今でも思っていません。広太を産み、育て、そして思いがけなく見送ることになった、その経験を私という存在から拭い去ろうとしても、それは今更、できることではありません。私自身がいつか忘れ去るとしても、存在そのものが広太によってすでに変型させられてしまっているのですから。

けれども一方では、たとえばこうした姉の様子を見ていると、自分が確実に失ったものもはっきり見えてくるのです。姉のようには、私は一年先、二年先のことを考えなくなっています。場所についても、なにがなんでもあるひとつの場所を持ちつづけなければならない、という思いが消え去ってしまっています。生活そのものについても、具体的に自分がどうしたいのか、考えることができなくなっています。生きることに背を向けてしまっている、というわけではなく（自分でそう思っているだけで、人から見れば、そうとしか見えないのかもしれませんが、それでも私自身はあくまでも、生きることを楽しみたいと願っているのです）、母親として持ちあわせていたひとつの世界を、あの子を失ったことで同時に、確実に失ったのだ、とたとえば姉によっても思い知らされるのです。

東京という、私が広太を育てたこの都会にしても、今の私にとっては、時間がすでに閉ざされてしまった過去の場所としてしか感じられなくなっています。もちろん、私がここに生きているかぎり、別の時間は流れつづけ、東京も私に新しい顔を見せつづけることになるのでしょうが、閉ざされた時間をも意識しつづけなければならないのだろう、と強く感じさせられます。あの子となんと多くの場所を歩き、共にいることを楽しんだことだろう、と我ながら呆れさせられます。そして、その閉ざされた時間の放ちつづける光の強さにたじろぎ、めまいを感じさせられます。光が強すぎて、他のものがなにも見えなくなってしまう。

私は今、思いがけずアメリカのおじさまのもとに、どの程度の期間になるのかわかりませんが、行くことになって、この光を見失ってしまうのではないかという心細さを感じる一方で、東京というこの場所から今、離れることに少しもむずかしさを感じなくなっている、という事実に、自分自身、驚かされているのです。このまま、日本に帰らないことになったとしても、それはそれでかまわない、といとも簡単に納得してしまうのです。

今までのあの場所、あの時間は、もはや完全に閉ざされてしまいました。外側から、私はそのまばゆい光を感じ取ることができるだけです。外側って、では、どこなのでしょう。そう、どこだって、外側である以上、同じことなのです。外側の広がりに身を置いている自分が、実感として感じられてならないのです。

親というものは、やはり不思議なものだ、と思います。人が親になり、子を育てることは、ただそれだけの経験で終わることではないようです。子という存在を通じて、もうひとつの、それまではまったく予測不可能だった世界を与えられ、その世界をなにげなく生きつづけることが、親として人が生きるということの意味なのかもしれません。

いくつもの世界を同時に、人は生きつづけている、という事実にも、今頃になって眼を見張る思いをさせられています。ひとつの貴重な世界を失ったとしても、それですべての世界を失うわけではありません。だからと言って当然、手痛い喪失感から無縁でいられるということでもないのですが。

私は今、自分がひとつの世界を失って、どのようにでも生きられるという自分のまわりの広がりにうろたえさせられてもいます。

姉がもし、母の家に住みつきたいのなら、それならそうさせてあげたい、と思ってしまいます。私の住む場所がなくなるのなら、それでいっそのこと、さっぱりする、と。投げやりになってはいけない、と思いつつ、どうしても心がそのように動いてしまいます。このところ、姉と子どもたちのために、二階に置いておいた私や広太が使っていた品を物置に移す作業に追われています。そして、物置に移すたびに、なんのために、いつまで、ここにしまっておくのだろう、と変な気持がするのです。思いきって、こんなものも全部捨ててしまうことができたらな、と思うのですが、今のところ、そこまでの勇気は残念ながらありません。息子の毎日、身につけていた下着を、おそらくこの先、一枚一枚丹念に撫でまわすことなどないのだろう、と自分でも感じているにもかかわらず、です。

おじさま、そしておばさまのそばで、日々を送ることに、私なりにすでに、なにか大きなものを感じはじめています。

気候がちがい、言葉がちがうところに身を置くと、かえって、とても素朴な次元で、人間とは本来こういうものだったのか、と強く感じさせられるものだ、と石井さんが私に言ってくれたことがあります。それは孤独感と切り離せない感覚なのかもしれないけれど、決して悪いものではない、と。

私の場合、留学していた石井さんほどの孤独感とは縁がなさそうですが、それでも、たとえば自分の見る広太の夢が、はじめて日本語の通じないところへ行って、どのように変わるのか、あるいは変わらないのか、見届けたいと思っています。

とんでもなく長い手紙になってしまいました。おじさまの苦笑なさっているお顔が想像できます。どうぞ、もう二度とないことだ、ということでお見逃がしくださいませ。

幼い頃、おじさまに抱かれ、ある日急に、アメリカに行かれたことで、私は今まで、母と同様に、おじさまさえ、わたしたちのそばにいてくださったら、という思いを引きずりつづけてきました。おじさまは今まで、私にとって特別な存在でした。おじさまと本当の家族だったら、と憧れつづけていました。いわば、初恋の人とも言えるのでしょうか。父親をほとんど知らずに育った子どもとして、それは当然すぎるほどの思いだったのかもしれません。そして、おじさまがアメリカという遠い場所に行ってしまわれたことで、私にとって、その思いから抜けだすことがむずかしくなっていたようにも思えます。今度、ようやくおじさまたちのそばに行くことができ、もう子どもではなくなった、それなりの経験も経た一人の女として、なんらかのお手伝いをしながら時を共に過ごすことができる（さほど長い時間ではないにしても）という単純な事実に、こんな言い方は失礼なのかもしれませんが、小さな喜びを感じています。おじさまがおばさまと共に、アメリカという国でどのような時を過ごされてきたのか、少しでも感じさせていただくことで、私自身、長いあいだのおじさまへの、子どもっぽい憧れから卒業できるのではないか、とひそかに考えてもいます。

外側の広がり、と私は書きましたが、外側と今、感じている世界の一部が、またいつの間にか内側に変わり、その内側がまたいつか、新しく外側を感じさせることになるのかもしれず、そんなことを思うと、私自身はたったこれだけの存在なのに、なんという際限のなさ、とめまいを感じてしまいます。

では、お目にかかれる日を、心から楽しみにしております。出発間際になりましたら、またお電話をさしあげたいと思います。

おばさまにも、くれぐれもよろしくお伝えくださいませ。

章子」

「タマシイ」の音符

堀江敏幸

本書は、短篇集『夢の記録』に収められた最後の一篇「光輝やく一点を」（初出「新潮」一九八八年五月号）と、長篇『大いなる夢よ、光よ』（初出「群像」八九年一月号から九〇年十一月号）で構成されている。八歳の長男を失った翌年に発表された『夜の光に追われて』を経て、津島佑子の小説は幾度目かの深化を見せるのだが、本作は、その後、『うつほ物語』の現代語訳や『アイヌ神謡集』の仏訳の試みを経て、北方少数民族から東南アジアへと語りの時空を大きく展開していくための、重要な土台のひとつである。

設定は、大筋でこれまでと変わらない。大切な主題を反復しながら深めていくための、ごく自然な選択である。語り手は、三十八歳になる章子。九歳の誕生日を控えた息子の広太を突然亡くし、その死を信じることができぬまま、中空を眺めてもがくような時を過ごしている。幼い頃に父が自殺し、中学生のときには、ダウン症だった兄の義男が心臓発作で死んでいる。息子の死は、三つ目の大きな穴でもあった。意志と無関係に浮いてしまった足裏をあらためて生活の地面に戻そうとする過程で、ときおり夢のなかの独白のような、ひらがなを多用した記述があらわれる。現在の自分を見つめる作業と、これまでの自分を見つめ直す作業に、それがある種の軽やかさを与えている。

章子の母は、夫の死後、二棟のアパートの家賃収入で生計を立ててきた。二年ほどまえからリューマチで足を悪くし、家政婦を頼んでいるような状態だったが、章子が戻ってきたのをきっかけに、自宅の一部もアパートにしようと思い立つ。章子から相談を受けたのが、建築家の達夫叔父で、彼はモスクワでの学会のついでに足をのばして、一時帰国する。六十五歳になるこの達夫は、幼い章子の父親がわりでもあり、初恋の人でもあった。

達夫の帰国を機に、章子の周囲には、男たちが集まってくる。娘と同居することになりながら過度に頼ろうとせず、なにかと抑圧的なところのある母親の存在はべつとして、姉や伯母といった女性たちの影は薄い。女性としては、広太の幼稚園時代に知り合った友人がちらりと出てくる程度で、章子の声は、『夜の光に追われて』のような中世の女性にではなく、もっぱら男たちに向けられている。その意味でも、二作の長篇は相補的な関係にあると言えるだろう。

広太は正規の結婚を経て生まれた子ではなかった。父親は七歳年上の楠田という古くからの知人で、しかも妻帯者である。この楠田と達夫叔父のほか、叔父の後輩で改築の指揮をとることになった石井、章子にレイアウトの仕事をまわしてくれる松居といった男たちが、それぞれの仕方で、かつ、ひとつの総体として彼女の時間を攪拌し、現在を動かしていく。

茫漠とした夢の靄から、とつぜん、鮮明な輪郭をもってあらわれてくるのが、新島という人物である。夢のなかで、いつも彼女を庇護してくれる、叔父でも楠田でも松居でもない、けれど懐かしく、頼りがいがあって、顔のない謎めいた男。その名前を、彼女はいきなり口にする。しかも、新島宏というフルネームで。名字か下の名のどちらかで呼ばれる男たちのなかで、いきなり固い石を投げつけたようにあらわれる宏の存在を、彼女はずっと心の中から消していた。石井の導きで実現した三十年ぶりの再会によって、圧殺されていた記憶がよみがえり、欠けていた記憶が補塡されたのである。

宏が章子の家に出入りするようになったのは、彼が二十歳くらいの頃で、章子はまだ四つほどだった。木彫りを教えに来ていたのだという。それから何年も宏は通ってきて、兄の義男と章子の面倒をよく見てくれた。章子は、宏のことがずっと好きだった。ところが、義男が急死してから、彼はまったく姿を見せなくなる。その謎が明かされていく箇所には、他の男たちとの会話にはない特別な甘さと、それを相殺する苦さがまじっている。六十近くになった宏に彼女が見出したのは、以前とかわらぬ、本質から眼をそらそうとする弱さだった。

彼女がいま求めているのは、息子が生きている時間に戻りたいというノスタルジーではない。宏との再会ではっきりするのは、心を零にし、女性としての自分さえ脇に置いて、ほとんど無垢な少女に立ち返って生者のぬくもりに触れようとする彼女のまなざしが、じつはもっとも客観的な力をそなえているということだ。宏以外の男たちとのやりとりは、弱さを生じさせず、責任を取らせない一種の疑似恋愛のようになる。宙に浮いている彼女を、さらに宙に浮いた球体が包み込んで、心の底に眠っていた重しを取り除くきっかけを与える。

重しとは、広太の死と義男の死の重ねあわせではない。そのことなら、彼女もとうに気づいていた。『夜の光に追われて』においても、それはすでに言及されていた。

「兄と言えば、霊安室での夜から二日間ほど、私は妙な焦りを感じていました。子どもが大変なことになったということは分かっているのですが、その子どもを思い浮かべようとすると、十五歳で逝った兄の顔しか出てこないのです」

ふたりの顔が、死を通じてひとつになる。しかし、これは追想にすぎない。本作の章子は、もうひとつのはっきり言葉にできない重しを抱えていた。広太の誕生と義男の誕生を結ぶ闇の領域だ。

「臨月のちかづいたそのころ、わたしは義男をみつめつづけていたのかもしれない。いや、受胎をそもそもいしきしはじめたときから、義男とかおをみあわせつづけていたような気もする。義男と死にわかれたのは、わたしがまだ十三さいのときだった。わたしは義男をなつかしむことしかしらずにいた。けれども、十五年もたってから、義男がわたしをためそうとしている、とかんじないわけにはいかなくなっていた」

息子がお腹にいるあいだに異なる文脈から兄を思っていたことが、ひらがなによる意識の流れのなかではあれ、はっきり記されている。なにが試されているのかは、言うまでもないだろう。兄が背負っていた障害が、自分の息子にも受け継がれるのではないかという不安である。おなかの赤ん坊の成長がやや遅いと医者に言われた章子は、思わず「障害があるのかもしれない、やっぱり」と楠田につぶやいてしまう。「ふつうの健康なあかちゃんが生まれるとは、とてもしんじられない」と言う彼女に、楠田は、「そういうこどもがほしいってことなんだろう、あんたのははおやとおなじように」とまっすぐな言葉を返す。「あにみたいなこどもが生まれたら、どんなにたいへんか、あなたはしらないから」と難じられても、父となるはずの男はさらにたたみかける。「だいじょうぶだよ。おまえはおおよろこびでかわいがるよ、もし、そういう子が生まれたら、にいさんの生まれかわりってわけだ」

大きな意味を持つ言葉を彼女が発するのは、どこか挑発的にさえ聞こえるこの楠田の台詞のあとだ。

「……あにをきらいだ、とおもったことはない。だから、あにがすきだった、と人にはいっている。あにのようなひととこどものころ、いっしょにすごせて、しあわせだった、といったこともある。うそではないんだけど、すこしちがうのよ、ほんとは。そうおもわなくちゃいけない、とおもっていたから、そういっていただけかもしれないっていう気がするの」

この箇所が地の文のあいだに出てくるような通常の漢字まじりの表記で記されていたら、言葉の表情ははるかに暗いものになっていただろう。実際の会話なのか、それとも過去と対話をした夢のなかのものなのか、どちらともとれるような書法に溶け込ませてあるからこそ口にできることなのだ。

初期の短篇集『我が父たち』（一九七五）に、「壜のなかの子ども」（初出「群像」昭和四十八年二月号）と題された作品がある。八歳の息子の、背がのびないという障害を受け入れられない父親が、近くの大学病院の裏庭でこっそり飼われている、生体実験をうけて「今は用済みになった畸型の動物たち」のもとに通って、ビスケットを与える。父親は動物たちの前世を想像しながら息子に夢想を転じ、「あいつの霊は決してこの世にはじめて迷い出てきたのではあるまい。いつ、どのような現世を過去に見てきたのかは知らないが、親より達観したあの眼つき、口調も、そう考えれば納得がいく」と語る。それと呼応するように、頭脳明晰な息子は、畸型のヤギを連れたおんなの子といっしょに歩いている父親を見かけて、「気味のわるいやぎだ——

でも、なんだかぼくに似ているような気がする」とつぶやく。

　章子の母も章子自身も、ここで父親が息子を見るようには義男を見ていない。心のなかで感じていたとしても、言葉にはできない。現実と夢の境にあるひらがなに転記するのが精一杯だ。楠田もまた、章子の心の底にあるものを外から眺めている。内に入ることができないぶん、当人には見えていないところを乱暴に指差すのである。章子は、しかし動揺するどころか、自分でなにを言っているのかを充分に理解したうえで、男の指摘を、ゆっくり、確実に、否定的ではない調べに移し替える。自分の言葉に、あたらしいリズムを与えるのだ。そのリズムを受け入れる器が、彼女の言う「タマシイ」なのである。

　生きていながらだれとも声を交わさず、だれからも気づかれない。透明な存在になって、あたりをふわふわただよう「タマシイ」のフットワークのおかげで、人々の姿が、表情が、外部にいる男たちとは異なる距離で、くっきり見えてくる。重苦しい告白が重くならず、男たちとの添い寝が、たんなる性の求め合いを超えた次元で許される。身体のぬくもりは生のしるしであり、それは息子に対しても「男」に対しても当てはまることだ。六十五歳になる叔父は、三十八歳の姪を、寒いだろうとベッドに招き入れる。「こんなことまで起きるのは、今、夢を見ているからなのだ。さっきから、ずっと夢のなかにいたんだ。なんとなく変な感じはしていたけど、夢のなかのことだと思えば、なんの不思議もない」と納得できるのも、生と死をひとつづきに見られる状態にあるからだろう。

　しかし、これは夢ではない。「タマシイ」の感度を高める諸段階のひとつであって、「タマシイ」の力で、人の外にある記憶を呼び寄せることが可能になる。過去に住んだ家、とくに楠田の子を孕んだ部屋と生み育てた部屋を、ホログラフィのような宏を背後に控えて再訪し、かつての自分と生きていた広太、そして、くつろぐ楠田の様子を描く数頁の、生者が死者を見つめるのではなく死者が生者を観察している感覚は、他者の記憶との添い寝がなければ成立しなかったものである。

家には、家の記憶がある。部分的な改築をほどこせば、記憶の総体が崩れる。空間の記憶は、人の記憶にも深い影響を及ぼす。

「この窓の記憶は、わたし自身の記憶ではない。それでも、わたしになつかしさを感じさせようとしているのだ。なにもかも自分が忘れ果てたとしても、不安に思うことはないのかもしれない。記憶は記憶として、その人から離れたところでも思いがけない形で生きつづけている。自分の記憶は自分のものとはかぎらず、他人の記憶を辿り直しているだけなのかもしれないのだ」

自分の記憶は自分のものとはかぎらない。そのような認識に立てば、障害のある兄を生み直すのだという楠田の言葉の意味も、別様に解釈できるだろう。章子は「死んでいない」息子との共生の、さらにその先にある第二段階に入っていくのである。なぜ息子がここにいないのか、なぜ息子のいない時間を自分は生きているのか。それは完全に納得できなくてもよいのだと彼女は理解する。いや、理解するということじたいの不完全さを彼女は悟るのだ。理解とは、ものごとをわかったことにしてしまう暴力でもある。わからないことを、そのまま抱えて生きる勇気を得たとき、世間の誤解に耐える強度が増し、それを受け入れる度量が増す。彼女が獲得したのは、自然体の勇気なのだ。

その勇気をもたらすのも、「記憶以前の記憶を刺激されるような」感覚である。義男と遊び、広太もそこで遊んだ庭の物置小屋を、彼女は「夢殿」と呼ぶようになる。息子を亡くしてからの一年間の自分を肯定しつつ葬り、そのあともなお消えずに残った大切なものをそこにしまっておく。夢殿は、あの「ジャッカ・ドフニ」の変容であり、記憶を土中に埋めず、必要に応じて引き出しうる納骨堂でもある。広太の納骨堂は、産室とひと組になって、彼女自身のなかにある。「自分の記憶が、記憶のすべてではなかった。その日はじめて、家がひそかに守りつづけていたおびただしい記憶に気づかされたのだった」と章子は言う。人は「気分がわるくなるほどの記憶の渦」をかかえて生きている。そのひとつひとつが、愛おしいくらいに自分の現在を支えているのだ。

物語の最後、アメリカの叔父への語りかけを通じて、彼女の心はもっと大きな時間のなかに解き放たれる予感に満たされていく。人生に配置された偶然の音符が必然となり、ひとつのメロディーになっていくという比喩は、ただ美しいばかりではない。その後の津島作品で展開される骨太な世界の礎となる自己認識である。「そのメロディーを作りあげているのは、結局、私自身、と言うか、私の生そのものの力なのでしょうか」。併録の短篇「光輝やく一点を」で反復されていた、息子を死なせたのは、あるいは殺したのは自分ではないのかとの疑念が、ここで一掃される。死なせたのではなく、生かしたものこそ自分なのだから。「広太のあの顔も、兄の顔も、このなかに織りこまれている」ことを再認識した彼女は、「自分の、こうした音符を、今はまず辿り直しているところです。これからの自分を知るために。更に言うなら、女として生きてきた自分を新しく見出すために」と記すだろう。

ここには、『夜の光に追われて』と異なる光が射している。自分のなかの澱んだ光を吸い出し、分光させて、他者にも見えるメロディーを奏で、じっと耳を傾けること。自分の記憶が他者の記憶に入り交じり、結果として、もっと大きな自分を育てる力になる。「タマシイ」の真の浮遊を保つために必要なのは、光をも飲み込む言葉の重力だ。『大いなる夢よ、光よ』には、その重力の働く一点が、確実に示されている。

（作家・フランス文学研究）

初出一覧

「光り輝く一点を」『新潮』一九八八年五月

「大いなる夢よ、光よ」『群像』に連載

（一九八九年一月～一九九〇年一一月）

底本一覧

「光輝やく一点を」『夢の記録』文藝春秋、一九八八年

『大いなる夢よ、光よ』講談社、一九九一年

［著者紹介］

津島佑子（つしま・ゆうこ）

一九四七年、東京都生まれ。白百合女子大学卒業。七六年『葎の母』で第一六回田村俊子賞、七七年『草の臥所』で第五回泉鏡花文学賞、七八年『寵児』で第一七回女流文学賞、七九年『光の領分』で第一回野間文芸新人賞、八三年「黙市」で第一〇回川端康成文学賞、八七年『夜の光に追われて』で第三八回読売文学賞、八九年『真昼へ』で第一七回平林たい子文学賞、九五年『風よ、空駆ける風よ』で第六回伊藤整文学賞、九八年『火の山――山猿記』で第三四回谷崎潤一郎賞及び第五一回野間文芸賞、二〇〇二年『笑いオオカミ』で第二八回大佛次郎賞、〇五年『ナラ・レポート』で第五五回芸術選奨文部科学大臣賞及び第一五回紫式部文学賞、一二年『黄金の夢の歌』で第五三回毎日芸術賞を受賞。二〇一六年二月一八日、逝去。

津島佑子コレクション

大いなる夢よ、光よ

二〇一七年一二月二〇日　初版第一刷印刷
二〇一七年一二月三〇日　初版第一刷発行

著　者――津島佑子
発行者――渡辺博史
発行所――人文書院
〒六一二-八四四七
京都市伏見区竹田西内畑町九
電話　〇七五（六〇三）一三四四
振替　〇一〇〇〇-八-一一〇三
装　幀――藤田知子
印　刷――創栄図書印刷株式会社

ISBN978-4-409-15031-3　C0093